LA LISTE

L'auteur

Siobhan Vivian est née en 1979, à New York. C'est là qu'elle a grandi, puis fait ses études. Elle a obtenu un diplôme de scénariste (pour le cinéma et la télévision) à l'Université des Arts, puis un Master d'écriture à la New School University. Après avoir été éditrice pour la maison d'édition Alloy Entertainment et scénariste pour Disney Channel, Siobhan Vivian partage aujourd'hui son temps entre écriture et enseignement de l'écriture à l'Université de Pittsburgh.

Siobhan Vivian

LA
LISTE

Traduit de l'anglais (États-Unis) par Anne Delcourt

Loi n° 49-956 du 16 juillet 1949 sur les publications
destinées à la jeunesse : juin 2018.

L'édition originale de ce livre a été publiée pour la première fois
en 2012, en anglais, par PUSH,
un département de Scholastic Inc., sous le titre *The List*.

© 2012, Siobhan Vivian.

Publié avec l'autorisation de Folio Literary Management, LLC.

Traduction française © Éditions Nathan (Paris, France), 2013.

© 2018, éditions Pocket Jeunesse, département d'Univers Poche,
pour la présente édition.

ISBN 978-2-266-28428-8

Dépôt légal : juin 2018

Pour maman, pour un million de raisons.

« La perception de la beauté
est une épreuve morale. »

Henry David Thoreau

PROLOGUE

Aussi loin qu'on s'en souvienne, les élèves qui arrivent en cours le dernier lundi de septembre au lycée de Mount Washington y découvrent une liste nommant la fille la plus jolie et la plus moche de chaque niveau.

Cette année ne fera pas exception.

Cette liste est répartie dans les locaux à environ quatre cents exemplaires, dans des endroits plus ou moins visibles. Il y en a une placardée au-dessus de l'urinoir des toilettes des garçons au rez-de-chaussée, une qui recouvre la liste des acteurs de la pièce de fin d'année, une autre à l'infirmerie, intercalée entre deux prospectus sur la violence et la dépression. La liste est scotchée dans des casiers, glissée dans des bureaux, agrafée sur les tableaux d'affichage.

L'angle inférieur droit de chaque exemplaire, gaufré, porte en relief la silhouette du lycée du temps d'avant la piscine, le nouveau gymnase et les labos d'informatique. Ce sceau a authentifié tous les diplômes de l'établissement jusqu'à ce qu'il soit volé dans le bureau du proviseur il y a plusieurs dizaines d'années. C'est maintenant une pièce de contrebande mythique, qui met la liste à l'abri des contrefaçons.

Personne ne sait vraiment qui rédige cette liste chaque année, ni comment se transmet cette responsabilité, mais le secret n'a pas nui à la tradition. Au contraire, la garantie de l'anonymat confère au jugement de la liste un caractère absolu, impartial et libre de préjugés.

Ainsi, à chaque nouvelle édition, les étiquettes qui répartissent les filles du lycée de Mount Washington en une multitude de catégories – les frimeuses, les populaires, les exploiteuses, les ringardes, les ambitieuses, les sportives, les cruches, les sympas, les rebelles, les coquettes, les garçons manqués, les allumeuses, les saintes-nitouches, celles qui se refont une virginité, les coincées, les douées qui cachent bien leur jeu, les glandeuses, les fumeuses de pétards, les parias, les marginales, les intellos et les barges, à titre d'exemples – s'évanouissent. En ce sens, la liste a un effet rafraîchissant. Elle peut réduire l'ensemble d'une population féminine à trois groupes bien distincts :

– les plus jolies ;
– les plus moches ;
– toutes les autres.

Ce matin, avant la première sonnerie, toutes les filles du lycée de Mount Washington découvriront si leur nom figure sur la liste.

Celles qui n'y seront pas se demanderont à quoi aurait pu ressembler l'expérience, bonne ou mauvaise.

Les huit qui y seront devront faire avec.

LA LISTE

Classes de 3ᵉ

La plus moche : Danielle DeMarco
Alias Dan the Man.

La plus belle : Abby Warner
Mention spéciale du jury pour avoir surmonté la génétique !

Classes de 2ᵈᵉ

La plus moche : Candace Kincaid
Pour info, la beauté n'est pas qu'une question d'apparence.

La plus belle : Lauren Finn
Tout le monde craque pour la nouvelle.

Classes de 1ʳᵉ

La plus moche : Sarah Singer
À croire qu'elle fait tout pour être moche.

La plus belle : Bridget Honeycutt
Quelle différence peut faire un été !

Classes de Tˡᵉ

La plus moche : Jennifer Briggis
(Roulement de tambour, s'il vous plaît !)
Nommée quatre ans de suite, une première dans l'histoire de Mount Washington !

La plus belle : Margo Gable
Saluons notre nouvelle reine de la rentrée !

Lundi

CHAPITRE 1

Abby Warner tourne autour du ginkgo biloba en promenant sa main sur les épais renflements de l'écorce. Une petite brise lui mord les jambes, découvertes du bas de sa jupe en velours côtelé jusqu'à ses ballerines. Il fait presque un temps à mettre des collants, mais Abby s'en passera aussi longtemps qu'elle supportera le froid, ou que son bronzage tiendra. Selon ce qui lâchera en premier.

L'endroit est connu sous le nom d'Île des troisièmes. C'est là que se regroupent la plupart des troisièmes du lycée de Mount Washington avant et après les cours. À la fin de l'automne, ils fuient l'odeur repoussante dégagée par les fruits mûrs. Au dernier trimestre, à l'approche de la seconde, ils le désertent de nouveau par crainte d'être repérés comme les plus jeunes[1].

Les Warner ont déposé Abby et sa sœur Fern en avance au lycée, parce que cette dernière avait une

---

1. Aux États-Unis, l'équivalent du collège (*middle school*) s'achève le plus souvent à la fin de la quatrième ; les *high schools*, équivalents du lycée, allant de la troisième à la terminale. (Toutes les notes sont de la traductrice.)

réunion, à moins que le lundi ne soit le jour de son décathlon académique. Abby bâille. Elle a oublié. En tout cas, ces matins-là sont les pires. Elle doit se lever encore plus tôt pour se doucher, se coiffer et décider ce qu'elle va mettre ; le tout dans le noir pour ne pas réveiller Fern, avec qui elle partage la chambre la plus grande de la maison. Sa sœur dort jusqu'au dernier moment, se bornant chaque matin à se brosser les dents et à piocher au hasard dans son petit stock de jeans et de tee-shirts basiques.

Aujourd'hui, Fern a enfilé fièrement un nouveau tee-shirt acheté en ligne, orné d'armoiries complexes proclamant son allégeance à une secte de guerriers rebelles de *Blix Effect*, une série de fantasy qui obsède toutes ses amies. Et dans la voiture, elle a demandé à Abby de lui faire des tresses africaines, une de chaque côté, comme celles que porte l'héroïne de *Blix Effect* pour partir au combat.

Fern ne veut jamais rien d'autre que des tresses africaines. Pourtant, Abby sait aussi faire les chignons et les torsades – coiffures qu'elle trouve plus classes, et donc plus adaptées à sa grande sœur de seize ans. Elle a du mal à comprendre qu'on puisse vouloir se déguiser pour aller au lycée… Mais elle ne discute pas les demandes de Fern ; c'est vrai que les tresses lui vont bien. Et au moins, ça donne l'impression qu'elle se préoccupe un peu plus de son look.

Les voitures et les cars scolaires commencent à arriver au lycée. Une à une, les amies d'Abby viennent la retrouver et leurs embrassades la réchauffent un peu. Elles ont passé le week-end à s'envoyer des photos des robes qu'elles pensent s'acheter pour le bal de la rentrée de samedi. Celle sur laquelle Abby a totalement craqué – elle l'a déjà réservée – est une robe dos nu en satin noir, resserrée à la taille par un gros nœud blanc. Si elle hésite encore, c'est parce que personne n'a pu la renseigner sur les codes vestimentaires des fêtes de lycée, en dehors du bal de fin d'année.

— Ooh, Lisa ! lance-t-elle à sa meilleure amie en la voyant traverser le parking. Tu as montré ma robe à Bridget ? Elle ne la trouve pas trop habillée ?

Lisa jette un bras autour de ses épaules et l'attire contre elle.

— Ma sœur dit qu'elle est parfaite ! Jolie, marrante, tout en restant naturelle.

Abby pousse un soupir de soulagement en apprenant que son choix a reçu l'approbation de Bridget. Lisa et elle sont les seules du groupe à avoir des sœurs aînées au lycée. Mais la Fern d'Abby n'est vraiment pas à la hauteur de la Bridget de Lisa.

Cet été, Abby a passé huit jours dans la maison de vacances de Lisa à Whipple Beach. Ça tombait à pic. Sinon elle aurait passé tout son été à suivre sa famille dans la tournée des universités pour Fern.

Cette semaine-là, Abby et Lisa ont fouiné dans la chambre de Bridget. Elles ont inspecté sa penderie, déniché quelques numéros de téléphone de garçons dans son tiroir à chaussettes et essayé son bracelet à breloques. Elles ont testé tout son maquillage, parfaitement rangé dans sa coiffeuse en vannerie blanche. Abby a toujours rêvé d'en avoir une, mais le bureau de Fern prend trop de place dans leur chambre.

Bridget a passé une bonne partie de la semaine dans son coin, à envoyer des textos à ses amies et à lire la pile de livres qu'elle avait emportés. Elle n'est allée qu'une seule fois à la plage avec Abby et Lisa. Mais un soir où il pleuvait, elle les a laissées traîner avec elle dans sa chambre. Elle leur a bouclé les cheveux avec son fer à friser et elles ont regardé un film ringard à plat ventre sur le couvre-lit moelleux de son grand lit. Elles lui ont demandé des tuyaux sur la vie au lycée, et Bridget leur a donné des tas de conseils vraiment utiles, comme de faire attention si elles fréquentaient des garçons plus âgés, de réserver leurs confidences aux amies cent pour cent fiables, ou des trucs pour ne pas sentir l'alcool en rentrant d'une fête.

Fern, elle, n'a rien de mieux à offrir que des avis sur les profs de maths. Et Abby s'est demandé plus d'une fois si Bridget savait vraiment qui était Fern, bien qu'elles soient toutes les deux en première.

Lisa s'apprête à aller bavarder avec d'autres filles quand Abby se penche pour lui demander à l'oreille :

— Hé, tu as fini tes exercices de biologie ?

Lisa fait la grimace.

— Abby, tu n'apprendras jamais rien si tu copies toujours sur moi !

Abby démêle ses cheveux blonds avec ses doigts.

— Allez, s'il te plaît ! J'ai passé trop de temps à regarder les robes sur Internet hier soir. C'est la dernière fois ! Juré !

Elle pose une main sur son cœur.

Lisa soupire avant de s'éloigner vers le bâtiment pour aller chercher son devoir dans son casier.

— Tu es une sœur pour moi ! lui lance Abby.

Quelques minutes plus tard, Lisa revient en courant, sa queue de cheval tressautant dans tous les sens.

— Abby !

Elle a crié si fort que toute l'Île des troisièmes s'est retournée pour la dévisager.

Lisa parcourt en sprintant les derniers mètres qui la séparent d'Abby et se raccroche à elle pour ne pas tomber.

— Tu es la plus jolie fille de troisième !

— Je suis quoi ? fait Abby en battant des paupières.

— Tu es sur la liste, idiote ! La liste ! Ma sœur est dessus aussi.

Lisa regarde les autres filles avec un sourire plein de fierté, que son appareil dentaire fait briller de mille feux.

— Bridget a été nommée la plus jolie fille de première !

Abby reste bouche bée de surprise. Elle ne sait pas trop de quoi parle Lisa, mais elle a compris qu'il se passait quelque chose de spécial. Par chance, l'une de leurs amies demande :

— Quelle liste ?

Sur quoi tout le monde se tourne vers Lisa dans l'attente d'une explication.

Tandis qu'elle s'exécute, Abby hoche la tête d'un air entendu, comme si elle n'apprenait rien de neuf. Évidemment, Fern n'a pas pris la peine de lui communiquer cette information capitale, pas plus qu'elle ne serait capable de la conseiller sur le choix d'une robe pour le bal. Quelquefois, Abby échangerait bien Fern contre Bridget.

Bon, d'accord, souvent.

À tour de rôle, les amies d'Abby la serrent dans leurs bras ou lui tapent dans le dos pour la féliciter et à chaque fois, les battements de son cœur s'accélèrent.

Bien que les garçons feignent l'indifférence devant ces démonstrations, Abby remarque que leur partie de football a tendance à se déplacer dans leur direction.

Mais elle n'a toujours pas réalisé ce qui se passait. Il y a plein de filles jolies au lycée, dont beaucoup sont ses amies. Mérite-t-elle vraiment de figurer en tête de liste ?

C'est une position bizarre, à laquelle elle n'est pas habituée.

— Désolée que vous n'ayez pas été choisies, les filles, déclare-t-elle soudain, en partie sincère.

— Tu rigoles, répond Lisa en désignant ses dents. Je ne risque pas d'être nommée la plus jolie quoi que ce soit avec ces rails de chemin de fer!

— Tais-toi! s'écrie Abby en la poussant du coude. Tu es super belle! Bien plus que moi!

Et elle le pense. D'ailleurs, elle a eu de la chance d'être nommée cette année, parce que dès quc Lisa sera débarrassée de son appareil, c'est elle qui sera choisie. Elle a de longs cheveux noirs toujours brillants, un petit grain de beauté en haut de la joue gauche, et elle mesure au moins dix centimètres de plus qu'Abby. En plus, elle est super bien fichue, avec des seins et des formes. Le seul défaut de Lisa, c'est son appareil. Et peut-être ses pieds, un peu grands. Mais les gens n'attachent pas beaucoup d'importance à ce genre de détail.

— Tu ne sais vraiment pas apprécier un compliment! s'exclame Lisa en riant. Tu ne te rends pas compte? C'est énooorme! Tout le lycée va savoir qui tu es, maintenant!

Abby sourit. Elle n'a jamais été aussi excitée à l'idée des quatre années qui l'attendent.

— J'aimerais bien savoir qui sont ceux qui m'ont nommée pour pouvoir les remercier!

L'idée qu'une fille, peut-être même qu'un groupe, lui ait accordé cet honneur lui donne le vertige. Ça signifie qu'elle a des amies, des filles plus âgées, qu'elle ne connaît même pas.

— Tu l'as vue où, cette liste ?

— Il y a une copie sur le panneau d'affichage près du gymnase. Mais on la trouve partout.

— Tu crois que je peux en prendre une ? demande Abby.

Elle pourrait la ranger dans un endroit spécial. Dans un scrapbook, par exemple, ou une boîte à souvenirs.

— Bien sûr ! Viens, on va en chercher une.

Elles se prennent par la main et s'élancent en courant vers le bâtiment.

— Il y a qui d'autre sur la liste ? s'enquiert Abby. À part ta sœur et moi ?

— Alors, la plus moche des troisièmes, c'est Danielle DeMarco.

Abby ralentit.

— Attends, la liste indique aussi les plus moches ?

Dans son enthousiasme, elle n'avait pas compris ça.

— Ouais, confirme Lisa en la tirant derrière elle. En plus, cette année, ils ont ajouté des commentaires marrants en dessous de chaque nom. Pour Danielle, ils ont écrit « Dan the Man ».

Abby n'est pas très proche de Danielle DeMarco, même si elles ont sport ensemble. Elle l'a vue exploser tous les records au 1 500 mètres la semaine dernière.

C'était impressionnant! De son côté, Abby aurait sans doute pu mieux faire que ses minables dix-sept minutes, mais elle ne tenait pas à sentir la transpiration toute la journée. Évidemment, ça n'est pas cool d'être désignée la fille la plus moche, mais Danielle n'est sans doute pas du genre à se laisser atteindre par ça. En plus, elle doit savoir que d'autres auraient pu être nommées à sa place. Exactement comme Abby. Au fond, le hasard y est pour beaucoup.

— Ça dit quoi sur moi?

Lisa se penche pour lui murmurer:

— Ils te félicitent d'avoir surmonté la génétique.

Elle termine sa phrase par un petit rire gêné.

Une allusion à Fern. Abby se mord la joue avant de demander:

— La plus moche des premières, c'est Fern?

— Oh non, se hâte de répondre Lisa. C'est Sarah Singer, la fille bizarre qui fait la tronche sur le banc là-bas, près de l'Île des troisièmes.

Abby baisse les yeux en hochant la tête lentement. Lisa, qui a dû s'apercevoir de son air coupable, lui tapote le dos en ajoutant:

— Écoute, Abby, ne t'en fais pas. Ils ne citent pas le nom de Fern. Je parie que des tas de gens ne savent même pas que vous êtes sœurs!

— Peut-être, admet Abby en espérant que Lisa ait raison.

N'empêche que les profs, eux, le savent. Ça a été le truc le plus pénible à vivre en arrivant au lycée : les voir comprendre au bout de quelques semaines qu'elle était loin d'avoir l'intelligence de sa sœur.

Lisa continue :

— D'habitude, c'est toujours Fern qui est mise en avant. Et tu es toujours super contente pour elle. Rappelle-toi l'an dernier, quand tu m'as forcée à assister à son concours de lecture de poésie latine ! Ce truc a duré trois heures !

— C'était hyper important. Fern a été choisie parmi tous les élèves du lycée pour réciter son poème, et elle a même reçu une bourse pour ça.

Lisa lève les yeux au ciel.

— D'accord, d'accord. Je n'ai pas oublié. Mais maintenant, à ton tour d'être un peu la star.

Abby serre le bras de son amie. Bon, le commentaire sur la génétique est un peu vache, mais Lisa a raison. Ce n'est pas comme si elle l'avait dit elle-même. Et elle félicite toujours Fern pour ses résultats scolaires. Abby ne s'est même pas plainte une seule fois de tous ces réveils à l'aube à cause de l'emploi du temps de sa sœur, ni d'avoir passé presque toutes ses vacances à faire la tournée des universités.

En tout cas, pas tout haut.

Lisa accélère le pas en approchant du gymnase.

— Tiens, la voilà, annonce-t-elle en tapant la feuille de l'index. Écrit noir sur blanc.

Abby découvre son nom en haut de la liste. Son nom ! Le fait de le voir rend la situation plus réelle. Abby est désignée officiellement comme la plus jolie fille de troisième.

Elle ne sait pas combien de temps elle reste là, les yeux rivés sur le panneau d'affichage. Lisa finit par lui pincer le bras.

Abby s'arrache à sa contemplation. Fern est en train de traverser le hall d'entrée avec une détermination incroyable, les bretelles de son sac à dos bien calées sur les épaules, le bout de ses tresses voletant derrière elle.

Si Fern sait qu'Abby est sur la liste, elle n'en laisse rien paraître. Elle passe devant sa sœur exactement comme tous les jours au lycée : sans la voir.

Une fois que Fern a disparu au fond du couloir, Abby fait sauter les agrafes de la liste avec l'ongle de son petit doigt laqué de vernis rose, en prenant bien soin de ne pas déchirer les coins de la feuille.

CHAPITRE 2

Depuis le bout de la rue, Danielle DeMarco se rend compte qu'elle a raté le bus. Tout est trop calme, surtout pour un lundi.

Pas d'autres bruits que les sons caractéristiques du matin : le gazouillis des oiseaux, le clic clic clic des portes de garage automatiques qui se relèvent, le roulement sourd des poubelles vides qu'on remonte dans l'allée du jardin.

Elle vient de partir de chez elle sans manger, en retard pour les cours et totalement épuisée. Pas la meilleure manière de commencer la semaine.

Mais Danielle pense toujours que la soirée d'hier en valait la peine.

Elle dormait depuis deux heures quand son téléphone a sonné.

— Allô ? a-t-elle répondu dans un demi-bâillement.
— C'est pas vrai ! Tu dormais ? Il n'est que minuit.

Danielle a vérifié que la porte de sa chambre était bien fermée. Ses parents n'auraient pas apprécié qu'Andrew appelle si tard. Ils parlent encore de lui comme de son « copain du camp de vacances », et ce n'est pourtant pas faute de les avoir repris. À croire que « petit ami » est trop difficile à prononcer. C'est peut-être le fait qu'il ait un an de plus qu'elle qui les effraie. Mais pour quelqu'un qu'ils s'évertuent à voir comme un simple camarade, ils ont établi un nombre étonnant de règles sur quand, où et comment Danielle peut le voir ; règles auxquelles, bizarrement, sa meilleure amie Hope n'a jamais été soumise...

C'est ce qui a été le plus dur en revenant du camp de vacances du lac Clover, où ils ont passé l'été tous les deux comme animateurs. Ils ont perdu la liberté de se voir, de se parler quand ils en avaient envie. Fini, les nuits où Andrew se glissait furtivement dans le noir et grattait à la moustiquaire de la fenêtre de sa chambre. Fini, les soirées où ils allaient en pédalo jusqu'au milieu du lac, puis attendaient que la brise les ramène à la jetée.

Tout cela lui semblait déjà très loin.

Danielle a enfoui la tête sous sa couette et pris soin de ne pas parler trop fort.

— Extinction des feux, les enfants, a-t-elle blagué.

Andrew a soupiré.

— Désolé de t'avoir réveillée. Je suis bien trop speed pour dormir. J'ai accumulé des tonnes d'adrénaline pendant le match. Pas moyen de m'en débarrasser.

Dans l'après-midi, depuis les tribunes, Danielle et Hope l'avaient regardé répéter en boucle ses exercices d'échauffement derrière la ligne de touche, tandis que les autres joueurs lacéraient la pelouse de leurs crampons. Il sautait sur la pointe des pieds, étirait les bras ou courait en levant les genoux pour ne pas se refroidir. Après chaque quart-temps, les doigts noués sur la grille de protection de son casque blanc étincelant, Andrew jetait un coup d'œil plein d'espoir vers l'entraîneur de l'équipe du lycée.

Danielle avait eu de la peine pour lui. C'était le quatrième match de la saison et il n'avait pas eu droit à une seule minute de jeu. Qu'est-ce que ça aurait bien pu faire à l'entraîneur de donner sa chance à un élève de seconde ? Les Alpinistes de Mount Washington perdaient par trois essais à la mi-temps. Et ils n'avaient pas encore gagné un match.

— Bah… je te trouve très mignon dans ton maillot.

Andrew a ri, mais d'un rire un peu sec ; et Danielle a compris qu'il n'avait pas encore digéré sa frustration.

— Si c'était pour ne pas me faire jouer, ce n'était pas la peine de me sélectionner. Ne me demande pas ce que je pense de l'équipe junior, je ne veux pas être salaud. Mais c'est vexant de rester sur la touche, et d'assister les bras croisés aux raclées qu'on se prend, match après match. J'aurais mieux fait de manger des chips avec vous dans les tribunes.

— Allez, Andrew. C'est quand même une chance. Je parie qu'il y a une tonne d'élèves de seconde qui rêveraient d'être à ta place.

— Possible. En attendant, Chuck a joué pendant toute la deuxième mi-temps. Moi, je ne suis pas assez baraqué. Je devrais faire plus d'haltères, ou essayer ces saletés de boissons protéinées qu'il s'enfile toute la journée. Je suis trop maigre. Et je dois être le plus petit de l'équipe.

— C'est faux. Et franchement, tu as envie de ressembler à Chuck ? Être baraqué, c'est une chose, mais il n'est pas du tout en bonne condition physique. Tu cours deux fois plus vite que lui.

Andrew devait se douter qu'elle n'était pas fan de son copain. Il lui avait raconté une fois que Chuck réservait toute une étagère à ses flacons d'eau de Cologne, et qu'il ne sortait jamais de chez lui sans s'en être aspergé. Il en mettait même pour aller soulever des haltères dans son garage. D'après Andrew, Chuck ne supportait pas l'odeur de la transpiration, à commencer par la sienne.

Andrew a réfléchi un instant.

— Là-dessus, tu n'as pas tort, a-t-il reconnu. Ce mec mange n'importe quoi. Il ne doit jamais s'approcher d'un légume, à part ceux qui se planquent dans ses hamburgers. Pas étonnant qu'il ne soit pas fichu de se trouver une nana.

Ça les a fait rire tous les deux.

Danielle avait mis quelques semaines à percer le mode de fonctionnement de la bande de copains d'Andrew. Ils sont à fond dans la compétition, surtout

Chuck et Andrew. Entre eux, tout est prétexte à rivalité : les notes, les nouvelles baskets, qui arrivera le premier à la fontaine à eau… En général, ça ne déborde pas du cadre habituel des relations entre mecs. Mais de temps en temps, Andrew réagit super mal à un « échec ». Danielle aussi a l'esprit de compétition ; elle peut comprendre ces petites blessures d'amour-propre. Mais elle ne se pose jamais en rivale de ses amies. Et au moment des sélections pour l'équipe de natation, elle n'a même pas voulu envisager l'hypothèse où Hope et elle ne seraient pas prises toutes les deux.

Cela dit, elle n'est pas peu fière de savoir que, pour ce qui est du succès auprès des filles, elle a contribué au prestige d'Andrew.

— Hé, devine ce que j'ai appris aujourd'hui, a repris Andrew. Même si je ne joue pas de toute la saison, j'aurai quand même un blouson de l'équipe [1].

— Tu vas être trop sexy !

C'était une remarque un peu idiote, mais Danielle savait que ça flatterait son ego.

— Enfin, je n'y tiens pas plus que ça. N'empêche que tu serais chouette dedans cet hiver.

— T'es trop mignon, a dit Danielle en rougissant dans le noir.

---

1. Il s'agit des teddys ou « lettermen jackets » en anglais, généralement marqués à l'initiale du lycée ou de l'université et distribués par les équipes à leurs joueurs méritants. Cette pratique s'étend à des sports variés.

C'est vrai que ce serait cool de porter le blouson d'Andrew, le temps qu'elle gagne le sien en natation.

— Tu veux bien rester encore un peu au téléphone avec moi ? lui a-t-il demandé à voix basse.

Danielle a redressé son oreiller et ils ont allumé chacun leur télévision, comme si leurs télécommandes étaient synchronisées. Ils ont ricané devant les publicités bizarres qui colonisent les chaînes du câble en fin de soirée. Des pubs pour des pulvérisateurs de faux cheveux ; pour des appareils de gymnastique aux airs d'instruments de torture ; pour des cures anti-acné ; pour des pilules de régime inspirées d'antiques recettes chinoises…

Danielle s'est endormie avec son portable collé à l'oreille, des images d'avant et après utilisation des produits miracles crépitant dans le noir. Sa batterie est morte pendant la nuit. Ainsi que son alarme de réveil…

C'est donc par amour, ou quelque chose qui y ressemble, que Danielle a raté son bus. Près de l'arrêt, elle voit un cahier ouvert par terre, dont les feuilles sont agitées par la brise. Elle le ramasse, le colle en visière au-dessus de ses yeux et distingue le bus scolaire à l'arrêt suivant, à environ trois cents mètres. Elle ne l'a pas raté de beaucoup

Elle arrondit le dos et fixe le bus.

Une seconde plus tard, elle court.

Sans échauffement, elle a un peu peur de se froisser un muscle. Ce serait vraiment idiot de se blesser et de se voir privée de bassin, tout ça pour rattraper le bus. Mais au bout de quelques foulées, elle trouve son rythme. Une agréable sensation de chaleur envahit ses bras en action et ses jambes qui avalent le bitume.

Le bus s'arrête et laisse une voiture sortir d'un garage. Danielle gagne du terrain.

— Hé! crie-t-elle quand elle est assez près pour distinguer les têtes des lycéens par la vitre arrière. Hé!

Mais ils sont trop occupés à parler pour la remarquer. Le bus repart dans un nuage de pot d'échappement qui lui pique les yeux. Elle se déporte sur la droite de manière à se placer au centre du rétroviseur et crie pour couvrir le vrombissement du moteur. Elle frappe du poing contre la vitre de la porte avant.

Le bus pile. Les passagers la regardent, choqués. Danielle écarte une mèche de cheveux bruns de son visage tandis que la porte s'ouvre.

— Tu aurais pu te faire tuer! aboie le conducteur.

Danielle s'excuse, le souffle court. Puis elle monte les marches en brandissant le cahier au-dessus de sa tête comme un trophée, attendant que quelqu'un le réclame.

Arrivée au lycée, Danielle fourre son blouson dans son casier et entraîne Hope à la cafétéria. Elle s'est réveillée trop tard pour prendre son petit-déjeuner, et ne tiendra jamais sans manger jusqu'à midi. Elle passe sans s'arrêter devant le stand de vente de petits pains de l'association des lycéens, parce que les glucides la font somnoler et qu'elle est déjà assez fatiguée comme ça. Pourvu qu'il reste autre chose que des chips ou des barres chocolatées dans le distributeur! Depuis qu'elle est dans l'équipe de natation de troisième, son corps, en manque perpétuel de carburant, lui réclame de plus en plus de nourriture. Elle doit veiller à l'alimenter correctement.

Un garçon plus âgé les dépasse alors qu'elles entrent dans la cafétéria.

— Salut, Dan the Man! lance-t-il en lui balançant une tape dans le dos.

— C'est à toi qu'il parlait? demande Hope.

Danielle est trop surprise pour réagir. Elle essaie de voir la tête du mec, au cas où elle le connaîtrait, mais il a déjà disparu.

— Heu… aucune idée.

Elles arrivent au distributeur, dont la vitre est recouverte de feuilles. Danielle suppose que c'est l'œuvre d'un club en quête de membres, jusqu'à ce qu'elle prenne une feuille et la lise.

« Dan the Man »?

La plus moche?

Chaque muscle de son corps se pétrifie comme sous l'effet d'une crampe géante.

Être traitée de moche, c'est une chose. Cette insulte-là, Danielle l'a déjà entendue. Comme beaucoup de filles, non ? Et bien que ça ne lui fasse pas plaisir, c'est un qualificatif qu'on emploie sans réfléchir, pour soi-même comme pour les autres. Un mot si galvaudé qu'il en a presque perdu son sens.

Presque.

Mais « Dan the Man », c'est différent. Ça fait mal, même si Danielle sait qu'elle n'est pas particulièrement féminine. Elle est mal à l'aise en robe, comme si elle était déguisée, qu'elle faisait semblant d'être quelqu'un d'autre. Elle ne se maquille que le week-end, et encore, elle met juste du gloss et parfois un peu de mascara. Elle ne s'est jamais fait percer les oreilles parce qu'elle a une peur bleue des piqûres.

Mais Danielle a tout ce qui est censé distinguer globalement une fille d'un garçon : des seins, des cheveux longs, un petit ami…

Hope décroche une feuille et prend une grande inspiration, comme avant un plongeon.

— Oh, non, Danielle… Qu'est-ce que c'est que ce truc ?

Son amie ne répond pas. Elle fixe son reflet sur la surface de la vitre qu'elles viennent de dégager. Comme elle n'a pas eu le temps de se doucher ce matin, elle s'est fait un chignon. Elle a des épis à la naissance des cheveux. Cela ne devrait pas l'étonner – elle retrouve des petites mèches dans son bonnet de bain après chaque entraînement – et pourtant si. Elle tente de lisser ses épis d'une main devenue moite, mais ils se redressent aussitôt. Elle retire son élastique et secoue la tête. Asséchés et ternis par le chlore, ses cheveux ne bougent pas comme ils devraient, et lui évoquent soudain une perruque de mauvaise qualité.

En se détournant de son reflet, Danielle aperçoit d'autres feuilles scotchées sur les casiers à l'extérieur de la cafétéria.

— Hope, je crois que ce truc est affiché dans tout le lycée, lâche-t-elle d'une voix rauque.

Sans ajouter un mot, les deux filles quittent la cafétéria et partent en courant chacune de leur côté, arrachant toutes les listes qu'elles trouvent sur leur passage.

Danielle est contente d'avoir quelque chose de concret à faire pour réagir, mais c'est son deuxième sprint de la journée à jeun. Elle doit puiser de l'énergie tout au fond d'elle pour continuer à poser un pied devant l'autre. Au bout du couloir, elle bouscule Andrew, accompagné de quelques copains de l'équipe de football américain.

Dont Chuck.

— Ouais! C'est Dan! lance celui-ci, en prenant une grosse voix. Dan the Man!

Les autres la dévisagent en riant.

Ils ont vu la liste.

Donc Andrew l'a vue aussi.

— Allez, Andrew! dit un autre membre de la bande en le poussant vers Danielle. Va l'embrasser!

— Ouais! crie Chuck. Vive les gays!

Andrew rit poliment. Mais tandis qu'il s'approche d'elle en s'éloignant de ses amis, son sourire s'évanouit. Il l'entraîne jusqu'à la cage d'escalier.

— Ça va ? lui demande-t-il d'un air inquiet, sans élever la voix.

— Pas trop mal, compte tenu de l'opération de changement de sexe que j'ai subie cette nuit.

Aucun des deux ne rit de cette tentative désespérée de détendre l'atmosphère. Elle brandit une pile de feuilles arrachées.

— Qu'est-ce que c'est que ça, Andrew ?

— Une tradition stupide qui a lieu tous les ans un peu après la rentrée.

Elle le regarde fixement.

— Pourquoi tu ne m'as pas prévenue ?

Il passe ses mains dans ses cheveux éclaircis par le soleil, qui commencent à repousser plus sombres.

— Parce que je n'ai jamais imaginé que tu serais dessus, Danielle.

Cette réponse la réconforte un peu. Juste un peu.

— Tu sais qui a écrit ça ?

Sans avoir beaucoup d'amis, a priori, Danielle ne se connaît pas non plus d'ennemis. Elle ne voit pas qui pourrait lui en vouloir au point de faire quelque chose d'aussi dégueulasse.

Après avoir jeté un coup d'œil sur la feuille qu'elle tient à la main, Andrew secoue vivement la tête.

— Non, je ne vois pas. Écoute, Danielle... ne te fatigue pas à courir dans les couloirs pour arracher cette liste. Elle est partout. Tout le lycée est au courant. Tu ne peux rien y faire.

Danielle repense alors au garçon qui lui a tapé dans le dos à la cafétéria, à la chaleur de sa main sur sa colonne vertébrale. Elle ne doit pas commettre d'impair. Elle ne doit pas se ridiculiser davantage.

— Je suis désolée, dit-elle – et elle l'est, pour diverses raisons. Qu'est-ce que je dois faire, d'après toi ?

Andrew lui effleure le bras.

— Les gens s'attendent à te voir accuser le coup. Ils vont épier ta réaction. Tout le monde se souvient encore de Jennifer Briggis et de son pétage de plombs quand elle s'est retrouvée sur la liste en troisième. Crois-moi, ce genre de dérapage, ça peut massacrer toutes tes années de lycée.

Danielle sent son ventre se nouer.

— C'est dingue, cette histoire. C'est complètement dingue.

— C'est un bras de fer mental. C'est la même règle que celle qu'on apprend aux gamins en colo : fais comme si tu te moquais de ce que les autres disent de toi, et ils te ficheront la paix. Ne donne à personne le plaisir de voir que ça t'atteint. Tu ne dois rien montrer.

Il plante ses yeux dans les siens.

— Prends la killer attitude, OK ?

Danielle se mord la lèvre et hoche la tête en refoulant ses larmes. Andrew a dû le remarquer, mais il a le tact de ne pas le montrer. À croire qu'il a pris sa killer attitude, lui aussi.

Danielle s'accorde une seconde pour se ressaisir et ressort de la cage d'escalier après Andrew, quelques pas en retrait.

Hope, au milieu du couloir, regarde autour d'elle d'un air paniqué. Elle se précipite vers Danielle dès qu'elle la voit.

— Dépêche-toi ! J'ai piqué tous les exemplaires qui étaient dans l'entrée et dans le couloir des sciences. On va aller voir du côté du gymnase.

Elle serre Danielle très fort contre elle et lui murmure :

— T'inquiète pas. Je jure sur ma vie de découvrir qui a fait ça et de lui faire payer.

— Laisse tomber, Hope, dit Danielle en jetant sa pile de feuilles dans une poubelle.

— Quoi ? Comment ça ?

Hope se retourne vers Andrew, qui a rejoint ses copains.

— Qu'est-ce qu'il t'a dit ?

— Ne t'inquiète pas, il m'a dit exactement ce qu'il fallait dire.

Et elle le pense sincèrement.

CHAPITRE 3

— **C'**est une blague ou quoi ?

Ces cinq mots sont sortis d'un bloc sur une note aiguë, un peu incertaine. Candace Kincaid est visiblement perturbée par la copie de la liste scotchée sur la porte de son casier.

Libérant une mèche de cheveux bruns collée à son épaisse couche de gloss pailleté, elle se penche pour mieux lire et fait glisser un ongle framboise le long de la liste, où le superlatif de « la plus moche » se trouve relié à son nom dans une association impossible.

Ses amies, intriguées, surgissent derrière elle. Elles sont toutes arrivées ce matin impatientes de découvrir la liste. Dans son excitation, Candace a à peine dormi de la nuit.

— C'est la liste ! lance une des filles.

— Candace est la plus jolie des secondes ! anticipe une deuxième.

— Ouais, vive Candace !

Elle sent des bras l'envelopper, des mains lui donner des tapes dans le dos ou lui presser l'épaule. Mais ses yeux restent rivés sur la feuille. Ça devait être son année. Franchement, l'année dernière aurait déjà dû être son année, mais Monique Jones avait été mannequin pour plusieurs magazines pour ados, à ce qu'elle prétendait, en tout cas. Candace ne trouvait pas Monique si jolie que ça. Elle était bien trop maigre, avec une tête trop grosse pour son corps et des pommettes... enfin, bizarres. En plus, elle n'avait que des amis garçons. Attitude de pétasse classique.

Candace a sauté de joie quand les Jones ont déménagé.

Elle pince le coin de la feuille en aplatissant le gaufrage entre ses doigts et l'arrache d'un coup sec, laissant deux centimètres de ruban adhésif et un lambeau de papier collés sur la porte de son casier.

— Désolée de vous annoncer ça, les filles... mais il semble que je sois la plus moche des secondes de Mount Washington.

Et elle éclate de rire, parce que, franchement, c'est absurde.

Ses amies échangent des petits coups d'œil gênés.

— Le scoop, reprend Candace, principalement pour mettre fin au silence pesant, c'est qu'on est à peu près sûrs que c'est Lynette Wilcox qui a rédigé la liste de cette année. Voilà un mystère résolu !

Lynette Wilcox se sert d'un chien pour se déplacer dans les couloirs. Elle est aveugle de naissance, avec des yeux d'un blanc laiteux, toujours humides.

De toute évidence, Candace a voulu plaisanter.

Personne ne rit.

Enfin, une des filles souffle :
— Wouah.

Candace se vexe. « Wouah », c'est tout ce qu'elles trouvent à dire ? Elle retourne la liste pour découvrir les autres noms, à la recherche d'erreurs qui pourraient confirmer cette aberration. Pourtant, Sarah Singer est bien la plus moche des premières. Candace croit vaguement voir qui est Bridget Honeycutt, mais la fille en question étant loin d'être inoubliable, elle peut se tromper. Tout le lycée trouve Margo Gable canon, il est on ne peut plus logique qu'elle ait été nommée la plus jolie des terminales. Et bien sûr, Jennifer Briggis s'impose comme terminale la plus moche. Toute autre qu'elle aurait été une déception. Quant aux troisièmes, Candace ne les connaît pas, n'ayant pas la moindre raison de s'intéresser à elles.

Il y a un dernier nom qui ne lui dit rien. Curieusement, c'est sa rivale de seconde. La plus jolie opposée à la plus moche.

Candace donne une chiquenaude à la feuille, qui produit un bruit sec.

— Qui c'est, Lauren Finn ?
— Celle qui prenait ses cours à domicile.
— Qui ? demande Candace en plissant le nez.

L'une de ses amies chuchote, après un coup d'œil nerveux par-dessus son épaule pour s'assurer que personne n'écoute :

— Crin de Cheval.

Candace fait les yeux ronds.

— Lauren Finn, c'est Crin de Cheval?

Elle a inventé ce surnom il y a huit jours, pendant que sa classe courait le 1 500 mètres et que la queue de cheval d'un blond… chevalin de Crin de Cheval se balançait au rythme de son trot. Candace s'est fait un point d'honneur de hennir en la dépassant, parce qu'il n'y a rien de plus ringard que de garder les cheveux aussi longs. À moins de les dégrader. Mais ceux de Lauren sont coupés au cordeau au niveau de la taille. Sûrement par sa mère, avec une paire de ciseaux émoussés.

— Bah… moi, je la trouve jolie, intervient une fille en haussant les épaules comme pour s'excuser.

Une troisième hoche la tête.

— Bon, elle aurait besoin d'aller chez le coiffeur, mais sinon, c'est vrai qu'elle est jolie.

Candace lâche un soupir peiné.

— Je ne dis pas le contraire, marmonne-t-elle, bien qu'elle ne se soit jamais posé la question. (Et pourquoi le ferait-elle? Elles ne sont pas censées parler de Lauren, mais d'elle, Candace.) Mais me nommer la plus moche des secondes, ça n'a aucun sens.

Son regard glisse de ses amies vers d'autres secondes qui passent dans le couloir. En un clin d'œil, elle a déjà repéré au moins dix filles qui auraient pu être nommées. Des moches, qui, elles, seraient qualifiées pour le titre.

— Franchement, quoi, ce truc est totalement bidon !

Candace tend une nouvelle perche à ses amies, bien qu'elle se sente un peu pitoyable de devoir insister :

— Si on commence à mettre les belles dans les moches, ça fiche en l'air la tradition !

— Enfin, la liste ne dit pas que tu es moche pour de vrai ! précise une des filles, charitable.

— Ouais, renchérit une autre, les plus moches sont vraiment moches. La liste dit juste que tu l'es à l'intérieur.

Ce n'est pas la défense unanime qu'espérait Candace. Mais elle hoche la tête, laissant germer la remarque dans sa tête. Au fond, si c'est ce que certains pensent d'elle, où est le problème ? En tout cas, ce n'est pas l'avis de ses amies, ou elles ne seraient pas ses amies. Et être jolie à l'extérieur, c'est le principal. Puisque c'est ce que tout le monde voit.

— Bon, intervient timidement une autre fille. On ne devait pas discuter de ce qu'on fait pour le cortège des Braves ?

C'est en effet ce que Candace a mis au programme de la matinée. Le cortège des Braves a lieu samedi, juste avant le match de football américain de la fête de la rentrée. Il s'agit d'un défilé informel où les lycéens de Mount Washington traversent la ville en klaxonnant dans leurs voitures décorées, histoire de mettre les gens dans l'ambiance du match. C'est la première fois que Candace et ses amies sont en âge de conduire, quelques-unes, dont elle, ayant passé leur permis cet été. Candace a tout planifié dans son cahier : le choix de la voiture (la décapotable de sa mère, sans hésitation), la décoration (serpentins, guirlandes de boîtes de conserve, mousse à raser sur le pare-brise), et les tenues des filles (shorts, chaussettes et sweat-shirts avec le sigle de Mount Washington). Mais Candace est quand même sidérée que ses amies ne soient pas plus choquées que cela.

— Je ne peux pas dire que je me sente d'humeur festive dans l'immédiat, déclare-t-elle. On remet ça à demain, d'accord ?

Une des filles hausse les épaules.

— Mais on n'a que jusqu'à samedi.

— Et on ne peut pas attendre la dernière minute, ajoute une autre. On doit trouver un concept. Maintenant qu'on est en seconde, on ne peut plus se contenter de… d'improviser.

Un « concept » ? Franchement. Candace lève les yeux au ciel. Puis en voyant tout le groupe hocher la tête, elle se rend compte que les filles parleront du cortège des Braves qu'elle soit là ou non. C'est une sensation totalement dingue, encore plus dingue que d'être traitée de fille la plus moche.

Changeant son fusil d'épaule, elle arrache sa page d'idées de son cahier.

— Tenez, voilà ce que j'ai prévu, dit-elle en la leur tendant. Décidez qui monte avec moi, parce qu'il n'y a que cinq places dans la décapotable de ma mère. (Elle fait un compte rapide des filles qui se tiennent devant elle. Elles sont dix.) Six en se serrant.

Candace ouvre son casier et s'absorbe dans la contemplation des lamelles métalliques de la porte, tandis que les autres se dirigent vers leur salle de cours. Ses yeux glissent jusqu'au miroir magnétique fixé à l'intérieur de la porte. Quelque chose dans son expression paraît déséquilibré. Il lui faut quelques secondes d'examen attentif pour s'apercevoir qu'elle a oublié de se mettre de l'eye-liner à l'œil gauche.

Pourquoi ne lui ont-elles rien dit ?

Après avoir fouillé dans sa trousse de maquillage, Candace s'approche jusqu'à ce que son nez frôle le miroir. Elle étire doucement le coin extérieur de son œil vers le haut et trace le long de sa paupière une ligne crémeuse de crayon chocolat, un échantillon que sa mère lui a donné. Quand elle relâche sa paupière, la peau rebondit souplement et elle cligne des yeux deux ou trois fois.

Elle estime que ses yeux sont son meilleur atout. Ils sont d'un bleu très clair, comme cinq litres d'eau glacée teintés de trois petites gouttes de colorant. Ils lui ont toujours valu des compliments qui en deviennent un peu agaçants par leur côté prévisible. Mais elle savoure toujours l'attention qu'on lui porte, par exemple lorsqu'une vendeuse lève le nez de sa caisse et s'exclame : « Wouah ! Vous avez des yeux incroyables ! »

Ou, encore mieux, quand c'est un garçon. Ses yeux attirent plus les regards que ses seins, et ce n'est pas peu dire. Elle fait quand même un vrai bonnet C, et sans ces rembourrages ridicules qui, franchement, d'après elle, ne sont que de la publicité mensongère.

Elle se sent légèrement rassérénée. Liste ou pas, Candace Kincaid est jolie. Elle le sait. Tout le monde le sait.

Et c'est tout ce qui compte.

CHAPITRE 4

Lauren Finn est d'accord avec sa mère sur le fait que la berline sent encore l'odeur de son grand-père décédé : un mélange de tabac pour pipe, de vieux journaux et d'eau de Cologne bon marché. Elles font le trajet de Mount Washington les vitres baissées. Lauren croise les bras sur la portière et, le menton sur les mains, se laisse réveiller par l'air frais du dehors.

Les lundis matins sont toujours les plus difficiles, parce que les nuits qui précèdent sont toujours les pires. L'appréhension de la semaine à venir la met à cran au moment où elle aurait le plus besoin de se détendre. Les nerfs à vif, elle sent chaque bosse du matelas, entend chaque craquement, chaque soupir de la vieille maison.

Sa nouvelle vie a commencé il y a trois semaines, et tout lui semble inconfortable. Exactement comme prévu.

Le vent soulève ses longs cheveux pâles comme une grosse vague blonde, à part la mèche maintenue par une barrette en argent terni.

Elle a trouvé la barrette hier soir, après s'être tournée et retournée une heure dans son lit, précisément dans la chambre et le lit qu'occupait sa mère quand elle avait quinze ans. La petite tige métallique dépassait du bord de la plinthe comme un clou mal enfoncé, ses brillants troubles étincelant au clair de lune.

Lauren est sortie dans le couloir en pyjama. La chaude lumière de la lampe de chevet de sa mère filtrait par la porte entrouverte. Elles avaient toutes les deux du mal à dormir depuis leur arrivée à Mount Washington.

Lauren a poussé la porte du pied. Plusieurs paires de collants caramel, fraîchement lavées dans le lavabo, séchaient sur le cadre du lit en fer forgé. Lauren a repensé aux mues de serpent qu'on trouvait dans le sable brûlant des dunes de l'Ouest, derrière leur ancien appartement. Dans leur ancienne vie.

Mrs Finn a levé les yeux de son gros livre de fiscalité. Lauren a zigzagué entre les cartons et sauté sur le lit. Elle a ouvert les mains comme un coquillage.

Sa mère a secoué la tête en souriant d'un air un peu gêné.

— J'avais supplié ta grand-mère de me l'acheter pour la rentrée de troisième.

Elle a pris la barrette entre ses doigts pour examiner ce fossile de sa jeunesse.

— Tu n'as peut-être encore jamais ressenti ça, Lauren, mais quelquefois, quand on a quelque chose de neuf, on arrive à se convaincre que cet objet a le pouvoir de changer tout ce qu'on est.

Son sourire s'est étiré jusqu'à modifier totalement son expression. Avec un soupir, elle a ajouté :

— C'était beaucoup demander à une barrette, non ?

Puis elle l'a glissée dans les cheveux de Lauren en calant une mèche en forme de vague au-dessus de son oreille, et elle a soulevé sa couette pour lui faire une place.

Si Lauren n'avait jamais éprouvé la sensation décrite par sa mère, elle faisait d'autres découvertes, nettement plus déconcertantes. Comme avec Randy Culpepper.

Dès le premier jour, elle avait remarqué que Randy, assis à deux places d'elle en cours d'anglais, avait une drôle d'odeur. « Boisée et un peu rance », avait-elle pensé, avant d'entendre dire dans un couloir que Randy était un petit dealer qui fumait son joint tous les matins dans sa voiture.

Le fait de connaître désormais l'odeur d'une substance illicite illustrait l'ampleur des changements survenus dans sa vie. Par peur de briser le cœur de sa mère, elle gardait ce secret pour elle, ainsi que beaucoup d'autres. Elle ne lui avouerait jamais que sa vie dans son nouveau lycée était aussi difficile qu'on le lui avait prédit.

Voire pire.

Un peu plus tard, alors que Mrs Finn avait fini d'étudier et éteint sa lampe, Lauren est restée les yeux grands ouverts dans le noir, à tourner dans sa tête les paroles de sa mère. Elle ne voulait pas changer. Malgré tous ces bouleversements, elle resterait la même. Avant de s'endormir, elle a porté la main à la barrette. Son ancrage.

Lauren touche de nouveau la barrette alors que la berline se gare le long du trottoir.

— De quoi ai-je l'air ? lui demande sa mère. D'une comptable qu'on voudrait embaucher ?

Mrs Finn règle le rétroviseur et inspecte son reflet en fronçant les sourcils.

— Ça fait une éternité que je n'ai pas passé un entretien. La dernière fois, tu n'étais même pas née. Personne ne va vouloir m'engager. Les gens préfèrent les petites jeunes.

Lauren décide de ne pas voir les taches de transpiration sous les aisselles du chemisier de sa mère, ni le petit trou dans son collant qui révèle la pâleur de sa peau. Ses cheveux sont encore plus pâles que son teint, comme ceux de Lauren, mais parsemés de gris.

— Rappelle-toi ce qu'on s'est dit, maman. Mets le paquet sur ton expérience, plutôt que sur le fait que tu n'as pas travaillé depuis longtemps.

Hier, après ses devoirs, elle l'a fait s'entraîner pour son entretien. Elle n'avait jamais vu sa mère aussi peu sûre d'elle, aussi mal à l'aise. Au fond, Mrs Finn n'a pas envie de ce nouveau travail. Elle voudrait juste rester le professeur de sa fille.

Cette situation attriste Lauren. La vie a été difficile la dernière année dans l'Ouest. L'argent laissé par son père s'est épuisé et Mrs Finn a rogné sur les petits voyages qu'elles s'accordaient pour voir autre chose que l'Académie de la cuisine. C'est ainsi qu'elles appelaient le coin du petit-déjeuner, quand il leur servait de salle de classe, de huit à seize heures. Lauren ne savait même pas que sa mère ne payait plus le loyer. En fin de compte, la mort de son grand-père et la maison reçue en héritage ont été un mal pour un bien.

— Lauren, promets-moi de parler de la liste de lecture à ton prof d'anglais. Ça me ferait mal au cœur que tu passes un an à t'ennuyer dans son cours parce que tu as déjà lu et étudié tous les livres au programme. Si tu n'oses pas le faire…

Lauren secoue la tête.

— Je vais le faire. Aujourd'hui. Promis.

Mrs Finn lui tapote la jambe.

— On s'en sort bien, toutes les deux, non ?

— Oui, absolument, répond Lauren mécaniquement.

— À tout à l'heure. Pourvu que le temps passe vite.

Lauren se penche pour serrer sa mère dans ses bras. Elle l'espère aussi.

— Je t'aime, maman. Bonne chance !

Lauren sort de la voiture et entre dans le lycée, vaguelette fendant la marée d'élèves qui déferle dans l'autre sens. Sa salle de classe est vide. Les néons ne sont pas encore allumés, et les pieds des chaises retournées dessinent une forêt d'étoiles à quatre branches qui l'encerclent. Elle retourne une chaise et s'assoit.

Elle se sent terriblement seule ici.

D'accord, quelques personnes lui ont parlé. Des garçons surtout, après s'être mis au défi de lui poser des questions idiotes sur les cours à domicile, comme si elle faisait partie d'une secte. Rien de surprenant ; ses cousins étaient tout aussi niais, balourds et énervants.

Les filles valent à peine mieux. Quelques-unes lui ont fait l'aumône de sourires ou de petits renseignements polis, comme sur l'endroit où il faut ranger son plateau après le déjeuner. Mais aucune n'a eu un geste qui ressemble de près ou de loin à une tentative de rapprochement. Aucune ne semble intéressée par l'idée de la connaître, une fois confirmé le fait qu'elle est bien cette fille bizarre à qui sa mère donnait ses cours à la maison.

Ça ne devrait pas l'étonner. C'est ce qu'on lui avait annoncé.

Lauren fait semblant de lire, le nez plongé dans un cahier ouvert devant elle. En réalité, elle regarde du coin de l'œil les filles qui entrent par petites grappes dans la classe et viennent s'asseoir autour d'elle.

Elle a piqué le truc à Randy, qui se sert de cette technique pour somnoler sans se faire repérer.

Elle ne voit pas la meneuse, la jolie fille aux yeux comme des glaçons. C'est inhabituel.

Les filles échangent des murmures survoltés, étouffent des gloussements, totalement absorbées par leurs commérages. Jusqu'à ce que l'une d'elles remarque Lauren.

Celle-ci baisse les yeux, mais pas assez vite.

— Oh là là, Lauren, le bol que tu as ! Est-ce que tu te rends compte, au moins ?

Le sourire de la fille s'élargit démesurément et elle se précipite vers Lauren avec des airs de conspiratrice.

Celle-ci relève la tête :

— Pardon ?

La fille dépose cérémonieusement une feuille de papier sur son cahier ouvert.

— C'est une tradition de Mount Washington. Tu as été nommée la plus jolie fille de troisième.

Elle a parlé lentement, comme si Lauren était une étrangère ou qu'elle avait l'esprit lent.

Lauren lit la feuille. Elle voit son nom. Mais elle n'y comprend rien. Une autre fille vient lui taper dans le dos.

— Souris un peu, Lauren, lui murmure-t-elle, comme on le ferait pour signaler à quelqu'un que sa braguette est ouverte ou qu'il a du persil entre les dents. Ou les gens vont croire que tu es bizarre.

Lauren était tellement sûre d'être cataloguée comme telle que cette remarque désinvolte la surprend encore plus que le reste.

CHAPITRE 5

Sarah a décidé de lui annoncer de but en blanc, histoire d'éviter une scène. À bas les circonvolutions, les explications. Ça ne ferait que tout compliquer. Elle va juste lui dire un truc du genre : « Écoute, Milo, c'est fini. Notre… amitié, ou ce que tu veux, c'est fini. Alors vas-y, fais ce que tu as à faire ! Vis ta vie ! Deviens super pote avec le capitaine de l'équipe de foot. Pelote la meneuse des pom-pom girls, même si tout le monde sait que Margo Gable met des soutiens-gorge rembourrés. Ce n'est pas moi qui te jugerai. »

Cette dernière phrase sera un mensonge. Pour le juger, elle le jugera.

Assise sur un banc, elle grignote les coins d'un fourré à la fraise, auquel l'odeur de tabac qui imprègne ses doigts donne un petit goût acide. Elle se force à avaler sa bouchée et balance le fourrage – pourtant la partie qu'elle préfère – dans l'herbe. Tout ce sucre ne lui réussit pas. Les écureuils n'auront qu'à le manger ; elle, elle a besoin de garder son calme. Elle glisse une main sous l'amas de colliers enchevêtrés sur sa poitrine pour sentir son cœur. Il palpite comme un colibri, si vite que les battements s'enchaînent pour former un vrombissement permanent et désagréable.

Elle arrache l'enveloppe de cellophane d'un nouveau paquet de cigarettes, en allume une. Une légère brise emporte la fumée, mais elle sait que Milo en décèlera l'odeur sur elle dès son arrivée. Un vrai chien policier, capable de détecter tous ses vices. Hier soir, penchée à la fenêtre de la chambre de Milo pour fumer l'avant-avant-dernière cigarette de son vieux paquet, alors qu'il venait de lui faire un récit circonstancié et déprimant de l'agonie de sa tante morte d'un cancer du poumon, elle lui a dit qu'elle allait sérieusement envisager d'arrêter. Elle rit rien qu'en y repensant et souffle des petits nuages de fumée par les narines. Le rire et la fumée s'évaporent dans l'air vif du matin.

Hier soir, elle a dit beaucoup de conneries.

Quant à Milo, il faut croire qu'il n'a pas attendu hier et qu'il ne dit que ça depuis qu'ils se connaissent.

Aucune importance. Qu'il continue à lui prendre la tête sur la cigarette. Qu'il lui donne une raison claire et nette de s'énerver contre lui, ça ferait un peu oublier ses angoisses à Sarah.

Elle voit deux minettes de première venir vers elle en trottinant à petits pas. Elle a beau les connaître, elle trouve que toutes ces foutues filles de première se ressemblent. Elles portent toutes les cheveux mi-longs avec des stupides bottes en peau de mouton, une petite pochette accrochée au poignet contenant le portable, le gloss et l'argent du déjeuner. Elles lui font penser à des zèbres, portant toutes les mêmes rayures pour éviter que les prédateurs ne les distinguent. La survie de l'espèce, tel est le credo de Mount Washington !

Les deux filles s'arrêtent devant son banc et se campent en face d'elle, épaule contre épaule, serrant chacune une feuille de papier dans leurs mains. La plus petite s'agrippe à son amie et émet un petit rire haut perché. L'autre se contente de respirer par saccades, comme si elle avait le hoquet.

Pour Sarah, c'en est trop.

— Hé ! aboie-t-elle. Si vous alliez tenir votre petit conseil ailleurs, mesdames ?

Et du bout incandescent de sa cigarette, elle désigne un point au loin.

Sa demande lui paraît raisonnable. Les filles ont tout le lycée à arpenter sans être dérangées. Et personne ici n'ignore que c'est son banc.

Elle l'a découvert en troisième. Il était toujours vide, parce qu'il se trouvait pile sous la fenêtre de la proviseur. Ça ne la gênait pas. Elle recherchait la solitude.

Enfin, jusqu'à l'arrivée de Milo Ishi au printemps dernier.

Il est apparu un matin, à la dérive sur le trottoir, un nouveau jeté dans un flot de lycéens avec qui il n'avait rien en commun.

Il croisait les bras sur sa poitrine, dans une posture défensive tout à fait adaptée à un Japonais végétarien fluet au crâne rasé. Le style de Milo n'était pas non plus celui de Sarah, mais en représentait peut-être une version plus évoluée. Ses baskets ne se trouvaient qu'en Europe. Son casque audio était un modèle de luxe. La monture noire de ses lunettes était d'une épaisseur peu commune et probablement vintage. Il avait même déjà son premier tatouage, un proverbe bouddhiste gribouillé sur l'avant-bras. Au bout de quelques minutes d'observation, Sarah, le prenant en pitié, lui a lancé :

— Hé ! Le nouveau !

Milo est d'une timidité presque maladive. Il déteste prendre la parole en cours et fait une crise d'urticaire dès que ses parents se disputent. Ça a été un défi de le faire sortir de sa coquille, mais quand elle y est enfin parvenue, Sarah a eu le sentiment de découvrir un semblable, aussi marginal qu'elle. Elle l'a souvent supplié de la torturer en lui parlant de son ancienne vie à West Metro et de l'ambiance dans son lycée artistique. Milo disait que West Metro était une ville moyenne. Mais pour Sarah, qui a grandi à Mount Washington, il aurait aussi bien pu lui parler de New York. Le lycée de Milo organisait des sorties au musée, n'avait pas d'équipe de sport, et son club de théâtre ne servait pas juste à mettre en valeur des filles rêvant de devenir animatrices radio avec des voix sucrées.

Maintenant, c'est sur le fameux banc qu'ils se retrouvent tous les jours, matin et soir, qu'ils font leurs devoirs et partagent leurs oreillettes pour écouter des chansons téléchargées illégalement. Ce banc est une oasis où deux ados repliés sur eux-mêmes peuvent enfin communiquer.

Sarah a voulu y graver leurs noms avec un couteau de la cafétéria, mais elle a cassé la lame au bout du troisième essai et s'est aperçue que le banc était fait dans une de ces nouvelles matières indestructibles. Depuis, elle a toujours un feutre noir dans son sac, pour repasser une couche d'encre sur leurs initiales dès qu'elles commencent à s'effacer.

Alors que le bus de Milo s'arrête, Sarah glisse ses longues mèches de devant derrière ses oreilles. Milo lui a rasé l'arrière du crâne il y a quelques semaines, après s'être occupé du sien, mais ça repousse vite. Ces petits cheveux-là, tout neufs et drus, sont doux comme de la fourrure de chiot, d'un brun doré qui tranche avec ses mèches de devant teintes en noir corbeau. Elle avait presque oublié sa couleur naturelle.

Un manga ouvert sous les yeux, Milo s'approche, tout en os et angles aigus. À chaque pas, ses genoux cagneux sortent de sous son treillis taillé en bermuda. Il prétend porter des shorts par tous les temps. Sarah lui dit que c'est parce qu'il n'a jamais passé un hiver à Mount Washington. La première fois qu'il enfilera un jean, elle ne le ratera pas.

Se surprenant à sourire, elle se hâte de faire redescendre les coins de sa bouche.

— Yo, lance-t-elle quand il arrive au banc, prête à abattre le couperet.

Milo relève le nez de son manga. Un sourire lui fend le visage, si large qu'il lui dessine des fossettes.

— Tu as mis mon tee-shirt, remarque-t-il.

Sarah baisse les yeux. Il a raison, ce n'est pas son tee-shirt noir. Le sien a des taches blanches à cause du produit décolorant. Elle se décolore toujours les cheveux avant de se les teindre, pour que la nouvelle couleur soit la plus pure et la plus saturée possible. Sinon, sa teinte naturelle remonte.

— Tu peux le garder, murmure-t-il timidement.

— Je n'en veux pas, de ton tee-shirt, Milo.

Si elle le pouvait, elle se changerait même tout de suite.

— J'ai dû me tromper hier soir, reprend-elle. Et comme je n'ai pas fait de lessive, je l'ai remis ce matin.

Elle s'éclaircit la gorge. C'est pas vrai, elle commence déjà à perdre ses moyens.

— Écoute, conclut-elle, j'aimerais bien récupérer le mien. Tu me le rapportes demain ?

— Pas de problème.

Il s'affale sur le banc à côté d'elle et se replonge dans son manga. Sur la page, Sarah voit une lycéenne innocente au regard de biche et en jupe plissée qui se recroqueville de terreur face à un monstre féroce.

« Jusque-là, pas de surprise », songe-t-elle en détournant les yeux.

Au bout de quelques instants, Milo déclare tout à trac :

— Je te trouve bizarre. Tu n'avais pas dit que tu serais normale ?

N'importe quoi. Elle n'est pas du tout bizarre.

« On va essayer de rester naturels, d'accord ? », a-t-elle dit la veille dans la chambre de Milo, en ressortant sans son jean du petit espace qui séparait la commode du mur. Elle avait gardé tout le reste sur elle : son sweat à capuche, ses chaussettes, ses sous-vêtements.

— OK, a-t-il répondu avec de grands yeux, couché sur des draps Mickey Mouse aux couleurs passées qu'il devait avoir depuis toujours.

— On ne parle pas, a-t-elle ajouté avant de se glisser sous les draps.

Le reste de ses vêtements n'a pas tardé à rejoindre le jean. Mais pas ses colliers. Sarah n'enlève jamais ses colliers. Quand Milo s'est allongé sur elle, elle a senti les minuscules chaînons métalliques s'enfoncer dans ses clavicules.

Tendant la main vers la table de chevet, elle a monté à fond le son de la chaîne stéréo ; ils écoutaient l'un des mix qu'elle avait réalisés au début de leur rencontre. Les vibrations ont secoué les objets entassés sur la commode et fait trembler les vitres. Mais même avec de la musique plein la tête, elle entendait toujours la respiration de Milo, brûlante et rapide à son oreille. Et, à intervalles réguliers, un gémissement. Un léger soupir. De sa propre bouche.

Le souvenir de sa voix lui emplit la tête comme un écho, encore et encore, comme pour la narguer.

Elle se détourne de Milo.

— Je ne suis pas bizarre. Je n'ai juste pas envie de parler d'hier. Je ne veux même pas y penser.

— Oh, fait Milo d'un ton maussade. OK.

Sarah refuse de culpabiliser. Tout est de sa faute à lui.

Elle tire sur sa cigarette et souffle la fumée sur le sac de cours de Milo. Elle sait que son cahier de croquis se trouve dedans. Il suffirait qu'elle le sorte, qu'elle l'ouvre à la bonne page et qu'elle lui demande direct : « Pourquoi tu ne me l'as jamais dit ? »

C'est ce qu'elle s'apprête à faire quand elle se retrouve soudain débordée par un groupe de filles. De deux, elles sont passées à quatre à rôder près du banc. Elles hurlent de rire, sans se douter une seconde qu'une relation est sur le point d'imploser sous leurs yeux.

Sarah ressent une morsure au bout des doigts. Sa cigarette s'est consumée jusqu'au filtre. D'une pichenette, elle balance le mégot incandescent vers le groupe. Il rebondit sur le sweat-shirt d'une des filles.

— Sarah, fait Milo en posant une main sur son bras.

— Tu aurais pu me brûler ! couine la fille atteinte.

Et elle s'inspecte frénétiquement à la recherche d'une trace de brûlure.

— Je vous ai demandé gentiment d'aller voir ailleurs, leur rappelle Sarah. Et je ne suis pas d'humeur à être gentille aujourd'hui.

Une vague d'indignation agite le groupe, qui se dandine d'un pied sur l'autre.

— Désolée, Sarah, réplique l'une d'elles en secouant sa feuille de papier. Mais c'est vraiment trop drôle.

— C'est souvent le cas des private jokes, réplique Sarah. Drôles pour ceux qui sont dans le coup et super gonflantes pour le reste de la planète.

Milo rit de sa répartie. Ça améliore son humeur d'un cran.

Après un échange de regards entendus avec le reste du groupe, une autre fille s'approche :

— Eh ben tiens. Comme ça, tu pourras rigoler avec nous.

Sarah comprend de quoi il s'agit dès que la feuille atterrit sur ses genoux. Cette foutue liste. Tous les ans, ça lui donne envie de vomir, cette façon qu'ont les filles de se jauger comme du bétail, d'en mettre certaines sur un piédestal et d'en piétiner d'autres. C'est pathétique. C'est triste. C'est…

Son nom ?

« À croire qu'elle fait tout pour être moche ! »

Sarah relève la tête. Les quatre filles ont disparu. Elle a l'impression qu'on vient de la frapper sous la ceinture sans lui laisser une chance de riposter, et la surprise fait encore plus mal que le coup.

— Qu'est-ce que c'est ? demande Milo en prenant la feuille.

Il est arrivé en cours d'année ; il n'est pas au courant de cette tradition pourrie. Sarah a un haut-le-cœur en le regardant lire. Elle s'apprête à lui expliquer, mais se ravise et se met à se ronger les ongles en silence. Pas la peine. Tout est dit là, sur cette feuille de papier débile.

Milo pince les lèvres.

— Qui sont les mecs assez cons pour faire un truc pareil ?

— Les mecs ? Ha ! C'est un petit clan secret de pétasses nuisibles. Ça tombe tous les ans, une sorte d'introduction sadique au bal de la rentrée. Je peux te dire que j'ai hâte de me barrer de ce trou.

Ce ne sont pas les raisons qui lui manquent.

Milo glisse une main tiède dans la poche arrière du jean de Sarah et prend son briquet. Au bout de quelques essais, une flamme s'élève en sifflant. Il la positionne au bas de la feuille.

Ça fait du bien de voir la liste se consumer. Mais Sarah sait qu'il y a des exemplaires aux quatre coins du lycée. Ils vont tous la dévisager en espérant lire sur son visage la gêne, l'humiliation. La dure à cuire enfin à terre, forcée d'admettre qu'elle n'est pas si indifférente à ce qu'ils pensent. Quand le papier tombe en petits lambeaux de cendre incandescente, elle les écrase sous sa semelle.

« Quelle conne je fais », pense-t-elle. Comment a-t-elle pu s'imaginer qu'elle pouvait vivre sa vie et eux la leur, que les deux camps pouvaient malgré tout coexister dans un fragile écosystème ? Ça commence chaque matin dans le bus. Elle s'affale sur un siège à l'avant, met sa capuche, fourre ses écouteurs dans ses oreilles et se rendort, la tête contre la vitre. Ça lui évite de les entendre balancer des horreurs les unes sur les autres, avant d'échanger des serments d'amitié éternelle le lendemain.

Ce côté bidon, c'est ce qui l'écœure le plus chez ces nanas. Leurs mascarades d'amour et d'amitié sonnent aussi faux que les comédies musicales de fin d'année. Mais elles jouent le jeu, en faisant semblant de croire que leurs petits colliers à breloques « Amis pour la vie » brilleront toujours autant dans vingt ans.

D'autres filles sont tombées en disgrâce, comme elle en cinquième. Mais Sarah est la seule qui n'ait jamais rien fait pour se réintégrer, et elle sait qu'on ne le lui a pas pardonné.

La nature fournit des armes à ceux qui n'en ont pas. Les animaux portent des taches et des couleurs vives pour signaler qu'ils sont dangereux ou venimeux. Sarah Singer, elle aussi, s'est donné beaucoup de mal pour qu'ils ne puissent pas penser qu'elle aimerait leur ressembler.

Ce qui la rend dingue, c'est qu'elle aurait pu essayer. Elle aurait pu décider de faire son shopping dans leurs boutiques de nulles, acheter leurs bottes horribles et leurs pochettes débiles, sautiller sur leur musique pourrie.

Mais si elles la trouvent moche simplement parce qu'elle est différente, ça lui va.

Finalement, mission accomplie !

— Laisse tomber, lui dit Milo. Ces pseudo-jolies filles sont totalement à côté de la plaque. Ce sont elles, les moches.

Elle le toise. S'il lui avait dit ça hier, avant qu'elle ne découvre la vérité sur lui, elle aurait pu le croire ; elle se serait sentie mieux. Mais c'était hier. Aujourd'hui, elle a compris. Ce qu'il y a pu avoir entre eux n'existe plus. Impossible. Elle ne peut plus se leurrer sur ce qu'il est.

N'empêche que dans l'immédiat, elle est contente qu'il soit là. Pour l'instant. Parce qu'elle a besoin de son aide.

Elle ramasse son sac, le pose sur ses genoux et sort son feutre noir de la poche avant.

— Rends-moi un service. Écris « moche » sur mon front aussi gros que tu pourras.

Milo a un mouvement de recul.

— Pourquoi tu me demandes ça ? Et pourquoi je le ferais ?

Sarah cherche ses mots, et se décide pour :

— Fais-le !

Il repousse le feutre.

— Sarah, on a couché ensemble hier.

Il a dit ça d'un ton super sérieux. Insupportable.

— Milo ! Ce n'est pas le moment de m'énerver. Je le ferais bien moi-même, mais j'écrirais à l'envers. S'il te plaît.

Avec un grognement, il se met à genoux sur le banc et écarte les cheveux du front de Sarah.

Le feutre accroche sur sa peau. Pendant qu'il écrit, elle lève les yeux vers les toilettes du premier étage, où des filles la regardent par la fenêtre. Comme elles savaient où la trouver, elles ont voulu voir si elle était déjà au courant. Sarah les salue en levant le majeur.

— Le plus gros que tu peux, ordonne-t-elle à Milo.

L'odeur de l'encre lui donne le tournis. À moins que ce ne soit l'idée de ce qui va suivre. Milo rebouche le feutre avec un petit bruit de clap de cinéma. Le spectacle va commencer.

— Pour info, je suis totalement contre, lui chuchote-t-il tandis qu'ils entrent dans le bâtiment.

— Eh bien, rien ne t'oblige à m'accompagner, riposte Sarah. Sérieux. Laisse tomber.

Elle lui donne une chance de s'en aller, de s'en sortir à bon compte.

Milo ouvre la bouche, la referme.

— Je viens, déclare-t-il. Je t'accompagne tous les jours jusqu'en salle de cours.

Ses yeux remontent vers le front de Sarah et les coins de sa bouche s'affaissent.

Elle sent sa gorge se serrer. Bon Dieu, elle n'est pas en état de s'occuper du dossier Milo maintenant. Alors elle accélère. La vitesse dégage ses cheveux de son front et rend le mot bien visible. Et le fait est que tout le monde le voit.

Mais seulement l'espace d'une seconde. Car dès qu'ils se rendent compte de ce qu'elle s'est fait, ils cherchent vite un autre endroit où poser les yeux. Leurs chaussures, leurs copains, leurs devoirs. Tout plutôt qu'elle.

La liste a tout pouvoir, son jugement est absolu, mais personne n'est prêt à l'affronter inscrit au feutre noir sur un front.

Bande de dégonflés.

Ce constat n'aide pas beaucoup Sarah. Non seulement ils la trouvent moche, mais il faudrait en plus qu'elle soit invisible.

CHAPITRE 6

À mi-chemin du lycée, Lisa commence à supplier Bridget de lui prêter son rouge à lèvres.

— Laisse tomber, Lisa. Je n'ai pas eu le droit d'en mettre avant d'être en seconde.

— Allez, s'il te plaît! S'il te plaît! Maman ne le saura pas.

Bridget Honeycutt porte une main tremblante à son front.

— C'est bon, comme tu voudras. Évite juste de crier, d'accord? J'ai super mal au crâne.

— Sûrement parce que tu n'as rien mangé, répond Lisa.

Elle tend le bras vers la banquette arrière pour prendre la trousse de sa sœur et fouille dedans jusqu'à en sortir un fin tube noir.

Du coin de l'œil, Bridget la regarde se peindre la bouche en rose pêche, pincer les lèvres et lui envoyer un baiser.

Ce rose rend l'appareil dentaire de sa sœur encore plus étincelant, mais Bridget s'abstient de le lui signaler. Elle dit simplement:

— C'est joli.

Lisa se touche les commissures des lèvres.

— Quand j'aurai ton âge, j'en mettrai un rouge tous les jours.

— Le rouge n'ira pas avec ton teint. Tu es trop pâle.

Lisa secoue la tête.

— Le rouge, ça va à tout le monde. Ils le disent dans *Vogue*. Il faut juste trouver le bon. Pour les brunes au teint pâle, c'est le cerise profond.

— Depuis quand tu lis *Vogue*? se demande Bridget à voix haute, en pensant aux reliures des romans équestres qui dessinent un bel arc-en-ciel dans la bibliothèque de Lisa.

— Avec Abby, on a acheté le numéro de septembre et on l'a lu en entier sur la plage. On voulait être prêtes pour le lycée.

— Tu m'inquiètes.

— T'en fais pas. À part le truc du rouge à lèvres, on n'a pas appris grand-chose. Ça nous a quand même donné des idées pour nos robes de bal. Abby sera contente que tu aimes celle qu'elle a choisie. Une vraie robe de tapis rouge!

Lisa fait la moue:

— Pourvu que j'en trouve une sympa.

Bridget essuie une tache de rouge à lèvres sur le menton de sa sœur.

— Je t'ai dit que je t'emmènerai faire du shopping. On trouvera.

— Tu crois que maman va me laisser me maquiller pour le bal ? Je me dis que si je réussis mon contrôle de biologie, je pourrais lui montrer ma note et lui demander après. C'est pas un super plan ?

— Peut-être... sauf si elle s'attend déjà à ce que tu aies une bonne note.

— Sinon, je peux me maquiller en arrivant sur place. Il faudra juste que personne ne me prenne en photo au début du bal.

Tandis que Bridget se gare sur le parking, Lisa pose le rouge à lèvres sur le tableau de bord et ramasse ses affaires.

— À plus !

Sa sœur la regarde foncer dans la cour en slalomant dans le flot humain, son sac de cours bourré à craquer battant contre ses jambes, le dos coupé en deux par la longue ligne de sa queue de cheval. Lisa grandit à toute allure, mais elle a encore toute la candeur d'une petite fille.

Cette pensée redonne espoir à Bridget. Ça lui laisse une chance de redevenir celle qu'elle était avant l'été.

Elle éteint le moteur et reste assise un moment dans la voiture pour se ressaisir. Elle n'entend que le bruit de sa respiration, profonde, mesurée. Et la voix dans sa tête qui lui lance des instructions dont l'écho résonne dans son ventre creux.

Tu dois manger quelque chose ce matin.
Mange quelque chose, Bridget.
Mange.

Tous les jours, c'est la même chose. À chaque repas, à chaque bouchée qu'elle se force à mâcher au son de ce mantra monotone, de cet encouragement mental qui lui est devenu nécessaire pour accomplir une tâche à la portée de n'importe qui.

Bridget reprend son rouge à lèvres et fait glisser un doigt sur la couche de poussière du tableau de bord. Elle voudrait se sentir fière de ses efforts des derniers temps. Fière d'arriver à manger plus. Or elle vit ces victoires aussi mal, si ce n'est plus mal, que ses échecs.

Une de ses copines la salue en cognant à sa vitre. Elle relève la tête et se force à sourire. La copine s'y laisse prendre. Comme tout le monde.

C'est effrayant, la vitesse à laquelle tout a dérapé. Bridget y pense souvent. La chronologie de sa vie a suivi une trajectoire lisse et rectiligne pendant presque dix-sept ans. Jusqu'à ce que survienne l'accroc.

Et aussi dingue que cela paraisse, elle sait à quoi la raccrocher : à une histoire de bikini.

Tous les étés de la vie de Bridget commencent et finissent de la même manière : par une visite au centre commercial discount de Crestmount. Il se trouve à mi-chemin entre Mount Washington et la villa en bord de mer où les Honeycutt passent toutes leurs vacances. Ils s'arrêtent à Crestmount pour déjeuner, prendre de l'essence et acheter quelques vêtements. En juin [1], Bridget et Lisa font le plein d'articles d'été. Au retour, elles traquent les bonnes affaires parmi les gilets et les jupes de demi-saison.

Au début des vacances, Bridget avait acheté des tee-shirts, des shorts, une jupe en jean et deux paires de tongs. Il ne lui manquait plus qu'un maillot de bain.

L'armature de son bikini de l'an passé était cassée, et le haut de celui de l'année d'avant trop petit. Elle l'avait donné à Lisa. Enlever l'étiquette d'un bikini tout neuf, c'était comme couper le ruban d'inauguration d'un magasin ou d'un chantier. C'était le Grand Jour d'Ouverture de l'Été.

Bridget a fait les boutiques de Crestmount une à une, bien décidée à trouver son maillot.

— Bridge, il faut qu'on y aille si on veut y être pour l'heure du dîner, fini par lui dire sa mère en soupirant, quelques pas derrière elle, tout en essuyant sa lèvre en sueur sur une serviette en papier. Lisa et ton père sont déjà remontés en voiture, ils doivent crever de chaud. Tu trouveras un maillot demain sur la digue.

Mais Bridget n'allait pas se laisser avoir. Les boutiques de la digue ne vendaient que des triangles fluo qu'on aurait crus sortis du magazine *Playboy*, ou des une-pièce à fleurs mal coupés pour mamies.

1. Les vacances d'été aux États-Unis commencent souvent dès le début du mois de juin.

C'était maintenant ou jamais.

Plusieurs nouvelles boutiques avaient ouvert au centre commercial depuis la dernière fois, et Bridget en a repéré une. C'était une boutique de surf, avec comptoir en forme de planches de surf, rideaux de perles sur les portes des cabines d'essayage et un fond sonore de chansons acidulées qui faisait vibrer la vitrine. Il y avait une boutique de la même chaîne à Mount Washington, mais ils ne soldaient jamais. À peine entrée, son œil est tombé sur un bikini en vichy orange sorbet avec une bordure en dentelle ajourée blanche. C'était le dernier, il était à sa taille et soldé à 50 %. Elle s'est précipitée dans la cabine, tandis que sa mère lui rappelait de garder ses sous-vêtements pour ne pas attraper de maladies.

Bridget a froncé les sourcils en enfilant le bas, bizarrement serré. L'élastique lui sciait les jambes. C'était peut-être à cause des sous-vêtements ? Elle a enlevé sa culotte et remis le bas, mais ça n'allait pas mieux. Son ventre formait une bouée au-dessus des liens sur les hanches. C'était pareil pour le haut. Les bretelles lui cisaillaient les épaules, et quand elle a réussi à attraper l'attache pour tester son élasticité, elle l'a sentie rebondir dans le gras de son dos.

Bridget n'avait jamais considéré qu'elle avait un problème de poids. Mais son reflet dans la cabine d'essayage l'a perturbée. Elle a paniqué en repensant à la fête de fin d'année organisée autour de la piscine d'une amie, où elle avait passé la journée dans son vieux bikini, sans même un tee-shirt au-dessus, sans se douter une minute qu'elle était aussi horrible.

Elle a vérifié l'étiquette en espérant qu'elle avait mal lu la taille. Mais non. C'était la même que les autres vêtements qu'elle avait achetés. Sa taille.

Je suis dans un centre commercial discount.
C'est pour ça que les vêtements sont moins chers.
Parce qu'il y a des irrégularités.
Des imperfections.
Des défauts.

Mais elle avait beau le savoir, elle n'a pas réussi à se raccrocher à cette idée. Elle lui a glissé entre les doigts alors même qu'elle se rhabillait et remettait tristement le maillot sur son cintre. C'était un chouette maillot. Trop mignon. Ou il l'aurait été si elle avait pesé quelques kilos de moins.

Bridget est sortie de la cabine en se lissant les cheveux. Mrs Honeycutt prenait son mal en patience en bavardant avec la vendeuse. Elle avait déjà sorti sa carte de crédit. Son pantalon en lin bleu marine formait un renflement à la taille, sous son haut blanc sans manches ; ses bras étaient boursouflés et fendillés comme des hot-dogs laissés trop longtemps sur le gril. Sa mère ne portait jamais de short. Elle ne se baignait jamais. Elle restait à l'abri de la chaleur dans l'air conditionné, avec ses pantalons larges.

L'une de ses tantes disait que Bridget était le portrait craché de sa mère à l'adolescence. En la regardant, Bridget s'est rendu compte qu'elle n'avait pas un seul souvenir d'elle mince.

Elle a posé le bikini sur le comptoir et détourné les yeux des deux femmes et du maillot, pendant que sa mère payait.

En retournant à la voiture, Bridget s'est efforcée de rationaliser sa décision. Tout le monde faisait ça, acheter des vêtements un peu justes en espérant se donner une motivation pour perdre du poids. Une sorte de récompense pour bonne conduite. C'est ainsi que le bikini est devenu un test, qu'elle comptait bien réussir d'ici la fin de l'été.

Et comme ça, d'un coup, une nouvelle zone de son cerveau s'est activée, lui donnant une conscience aiguë de ses mauvaises habitudes. Désormais, une sonnette d'alarme se déclenchait quand Lisa ouvrait un paquet de chips devant la télé, ou quand elle s'approchait de trop près de l'assiette de caramels que sa mère gardait toujours pleine à la cuisine. Son cerveau a continué à évoluer ainsi au fil des semaines : il trompait ses envies de crème glacée par des défis de jogging jusqu'à la nouvelle digue, inventait des excuses pour refuser les délicieux sandwichs au thon de son père, jusqu'à ce que ces refus s'étendent non seulement à tout ce qu'elle avalait, mais à tout ce qu'elle envisageait même de manger. Son esprit a effacé tout souvenir qu'elle ait pu être jolie pour en faire un objectif, qu'elle aurait peut-être la chance d'atteindre un jour, à force de persévérance.

Le jour de la fête nationale du 4 Juillet, elle avait remporté son défi haut la main.

Mais même maintenant que son beau bikini lui allait, Bridget le portait rarement. Elle ne quittait presque plus ses jeans. À la fin de l'été, elle flottait tellement dedans qu'elle pouvait glisser un poing entre sa taille et la ceinture de ses pantalons.

En repassant au centre commercial de Crestmount au retour, elle en a profité pour se refaire une garde-robe deux tailles en dessous. Mais dans un coin de sa tête, Bridget savait que ce n'était pas sain. Au moins, cette zone-là de son cerveau fonctionnait toujours bien. Il restait de l'espoir.

Bridget a l'estomac qui gargouille.

En descendant de sa voiture, elle tire sur son pull irlandais en espérant cacher la bande de peau nue visible au-dessus de son jean. Depuis un mois, l'espace entre son ventre et sa ceinture a diminué. Ou plutôt, Bridget l'a rempli. Ce n'est plus le poing, mais seulement trois doigts qu'elle peut y glisser.

Tu n'allais pas bien.

Tu avais un problème, et tu as repris le contrôle de la situation.

Alors qu'elle entre dans le lycée, ses cheveux lui fouettent le visage et l'odeur de noix de coco de son shampooing lui agresse les narines. Une odeur trop riche, trop sucrée. Son estomac se soulève. Des pièces de monnaie tintent dans sa poche. Elle a prévu de s'acheter un petit pain au fromage blanc, après avoir jeté les céréales que Lisa lui avait préparées. Elle aurait mieux fait de les manger. D'autant qu'elle s'est contentée de picorer au dîner la veille au soir.

Prouve que tout va bien, Bridget.
Mange un petit pain au fromage blanc.
Manges-en un en entier avant le début des cours !

Tous les lundis, l'association des lycéens commence sa réunion par un énorme buffet presque devant le casier de Bridget. Il y a d'énormes sacs en papier remplis de petits pains, du beurre, des pots de fromage blanc format familial.

Bridget avance prudemment, en respirant avec précaution. Les odeurs la submergent. L'odeur acide du pain levé. L'odeur âcre de l'ail brûlé. La puanteur douceâtre des raisins secs dans le pain. Son estomac proteste, mais ce n'est pas de faim.

Ne fais pas l'imbécile, Bridget.

Elle est le Docteur Jekyll et Mr Hyde, deux faces d'une même personne en conflit permanent. Elle en a assez de se battre, de cette lutte constante entre un bien et un mal, où le bien ressemble au mal et où le mal lui fait du bien.

— Bridget !

L'une de ses amies contourne la table aux petits pains, les doigts luisants de beurre. Elle lui adresse un large sourire qui découvre ses dents, entre lesquelles quelques graines de pavot sont restées coincées.

— Tu as vu la liste ? Tu es la plus jolie des premières !

Bridget reste bouche bée. La simple odeur des petits pains suffit à l'écœurer comme si elle s'en était déjà gavée. Et dans un éclair, la culpabilité, la déprime, la tristesse qui lui pesaient s'envolent, remplacées par une sensation de douce chaleur.

Elle, Bridget Honeycutt, sur la liste ?

Impossible.

Quelqu'un d'autre lui en tend une copie. Bridget lit à haute voix :

— « Quelle différence peut faire un été ! »

Elle relève les yeux et rougit.

Tu sais pourquoi.

Tu sais ce qui a changé.

— Tiens ! lui lance l'une des filles. Je t'offre un petit pain pour fêter ça !

Elle en coupe un en deux et fait jaillir des graines et des miettes tout autour de la lame. Une fois la table débarrassée, il restera des miettes partout dans le couloir. Bridget les sentira crisser sous ses semelles en se rendant en cours. Grosses comme des graviers. Comme des rochers.

— Beurre ou fromage blanc ?
— Ni l'un ni l'autre, répond Bridget.

Elle écarte une mèche de cheveux. Son front est moite.

— Heu... bon. En tout cas, félicitations !
— Merci, dit Bridget à mi-voix en prenant le petit pain.

C'est fou comme il pèse lourd.

Elle entre dans sa salle, encore tremblante, sous le choc qu'elle vient d'éprouver. Pas une seconde elle n'aurait rêvé que cela puisse lui arriver. C'est vrai qu'à la rentrée, elle a été étonnée par le nombre de compliments qu'elle a reçus. Sur le fait qu'elle avait l'air en super forme, qu'elle avait minci ! Et voilà qu'elle est sur la liste. La plus jolie première du lycée. C'est bien la confirmation qu'avant, quelque chose clochait dans son physique. Qu'elle avait besoin de maigrir.

C'est terriblement déroutant.

Mange.

Après avoir posé son sac, elle se dirige vers la corbeille, les doigts serrés sur la pâte encore chaude du petit pain. Arrachant des morceaux de mie, elle les jette un à un, comme des pièces qu'on lance dans une fontaine en faisant un vœu, jusqu'à ce qu'il ne reste que la croûte. Qu'elle s'apprête à jeter aussi.

En relevant la tête, elle voit Lisa passer en courant dans le couloir avec Abby Warner. Lisa lui adresse un sourire radieux, toute fière de sa grande sœur.

Le rouge à lèvres qu'elle s'est mis dans la voiture a presque disparu. Il se remarque à peine.

Bridget est prise d'un vertige. Même si elle se sentait bien il y a encore quelques secondes, elle n'est pas idiote. Elle sait qu'au fond, elle est sur la mauvaise pente. Mais elle déteste la petite voix raisonnable qui lui vole ce moment de satisfaction. De fierté.

Mange, Bridget.
Rien que cinq bouchées.
Des petites, si tu veux.

Elle en avale deux.

Elle n'a pas le sentiment d'avoir quoi que ce soit à fêter.

CHAPITRE 7

Jennifer Briggis se fraye un chemin dans la cohue matinale des couloirs, le nez baissé, comptant silencieusement les douze dalles de linoléum vert qui la séparent de son casier. Les lycéens qui se sont arrêtés pour bavarder s'efforcent de murmurer, mais Jennifer entend tout. La plupart de ceux de sa classe ne lui adressent jamais la parole. Ils se contentent de chuchoter sur son compte, et au fil des années, toutes ces messes basses ont fini par avoir un curieux effet sur ses oreilles. Elles ont appris à entendre ce qu'ils disent, qu'elle le veuille ou non.

— Alors, tu as vu la liste ?

— Jennifer est dessus ? C'est dingue, je te parie que oui ! C'est vraiment dingue !

— Tu crois qu'elle sait que c'est pour aujourd'hui ? C'est forcé, non ? Au bout de quatre ans, elle ne peut pas ne pas le savoir !

— Je te parie vingt dollars que si elle est nommée la plus moche des terminales, elle dégobille une fois de plus. Histoire de faire honneur à la tradition.

Toutes les conversations tournent autour du sujet du jour : si la liste la désigne, dans quel état d'esprit la reine incontestée des Moches de Mount Washington recevra-t-elle sa couronne ?

C'est le principal sujet de préoccupation de Jennifer depuis qu'elle a été nommée la plus moche des premières, faisant tomber l'avant-dernier domino de cette chaîne d'événements impossible. Quels que soient les sentiments complexes qu'elle retire de sa situation, il n'y a que deux possibilités. En terminale, soit elle est sur la liste… soit elle n'y est pas.

Mais ce n'est pas ce qui captive Mount Washington ce matin. Une nomination de plus ou de moins ne changera pas ce fait, cette évidence, cette vérité avérée : Jennifer Briggis est moche. C'est autre chose qu'ils guettent tous dans le couloir, et elle le sait : sa réaction. C'est là qu'il va être, le vrai spectacle. Et contrairement au fait d'être moche, cette attente d'une réaction honteuse et retentissante n'échappe pas entièrement à son contrôle. C'est même elle qui l'a provoquée.

En figurant sur la liste en troisième, Jennifer est devenue instantanément une légende. Personne dans l'histoire des filles moches n'avait jamais réagi de manière aussi répugnante.

Elle s'est affalée par terre devant son casier et s'est mise à beugler sans retenue, jusqu'à ce que son visage baigne dans un mélange de larmes, de morve et de sueur. La liste, mouillée et froissée dans son poing, n'était plus qu'une boule de papier mâché. Des petits vaisseaux ont sauté sur ses joues et dans le blanc de ses yeux.

Elle venait de survivre péniblement au pire été de sa vie, et maintenant, ça ?

Tous les troisièmes ont reculé dans un même mouvement d'horreur, comme s'ils venaient de découvrir un cadavre. À ceci près que Jennifer était on ne peut plus vivante. En cherchant à respirer, elle a suffoqué et vomi sur ses vêtements. L'odeur a aussitôt envahi le couloir, et les gens se sont réfugiés dans les salles ou se sont bouché le nez. Quelqu'un a couru chercher l'infirmière, qui lui a tendu une main gantée de caoutchouc pour l'aider à se relever. On l'a conduite jusqu'à un lit dans un recoin sombre de l'infirmerie. Jennifer ne pouvait pas s'arrêter de pleurer. Ses sanglots s'entendaient jusqu'en cours de bio, alors même que les portes étaient fermées. Sa détresse ricochait sur les parois des casiers, faisant du couloir une caisse de résonance qui diffusait sa peine dans tout le lycée. L'infirmière a fini par la renvoyer chez elle, où elle a passé le reste de la journée au lit à s'apitoyer sur elle-même.

Au lycée, le lendemain matin, tous les regards la fuyaient. Elle a trouvé des excuses à cet évitement collectif, ce qui ne l'a pas empêchée de se sentir très seule. Et elle a su avec certitude que sa vie d'avant était finie. Elle avait passé l'été à essayer de prendre les choses du bon côté, et voilà que la liste venait tout gâcher. Après son coup d'éclat, elle ne retrouverait jamais ce qu'elle avait perdu. Il ne lui restait plus qu'à aller de l'avant.

Cela s'est avéré une tâche difficile. Avant Jennifer, on se souvenait surtout des jolies, tandis que les moches tombaient vite dans l'oubli. Mais elle avait renversé la tendance. Personne ne l'oublierait.

En seconde, la deuxième fois, elle se sentait prête pour un nouveau départ, et la liste de l'année précédente n'était plus qu'un lointain souvenir, du moins pour elle.

En trois cent soixante-cinq jours, Jennifer avait gagné un peu d'assurance. Elle avait été prise dans la chorale, où elle s'était rapprochée de quelques filles sopranos comme elle. Elles n'avaient rien de spécial et n'étaient même pas vraiment intégrées dans le cercle de la chorale et de l'orchestre. Leur style vestimentaire n'était pas particulièrement branché ; elles n'étaient jamais tentées par les activités que leur proposait Jennifer et préféraient louer des DVD de vieilles comédies musicales pour chanter dessus plutôt que d'aller à des fêtes. Mais Jennifer savait qu'elle ne pouvait pas faire la difficile. La vie ne redeviendrait jamais aussi cool qu'avant. Elle allait devoir composer avec les moyens du bord.

Le matin de la parution de la liste en seconde, Jennifer avait pris le bus sans penser un instant à la date, et encore moins imaginer qu'elle pourrait se retrouver dessus. Elle avait même hâte de découvrir qui serait nommé dans son année. Elle avait établi ses pronostics. Presque toutes ses copines de la chorale étaient éligibles.

Cette fois-là, après avoir découvert son nom, elle n'est pas rentrée chez elle. Elle a un peu pleuré toute seule dans les toilettes, mais ne s'est pas roulée par terre, ce qui était un léger progrès. Ses copines ont fait ce qu'elles pouvaient pour la consoler.

En première, en voyant son nom sur la liste, elle a ri. Non qu'elle ait trouvé cela particulièrement drôle, mais parce que ça devenait ridicule. Elle savait qu'elle n'avait aucune chance d'être nommée la plus jolie. Mais n'aurait-il pas été plus juste de passer le flambeau de la plus moche à quelqu'un d'autre?

Elle n'a pas pleuré. Ses amies de la chorale l'ont de nouveau réconfortée, bien sûr, mais ce qui l'a le plus surpris, c'est que quelques filles sont venues la voir pour s'excuser personnellement. Elles n'ont pas désignée de quoi, mais Jennifer a compris. Personne n'aurait dû être désignée la plus moche trois ans de suite. C'était méchant, c'était dégueulasse. D'autres filles méritaient d'être choisies autant qu'elle. C'était du harcèlement.

Malgré un sentiment de colère face à cette humiliation répétée, Jennifer a accepté de bonne grâce ces petits témoignages de compassion. Et elle s'est rendu compte que, devant sa réaction, les autres se détendaient, déculpabilisés. Dans l'ensemble, les élèves ont semblé apprécier qu'elle prenne les choses avec philosophie. Ils ont été soulagés qu'elle ne complique pas la situation comme en troisième. Pas de scène d'hystérie, pas de vomissements. Elle avait bon esprit.

Jennifer décodait parfaitement le processus. Pour le meilleur ou pour le pire, la liste avait rehaussé son statut au lycée. Presque tous savaient qui elle était, et c'était plus que ne pouvaient dire les autres moches, ses copines.

Le reste de l'année de première s'est déroulée sans incident. Jennifer a eu des notes correctes. Elle a cessé de fréquenter les filles de la chorale. De toute façon, elle ne les avait jamais trouvées très sympas.

Au bout de la douzième dalle de linoléum, Jennifer pivote sur ses talons. Elle fait tourner la combinaison de son cadenas, dix à gauche, vingt-deux à droite, onze à gauche.

Elle prend une grande inspiration et ouvre son casier, suivie par des dizaines de paires d'yeux. Une feuille en tombe en voletant et atterrit à quelques centimètres de ses pieds. Elle voit le sceau gaufré du lycée de Mount Washington. La vérité authentifiée livrée en direct.

Jennifer déplie la feuille, saute les autres classes, les autres filles, pour aller directement aux terminales.

La plus jolie : Margo Gable.

Jennifer aimerait pouvoir se dire que ce n'est pas mérité, mais ça l'est.

Et juste au-dessus, son nom pour la plus moche, pour la quatrième fois d'affilée. Une première dans l'histoire.

Elle joue l'étonnée.

Quelqu'un applaudit. Carrément.

« Roulement de tambour, s'il vous plaît. »

Jennifer fait glisser son sac de cours de son épaule et le laisse tomber par terre avec un bruit sec. Elle tambourine à une vitesse folle sur son casier, jusqu'à ce que ça lui brûle la paume des mains. Ceux qui la regardent tressaillent sous l'effet des battements comme si c'était des électrochocs.

Jennifer se tourne face à eux et, dans la foulée, exécute un saut de grenouille, jambes écartées, brandissant la feuille à bout de bras pour qu'elle soit bien visible, comme les pom-pom girls qui lèvent le panneau : « Du nerf, les Alpinistes ! »

Elle lance le « wooohoooo ! » le plus sonore possible en sautant et fait des mouvements de pompe avec les bras, en signe de victoire.

Des élèves rigolent. Quelques-uns applaudissent, et quand Jennifer conclut son show par une révérence, d'autres se joignent à eux pour l'acclamer.

Puis Jennifer parcourt le couloir en sautillant, la main levée pour taper dans celles qui se tendent. Elles sont nombreuses.

À la fin de la journée, c'est un fait : Jennifer a traversé une épreuve unique, accompli un exploit dont aucune autre fille au lycée de Mount Washington ne peut se vanter. Elle ne peut pas s'empêcher de se voir comme quelqu'un de spécial. Comme dit le proverbe, il faut savoir faire feu de tout bois. Elle arbore son plus grand sourire, pour qu'il soit bien clair pour tout le monde qu'elle savoure ce moment, qu'elle profite à fond de ce cadeau.

Elle veut que tout le monde le sache. Elle a parcouru un long, très long chemin.

CHAPITRE 8

Margo Gable marche de front avec ses meilleures amies, Rachel Potchak et Dana Hassan, dans un couloir surpeuplé où tous s'écartent pour les laisser passer. Elles avancent en se parlant tête baissée dans une attitude conspiratrice, abritées derrière le rideau de leurs cheveux. Elles ne discutent pas de la liste, comme on pourrait le croire. Elles se moquent des orteils de Mrs Worth. Difformes et emprisonnés dans une paire de sandales orthopédiques, ces orteils ont hypnotisé Margo pendant tout le cours de maths. Elle s'est désintéressée des explications de la prof sur l'équation algébrique du ruban de Möbius pour tenter de dénouer mentalement ses articulations tordues.

— Comment peut-on s'acheter des sandales quand on a des pieds aussi atroces ? demande Rachel.

— Bonne question, dit Dana. En plus, hou hou ! On est presque en octobre ! C'est encore plus bizarre de mettre des sandales !

Margo rassemble ses cheveux en chignon négligé en haut de son crâne, les attache avec un crayon et réfléchit sérieusement à la question. La prof a peut-être un problème médical ?

Du coup, elle se laisse surprendre par Mrs Colby, la proviseur, qui rôdait près de l'escalier et qui l'arrête en lui posant brusquement la main sur son bras.

Mrs Colby vient juste d'être nommée. D'après Margo, c'est le plus jeune membre de l'équipe pédagogique. Elle est vêtue d'une jupe crayon rouge et d'un chemisier en soie ivoire boutonné par des petites perles jaunes. Margo remarque sa coiffure : lourde frange et queue de cheval basse, comme on en voit beaucoup en ce moment dans les magazines.

Dans le groupe de Margo, il y a des filles qui trouvent que Mrs Colby pourrait être sa grande sœur. De près, elle trouve que Maureen, sa vraie sœur aînée, est bien plus jolie.

— Margo, je voudrais te parler de cette liste. Tu as une minute ?

Margo s'attend à une conversation rapide, si « conversation » est le mot qui convient. Elle colle son chewing-gum à la pastèque contre sa joue et répond à la proviseur qu'elle n'est au courant de rien.

Mrs Colby plisse les yeux.

— Quand même, Margo… tu sais que tu es dessus, non ?

Prise de court par la nuance de suspicion qu'elle perçoit dans sa voix, Margo se dit tout à coup qu'elle devrait peut-être cesser de sourire. Ça pourrait faire mauvais effet. Elle coince une mèche de cheveux brillants derrière son oreille.

— Oui, reconnaît-elle. Quelqu'un de ma classe me l'a dit.

En fait, c'est Jonathan Polk, sélectionné pour le premier rôle dans la pièce de fin d'année, qui a fait son entrée en fanfare ce matin en déclamant la liste comme un monologue. Après quoi il a vainement tenté de persuader Margo de faire la révérence. Cela dit, c'est sympa de figurer de nouveau sur la liste. Elle y a été en troisième, Dana en seconde et Rachel l'an dernier. C'est aussi l'année où sa sœur Maureen a été nommée pour les terminales, avant d'être élue reine de l'année, ce qui est la procédure courante.

Margo a même songé dans un premier temps à prévenir sa sœur par un texto, avant de changer d'avis. Cela fait des semaines qu'elles ne se sont pas parlé.

Mrs Colby sort d'une poche miniature une copie de la liste, pliée en douze, façon origami.

— Comme je suis nouvelle ici, déclare-t-elle, j'espérais que tu pourrais m'éclairer sur ce qu'est précisément cette chose.

Margo a un léger haussement d'épaules.

— Je n'en sais rien. Juste une tradition du lycée un peu bizarre.

La situation est étrange ; à Mount Washington, on n'a pas l'habitude de parler ouvertement de la liste avec les adultes. Margo est presque sûre que les profs sont au courant. Comment pourrait-il en être autrement ? Ceux qui ont été élèves ici, comme Mrs Worth, ont peut-être même été dessus un jour! En tout cas, comme l'a dit Margo, ils la tolèrent au nom de la tradition. À moins que ça ne leur soit totalement égal, songe-t-elle brusquement.

— Et tu n'as aucune idée de qui peut être derrière ça?

Dana et Rachel, qui traînent quelques pas plus loin, tendent l'oreille.

— Non, répond Margo, avec toute l'assurance dont elle est capable.

Mrs Colby la regarde d'un air sceptique.

— Tu connais d'autres filles de la liste?

Elle lui tend la feuille, mais Margo garde les mains croisées derrière le dos.

— Deux ou trois, je pense.

— Et tu es d'accord avec la sélection? Ou tu en aurais choisi d'autres?

— Mrs Colby, c'est la première fois que je vois cette feuille. Je ne sais rien, je vous assure.

Loin de se satisfaire de cette réponse, la proviseur chasse d'un geste de la main Rachel et Dana, qui se sont rapprochées.

— Allez, filez, mesdemoiselles, vous allez être en retard.

Puis, tandis que les deux filles disparaissent dans l'escalier, elle entraîne Margo vers le mur. Celle-ci reconnaît son parfum; elle en a un flacon sur sa commode. Mais ce n'est pas le sujet.

— Est-ce que j'ai fait quelque chose de mal ? s'inquiète-t-elle.

— Non, répond Mrs Colby.

Ce qui, pour Margo, devrait être le mot de la fin, mais elle poursuit :

— J'aimerais savoir comment tu comptes réagir.

— Réagir ?

— Tu as l'air d'avoir de l'influence ici, Margo. Et la manière dont tu décideras de te comporter aura sans doute un impact sur les autres.

Mrs Colby remonte ses manches et croise les bras.

— Tu ne trouves pas que c'est une tradition malsaine ? Je compte bien découvrir qui publie cette liste. Alors, si tu sais quelque chose, tu ferais aussi bien de me le dire tout de suite.

Margo la regarde fixement. À quoi s'attend la proviseur ? À ce qu'elle avoue ? À ce qu'elle cafte ? Au secours.

— Ce n'est pas moi qui ai rédigé cette liste, Mrs Colby. Et je ne sais pas qui l'a fait.

La proviseur lâche un long soupir.

— Pense à celles qui sont dans les moches. Pense à Jennifer et à ce qu'elle a dû ressentir ce matin, en voyant son nom dans la liste pour la quatrième fois.

« Il paraît qu'elle était remontée à bloc », manque de dire Margo. C'est du moins ce qu'on lui a raconté. Mais elle ne veut pas penser à Jennifer. Pas du tout. S'il y a une chose qui a craint ce matin, ça a été de découvrir le nom de Jennifer sur la liste. Margo a eu l'impression de revivre une fois de plus le drame de la rentrée de troisième.

Elle commence à reculer.

— Je vous promets de réfléchir.

À la moitié du couloir, elle doit s'arrêter pour respirer plus calmement. La proviseur avait l'air tellement soupçonneuse qu'on pourrait croire qu'elle sait quelque chose.

Margo entre dans la cafétéria avec des joues plus rouges que les lampes chauffantes allumées au-dessus des plats. Prise d'un léger vertige, elle s'empare d'une bouteille d'eau. D'une main tremblante, elle boit par petites gorgées, sans parvenir à contenir les mini-vagues qui coulent sur ses lèvres. Elle paie son déjeuner et va rejoindre Rachel et Dana, assises en compagnie de Matthew, Ted et Justin. En chemin, elle passe devant quelques tables de plus jeunes. Sentant leurs regards sur elle, elle s'empresse de coller un sourire sur sa figure.

— Qu'est-ce qu'elle te voulait ? lui demande Dana.

Margo s'affale sur une chaise.

— Va savoir. Elle fait tout un foin au sujet de la liste.

Elle se retient de regarder Matthew pour voir s'il est au courant. De toute façon, il l'est forcément.

Portant une main devant sa bouche, Rachel murmure d'une voix sifflante, audible de tous :

— Elle pense que c'est toi qui l'as écrite ?

— T'es folle ?

Margo atténue aussitôt sa réaction par un rire désinvolte. Sous la table, elle lisse les plis de sa jupe écossaise pour essuyer ses mains moites.

— Bien sûr que non.

— Moi, je verrais bien la proviseur sur la liste, déclare Justin.

Il se lèche les lèvres avant de mordre dans son sandwich jambon-crudités.

Dana lui jette une serviette à la figure.

— T'es dégueu !

Ted s'adosse à sa chaise en croisant les mains derrière sa tête. Il porte une chemise de bûcheron au col relevé et aux manches roulées jusqu'aux coudes.

— Où est le problème ? C'est vrai, quoi, la liste ne fait que confirmer ce que tout le monde sait déjà. On a tous des yeux pour voir qui est sexy et qui ne l'est pas.

— C'est marrant, l'interpelle Rachel, je crois me souvenir que tu courais pas mal après Monique Jones après qu'elle s'est retrouvée sur la liste l'an dernier.

— Mouché, dit Justin en tapant dans la main de Rachel.

Les oreilles de Ted s'enflamment.

— Ça n'avait rien à voir avec la liste, proteste-t-il, plus fort que nécessaire. J'ai toujours trouvé que Monique était sexy. Elle a été mannequin, les gars.

La liste, ça m'a juste donné un prétexte pour aller lui parler.

Matthew rabat la capuche de son sweat-shirt sur son crâne rasé.

— Qui fait une partie de ping-pong avec moi ?

Lui qui a toujours eu les cheveux longs, retombant mollement sur son front, il a soudain décidé de les couper cet été. Ça n'a pas plu aux autres filles, mais ça a rappelé à Margo l'année de CM1, celle où il est arrivé à Mount Washington. L'institutrice les avait placés côte à côte, et Matthew avait eu l'air intrigué par la collection de gommes miniature qu'elle avait dans une trousse. Il se soulevait toujours de sa chaise pour essayer de voir dedans quand elle en choisissait une. À Noël, elle lui en avait offert une en forme de ballon de football américain, en la glissant discrètement dans son bureau. Elle ne l'a jamais vu l'utiliser. Elle se plaît à s'imaginer qu'il l'a encore.

Dana secoue la tête, perplexe.

— Mrs Colby devrait se détendre. Si ça continue, elle va instaurer une règle qui interdit de danser collés au bal de la rentrée.

Elle boit une gorgée d'ice tea avant de reprendre :

— Au fait, vous avez vu Sarah Singer se balader dans les couloirs avec le mot « moche » écrit sur le front ?

— Quelle rebelle ! commente Rachel, les yeux au ciel.

Matthew se lève.

— Allez, viens, Ted, je veux prendre ma revanche au ping-pong.

— Tu vas prendre une raclée, ouais, répond Ted en se baissant pour ramasser son plateau.

Et il ajoute, en se penchant par-dessus l'épaule de Margo :

— Je pense que tu feras une très belle reine, Margo. Et si par hasard, je suis le roi, autant te prévenir tout de suite que je ne te lâcherai pas de la soirée.

— Bon, tu te bouges ? grommelle Matthew. La pause déjeuner est presque finie.

— Heu, merci, Ted, répond Margo en essayant de ne pas montrer sa déception devant l'absence de réaction de Matthew.

Il ne sait peut-être pas qu'elle est sur la liste ?

Ted pose une fesse sur le coin de la table.

— C'est vrai, tu ne trouves pas ça curieux qu'on ne soit jamais sortis ensemble ? Le bal de la rentrée, c'est peut-être le destin qui va nous réunir ! Sérieux, j'ai toujours pensé que toi et moi, on pourrait…

— Allez, mec, on y va ! lance Matthew, les mains en porte-voix.

— C'est bon, j'arrive, dit Ted en secouant la tête. On se reparle plus tard, Margo !

Rachel murmure en le suivant des yeux :

— Alors lui, il ne jure que par la liste ! Et on ne peut pas dire qu'il fasse dans la finesse.

Margo regarde Matthew prendre les raquettes de ping-pong, rangées sur le distributeur de canettes. Ils n'ont jamais été libres au même moment. Elle sort souvent avec des garçons plus âgés, qui peuvent commander des bières et qui ont des voitures. Matthew sort avec des filles plus jeunes, le genre de filles mignonnes qui ont de bonnes notes et qui sont sympas avec tout le monde.

— Enfin... dit Dana, comme je disais tout à l'heure, celle qui me fait de la peine, c'est Jennifer.

Elle se retourne sur sa chaise et la cherche des yeux.

— Regardez-la. Même les filles de la chorale l'ont laissée tomber.

À contrecœur, Margo se retourne à son tour. À l'autre bout de la salle, assise à la même table que tout un groupe de lycéens, Jennifer mange seule dans son coin.

— Vous y croyez, vous, à son sketch du bonheur ? demande Dana.

— Pas une seconde, répond Rachel en mordant dans une frite. C'est une façade. Tu te rends compte, être nommée quatre ans de suite la plus moche de ta classe ? Il y a de quoi se flinguer.

— Je l'admire pour ça, dit Dana. À sa place, je serais incapable de débarquer en cours la tête haute comme elle le fait.

Et elle ajoute en murmurant :

— Vous vous rappelez le pique-nique en troisième,

quand quelqu'un lui a tapé sur la tête avec un hot-dog ? Et elle qui riait comme si c'était marrant ? Ted n'a jamais voulu l'admettre, mais je sais que c'était lui. Quel abruti !

Rachel secoue la tête d'un air dégoûté.

— Et elle doit sans doute encaisser ce genre de trucs tous les jours.

Les filles regardent Jennifer picorer son sandwich. Deux garçons plus jeunes – clairement des troisièmes – passent derrière elle en allant rapporter leurs plateaux. Dans son dos, ils la désignent à leurs copains à l'autre bout de la salle en faisant semblant de vomir. Jennifer les ignore.

Rachel repose sa fourchette.

— Ça suffit comme ça. Je vais lui demander si elle veut s'asseoir avec nous.

Margo tend la main pour la retenir.

— Arrête. Ne fais pas ça.

Rachel fusille du regard les deux troisièmes qui s'éloignent.

— Ça me rend malade que ces petits connards se croient autorisés à se moquer d'elle sous prétexte qu'elle est sur la liste. Ils n'ont aucun respect pour le fait qu'elle soit en terminale ? Si elle s'assoit avec nous, ils n'oseront plus rien dire !

— Ça n'est quand même pas un privilège de manger avec nous, soupire Margo.

Elle sait parfaitement que c'est faux. Encore plus concernant Jennifer.

— Ouais. Facile à dire quand on est la plus jolie des terminales.

— Ça va, Rachel. Vous aussi, vous avez été sur la liste. Pas de quoi en faire un plat.

Dana penche la tête sur le côté.

— N'empêche que c'est toi qui vas être nommée reine de la rentrée.

— On n'en sait rien, rectifie Margo. De toute façon, je m'en fous.

C'est vrai que ce serait sympa. Mais si elle n'avait pas été sur la liste, si ça avait été Dana ou Rachel à sa place, ça ne l'aurait pas gênée.

Rachel se lève en lui donnant une tape dans le dos.

— Proposer à Jennifer de finir de déjeuner avec nous, ça ne va pas te tuer.

Margo fait mine de se concentrer sur la feuille de laitue de son entrée. Elle n'est pas surprise de voir Rachel revenir trois minutes plus tard avec Jennifer dans son sillage.

— Salut, Jennifer, dit Dana en se poussant pour lui faire de la place.

— Salut, répond Jennifer. J'aime bien ton tee-shirt. Il est super.

Dana baisse les yeux sur son tee-shirt et sourit.

— Merci !

Pendant quelques secondes, personne ne dit rien. Margo s'aperçoit du coin de l'œil que Jennifer la fixe.

— Salut, Margo, lui dit-elle d'un ton enjoué. Et félicitations pour... tu sais quoi.

— Merci.

Rachel pianote des doigts sur la table :

— Au fait, Jennifer, on voulait te dire qu'on était désolées que tu te retrouves encore une fois sur la liste cette année.

Jennifer élude le sujet d'un revers de la main.

— Tu sais, depuis le temps, j'ai l'habitude.

— N'empêche qu'on ne devrait pas avoir à s'habituer à un truc pareil, dit Dana en pinçant les lèvres. Ceux qui ont fait la liste cette année sont vraiment des pourris.

Margo repense au tout début de l'année scolaire. Dana était assise derrière Jennifer en français et elle a fait des commentaires pendant une semaine sur les bourrelets de sa nuque. Ils se dépliaient quand Jennifer baissait la tête sur son cahier et se repliaient quand elle se redressait, comme un accordéon de chair repoussant.

Cela l'énerve de constater à quel point Dana a la mémoire courte.

Elle qui n'a pas cette facilité, elle en serait presque jalouse.

CHAPITRE 9

À quinze heures, Danielle sort de son dernier cours en traînant des pieds pour se diriger vers son casier. Elle prend ses livres et son maillot de bain le plus lentement possible, n'ayant aucune envie de faire ce qu'elle a à faire. Elle devrait être à l'entraînement de natation avec Hope. Mais elle a une autre obligation.

Tout le monde a levé le nez quand Mrs Colby a frappé à la porte du cours d'anglais. Le prof l'a saluée, mais la proviseur a scruté les visages des élèves sans lui répondre. Quand ses yeux se sont posés sur Danielle, elle s'est approchée pour lui dire simplement :

— À tout à l'heure.

En laissant à une note posée sur sa table le soin de lui fournir une explication :

Aux élèves figurant sur la liste :
Merci de passer dans mon bureau après les cours.
Ceci n'est pas optionnel.
La proviseur, Mrs Colby.

Danielle a mordillé son crayon. Qu'est-ce que Mrs Colby pouvait bien vouloir aux filles de la liste ?

Allaient-elles avoir des ennuis ? La proviseur avait-elle découvert qui l'avait rédigée ?

Ces questions avaient beau appeler des réponses croustillantes, Danielle n'a pas pu s'y intéresser davantage, car son voisin de gauche allongeait le cou pour tâcher de lire le contenu de la note. Elle a glissé rapidement le papier dans son livre et s'est sentie frappée par la honte pour la deuxième fois de la journée.

Ses joues en brûlent encore.

C'est le moment que choisit Sarah Singer, la plus moche des premières, pour passer dans le couloir. Mrs Colby marche derrière elle en la poussant d'une main. Sarah avance avec une réticence comique, à pas traînant ponctués de soupirs d'agonie, la pointe de ses baskets s'agrippant au linoléum.

Danielle a entendu parler de cette fille et du mot qu'elle a inscrit sur son front, mais elle ne l'avait pas vu de ses propres yeux. Dans un sens, elle est impressionnée par son cran – un autre style de killer attitude que le sien, qui consiste à ignorer l'existence de cette liste. Mais l'idée qu'elles sont dans le même bain est un nouveau rappel de son humiliation ; tout Mount Washington, en la regardant, lira désormais ce même mot sur son front à elle, qu'il y soit écrit ou pas.

Elle referme son casier et s'appuie dessus. C'est le genre de blessure qui semble ne jamais pouvoir s'effacer, une cicatrice plus qu'une égratignure. Quelque chose qu'elle portera toujours en elle.

— J'étais déjà sortie du lycée! se plaint Sarah. Vous ne pouvez pas me forcer à revenir une fois que la journée de cours est finie!

Soit la proviseur n'entend pas, soit elle s'en moque. En croisant Danielle, elle l'arrête d'un regard et lui dit:

— On y va. Toi aussi.

Les six autres filles sont déjà dans le bureau de la proviseur. La pièce est trop petite pour qu'elles puissent s'installer dans un ordre donné; par exemple, pour que les belles s'assoient tandis que les moches restent debout contre le mur. Tout le monde s'entasse dans une pagaille inconfortable.

Abby a pris l'une des deux chaises placées en face du bureau. Elle se décale pour faire de la place à Danielle. Celle-ci la remercie d'un petit sourire, mais se contente de se percher sur l'un des accoudoirs.

L'autre chaise est occupée par Candace, les fesses posées tout au bord du siège, le poids porté vers l'avant. Elle s'est rapprochée du bureau de Mrs Colby.

Lauren est assise sur le radiateur, les genoux repliés contre sa poitrine, le visage tourné vers la fenêtre.

Bridget est sur le divan.

Margo se tient à côté d'elle, les mains sur les genoux.

Jennifer, debout, est affalée contre une colonne d'archivage noire.

Sarah refuse de franchir le seuil et croise les bras d'un air de défi. Elle se pousse à peine pour laisser entrer la proviseur.

Une fois installée derrière son bureau, Mrs Colby déclare :

— J'imagine que vous avez toutes compris pourquoi je vous ai fait venir.

Si quelqu'un connaît ses intentions, personne ne le dit. Margo enroule une mèche de cheveux autour de son index. Bridget fait craquer ses doigts avec des petits bruits secs. Jennifer gratte une tache sur son tee-shirt.

— Bien, soupire Mrs Colby. Je vais être claire.

Elle se penche en avant dans une pose théâtrale.

— Il vous est arrivé quelque chose de grave aujourd'hui. Et je crois que ça vous ferait du bien d'en parler toutes ensemble.

Candace ricane. Les jambes croisées, elle balance un pied botté de peau d'agneau dans un mouvement de pendule.

— Vous parlez pour quatre d'entre nous, ironise-t-elle. Je parie que pour les jolies, la journée a été géniale.

La proviseur secoue la tête.

— Je répète ce que j'ai dit, Candace. Il vous est arrivé quelque chose de grave à toutes les huit. Quelqu'un s'est permis de vous sortir du lot, de vous coller une étiquette et de vous réduire arbitrairement à votre dimension la plus superficielle. Ça ne peut pas ne pas avoir de conséquences psychologiques, que vous soyez du « bon » ou du « mauvais » côté.

Candace se retourne vers Margo et Bridget.

— Des conséquences ? Comme par exemple, le fait que Margo soit sûre d'être élue reine ?

Margo continue à inspecter ses cheveux à la recherche de fourches.

— C'est normal que tu sois furieuse, Candace, mais s'il te plaît, laisse-moi en dehors de ça.

— Évidemment, je suis furieuse. (Son regard quitte Margo pour prendre les autres à témoin.) Vous ne le seriez pas, vous, si on vous traitait de moche quand tout le monde sait que c'est faux ?

Elle n'arrive pas à stabiliser sa voix.

Les autres moches échangent des coups d'œil gênés. Sauf Sarah, qui la fusille du regard.

Mrs Colby les interrompt d'un geste.

— Les filles, s'il vous plaît. Ne commencez pas à vous battre. Il n'y a pas d'ennemis ici. Il n'y a que des victimes.

Margo lève la main.

— Mrs Colby, je sais que vous êtes nouvelle à Mount Washington, mais honnêtement, cette liste n'a pas beaucoup d'importance.

— Facile à dire pour toi, marmonne Danielle, en s'étonnant elle-même de prendre la parole.

Jennifer fait un pas en avant.

— Je suis d'accord avec Margo. C'est vrai, si quelqu'un ici a le droit de se plaindre, c'est moi. Et je m'en fous. Ça ne me dérange pas.

La proviseur la regarde dans les yeux.

— J'ai du mal à le croire, Jennifer. Tu devrais être plus concernée que tout le monde ici.

Jennifer rosit.

Sarah lâche un grognement :

— Quelle est l'idée, exactement, Mrs Colby ? Nous imposer une sorte de séance de thérapie de groupe ?

La proviseur secoue la tête.

— Sarah... les filles... écoutez, je comprends que vous n'ayez pas encore eu le temps de digérer ce qui vient de se passer. J'ai déjà pris contact avec quelques-unes d'entre vous, mais je tiens à vous dire que je suis là si vous avez besoin de parler. Et si vous avez une idée de qui a pu établir la liste cette année, j'espère que vous me ferez assez confiance pour m'en informer. Il est temps qu'on mette fin à ce harcèlement et que l'auteur de cette liste assume ses responsabilités.

Danielle regarde les autres. Bien qu'elle respecte la tentative de rassemblement de la proviseur, la réalité ne lui laisse que peu d'espoir. Si toutes ont leur nom sur la liste, personne n'a l'air de jouer dans la même équipe. Au contraire.

C'est chacun pour soi. Elle n'a plus qu'à s'accrocher à sa killer attitude.

Mardi

CHAPITRE 10

Bridget se réveille tôt et en pleine forme. Elle se douche, se coiffe, se maquille et décide de mettre une chemise blanche à rayures avec un legging et un long cardigan drapé. Quand elle entend Lisa faire tourner le robinet de la douche, elle descend l'escalier quatre à quatre en direction de la cuisine. Sincèrement impatiente d'attaquer son petit-déjeuner. Sans tricher comme elle fait d'habitude.

Comme tous les matins avant de partir au travail, Mrs Honeycutt a sorti pour ses filles les boîtes de céréales, deux bols et deux cuillers. Bridget met son assiette et sa cuiller propres dans la machine, avec la vaisselle sale.

Hier soir, elle a mangé du blanc de poulet et des carottes nouvelles. Sans le riz.

Pas mal.

Elle sort un bout de papier de sa poche de chemise et le déplie sur la table. Puis elle ouvre les placards et part à la pêche aux ingrédients.

Du sirop d'érable. Du poivre de Cayenne. Un citron dans la coupe de fruits.

Elle a déniché la recette sur Internet. Une recette détox. Toutes les stars font une détox avant les grands événements, pour être au top. Ce n'est pas un régime, juste une manière de débarrasser son corps des toxines, de tout ce qui la pollue.

Et surtout, ça n'a rien à voir avec un jeûne. Le jeûne, c'est mauvais. Bridget le sait. Elle l'a su tout l'été. Elle n'a pas choisi la bonne méthode pour perdre du poids. Elle est partie bille en tête, elle s'est un peu emballée. Elle n'a jamais voulu faire partie de ces filles qui font attention à tout ce qu'elles mangent en se restreignant en permanence.

Mais elle sait aussi que si elle figure sur la liste, c'est parce qu'elle a maigri. C'est écrit noir sur blanc. Sa perte de poids de cet été a clairement fait la différence.

Sauf que tu as presque tout repris.

Bridget ne veut décevoir personne. Cette fois, elle va se montrer plus intelligente. Avec le bal de la rentrée dans cinq jours, cette détox est la solution. Il lui suffit de suivre les instructions.

Si tu étais vraiment malade, tu ne mangerais pas.
Mais tu n'es pas malade.
Tu vas bien.

Bridget suit à la lettre les dosages de la recette. Elle incline la cuiller au-dessus du goulot de la bouteille en plastique, et un petit monticule de poudre rouge se forme au fond. Puis elle coupe un citron qu'elle presse entre ses doigts en retenant les pépins. Le jus lui pique le contour des ongles, là où elle se mordille la peau. Elle n'a plus qu'à ajouter le sirop d'érable. Le flacon en verre est gluant et le bouchon est collé par des cristaux de sucre qui s'effritent quand elle le dévisse. Bridget verse un épais flot ambré dans la cuiller. Elle préférerait qu'il y ait moins de sirop. Deux cuillers à soupe, ça paraît beaucoup. Elle vérifie le taux de calories sur le flacon, fronce les sourcils et décide arbitrairement de diviser la quantité par deux.

Elle remplit la bouteille à ras bord au distributeur à eau du réfrigérateur. En buvant par petites gorgées, elle devrait avoir assez de mixture détoxifiante pour la journée. Elle secoue la bouteille et retire le bouchon. Des particules de poivre de Cayenne flottent à la surface du liquide moussant, couleur de thé. Bridget le renifle. On dirait de la citronnade en feu.

Lisa entre dans la cuisine, vêtue d'une robe chasuble en velours côtelé choisie par Bridget lors de leur dernière excursion au centre commercial de Crestmount. Bridget lui tend la bouteille de lait.

— Elle te va très bien, cette robe.

— Bridge, on pourrait aller faire du shopping aujourd'hui après les cours pour la robe du bal ? Ça fait des semaines que je regarde des robes sur Internet. J'aimerais bien en essayer maintenant !

— Je ne crois pas que je pourrai aujourd'hui.

Bridget veut laisser à sa mixture le temps de faire effet. L'article précise qu'on peut perdre cinq kilos en une semaine. Elle n'a pas une semaine ; juste cinq jours.

— Peut-être jeudi.

— Jeudi ? fait Lisa en écarquillant les yeux. Mais le bal a lieu samedi ! Et si on ne trouve rien ?

— Ça va aller.

Devant la déception de sa sœur, Bridget s'empresse d'ajouter :

— Tu peux proposer à Abby de nous accompagner. Et j'ai déjà parlé à maman pour le maquillage. Je pense qu'elle sera d'accord, tant que tu y vas mollo.

Ça, c'est un mensonge, mais Bridget abordera la question avec sa mère ce soir.

— Qu'est-ce que tu bricoles, là ? lui demande sa sœur.

Bridget froisse vivement sa feuille de papier, le jette à la poubelle avec le citron et range les autres ingrédients.

— Oh, juste une boisson censée booster le système immunitaire.

Elle se retourne vers Lisa en portant une main à sa gorge.

— Je crois que je suis en train de m'enrhumer. Je ne voudrais pas rater le bal.

— Je peux goûter ?

Bridget hausse les épaules et lui tend la bouteille. Elle a trouvé un cobaye. Lisa porte le goulot à sa bouche, et manque de suffoquer dès la première gorgée. Elle se précipite vers l'évier pour la recracher.

— Berk! Bridge! Ce truc est répugnant!
— C'est pas si horrible.

Bridget l'espère, en tout cas. Elle n'est pas censée boire ni manger quoi que ce soit d'autre de toute la semaine.

Lisa se frotte la langue avec une feuille d'essuie-tout.

— N'en rajoute pas, grogne Bridget.

Après quoi elle goûte à son tour, prudemment. Le liquide lui brûle le fond de la gorge et tout l'œsophage jusqu'à l'estomac.

Finalement, ce serait peut-être plus simple de ne rien manger du tout.

Bridget fait une nouvelle tentative. Une grande goulée pleine d'audace pour se noyer le cerveau. Elle peut le faire. Ensuite, quand le bal sera passé, elle relâchera la pression.

Lisa fronce les sourcils en se hissant sur un tabouret. Elle se verse des céréales – ses préférées aux marshmallows. Bridget les aime aussi. À cause de la façon dont les petits bouts croquent avant de fondre, et teintent le lait en rose pâle. Bridget reprend une gorgée de sa mixture.

— J'ai encore le goût de cette saleté dans la bouche, se plaint Lisa en laissant couler un filet de lait sur son menton.

Sa sœur lui tourne le dos en disant :

— Eh bien, évite de tomber malade et tu n'auras jamais besoin d'en boire. Et arrête de baver comme un bébé.

CHAPITRE 11

C'est le bal de la rentrée et Abby danse collée contre un garçon, la joue sur son sweat-shirt. Ils bougent les pieds sur un air qu'elle ne reconnaît pas, au son un peu étouffé, comme quand on se bouche les oreilles à côté des enceintes. Abby porte sa robe parfaite, la noire avec un ruban blanc à la ceinture, et sent son jupon de tulle balayer ses jambes. Une boule disco qui tournoie au plafond projette des carrés de lumière sur le sol du gymnase. Abby virevolte et la lumière tombe sur les visages des couples qui dansent autour d'elle. Les gens lui sourient. Tout dans l'atmosphère est doux et chaud, comme dans les rêves les plus agréables.

Puis tout s'efface.

Le frottement d'un drap qui se soulève et la claque de l'air frais du matin font voler son rêve en éclats.

En ouvrant les yeux, elle voit Fern penchée au-dessus d'elle. Sa sœur laisse retomber sa couverture par terre.

– Qu'est-ce qui se passe ? marmonne Abby, à moitié endormie.

Saisie par le froid, elle remonte son drap sur elle.

— Le réveil n'a pas sonné, l'informe Fern d'un ton accusateur, comme si c'était la faute d'Abby. J'ai manqué le cours de décathlon.

Elle allume le plafonnier.

— Dépêche-toi de t'habiller. On part dans cinq minutes.

Abby s'assoit dans son lit en protégeant ses yeux de la lumière. Fern a déjà mis ses vêtements et fait son lit. Elle balance ses livres de cours dans son sac.

— Cinq minutes ? Mais je dois me doucher !

— Tu n'as pas le temps, dit Fern en sortant de la chambre.

Abby se lève si brusquement qu'elle en a le tournis, mais elle réussit à gagner la salle de bains sans tomber. Plus que quatre minutes.

Ses cheveux sont sales et pleins de faux plis. Elle les noue en chignon sur sa nuque et se fait une tresse avec une mèche de devant, qu'elle rabat sur son front et derrière son oreille. Elle se lave la figure, se brosse les dents, met une touche de blush. Comme elle n'a plus le temps de réfléchir à ce qu'elle va porter, elle enfile à la va-vite une robe trapèze en laine bleu marine.

En complément, des chaussettes écrues, sa nouvelle paire de mocassins marron et une écharpe rayée enroulée autour du cou. Elle adore ce look de collégienne au visage frais ; même si ses notes ne sont pas à la hauteur de cette image studieuse.

Abby s'arrête devant le miroir de l'entrée. Elle est satisfaite de son allure. Plus que satisfaite, compte tenu des cinq minutes qu'elle a eues pour se préparer. Mais elle aurait bien voulu être au top aujourd'hui. Pourvu qu'on ne la regarde pas au lycée en se disant qu'elle ne mérite pas de figurer sur la liste. Cette nomination a déjà fait d'elle quelqu'un qu'on remarque. On ne lui a jamais souri autant. Des gens qu'elle ne connaît pas, des élèves de toutes les classes, qui la reconnaissent et la félicitent. Pendant quatre semaines, elle n'a été qu'une fille de troisième anonyme et, pour les profs, la petite sœur idiote de Fern. Désormais, elle existe par elle-même.

Une seule personne n'a pas mentionné la liste hier : Fern. Elle a peut-être été vexée par le commentaire sur la génétique. À moins que la seule liste qui l'intéresse soit celle du tableau d'honneur.

Abby se précipite dehors en claquant la porte si fort que le heurtoir rebondit contre le bois. Ses parents et sa sœur sont déjà dans la voiture. Elle entend le bourdonnement monocorde des informations à la radio à travers les vitres fermées.

Fern se met à tousser tandis que sa sœur se glisse sur le siège arrière.

— La vache, Abby, tu as renversé la bouteille de parfum.

Abby rentre les mains dans les manches de sa robe.

— Je n'ai mis que deux pschitts !

En plus, c'est son parfum au cupcake. Qui n'aime pas l'odeur des cupcakes sortant du four ?

Fern s'écarte en se collant contre la portière et baisse la vitre malgré le froid.

— J'ai l'impression d'avoir un kilo de sucre glace sur l'estomac, grogne-t-elle.

Abby se penche vers le siège du conducteur.

— Papa, tu peux me donner dix dollars pour le ticket du bal de la rentrée ?

— Oui, bien sûr, lui répond son père en sortant son portefeuille.

Il regarde sa fille aînée dans le rétroviseur.

— Fern, il t'en faut un aussi ?

— Je n'y vais pas, répond-elle d'un ton qui sous-entend qu'elle ne devrait pas avoir à le préciser.

Ses parents échangent un coup d'œil surpris.

— Ah bon ? Mais pourquoi ?

— Parce que la première de *Blix Effect* a lieu ce week-end et que tous mes amis vont voir le film.

— Tu n'as qu'à y aller vendredi ! suggère Abby. Comme ça, tu pourras aller au bal samedi !

Cela dit, elle se moque que sa sœur aille au bal ou pas. Elle se contente de lui signaler que c'est possible.

Fern adresse sa réponse à ses parents, comme si la remarque venait d'eux.

— On va le voir deux fois, dans deux salles différentes. Le vendredi en 3-D et le samedi en version classique.

Abby la dévisage d'un air perplexe. Elle sait que la série des romans de *Blix Effect* connaît un énorme succès, mais qui irait voir le même film deux soirs de suite ? Le bal de la rentrée est un événement tellement plus excitant, tellement plus important ! Il n'a lieu qu'une fois par an, et c'est le seul qui soit ouvert à toutes les classes.

Fern a dû s'apercevoir de son regard, parce qu'elle rabat brusquement ses cheveux en écran le long de sa joue. Le soleil matinal tombe sur ses fourches. Contrairement aux cheveux de sa sœur, illuminés de reflets auburn, les siens sont d'un brun totalement éteint.

Abby se rapproche d'elle et prend les pointes de ses cheveux entre ses mains.

— Tu veux que je te fasse un chignon relevé ? Je pourrais t'en faire un comme le mien, pour dégager ton visage.

— Non merci, répond Fern en secouant vivement la tête pour se dégager.

— Allez ! Ils sont tout rêches derrière. Je t'assure que ça t'irait mieux.

Abby se demande bien pourquoi elle se fatigue à être sympa, vu la façon dont sa sœur l'envoie bouler. Mais elle trouverait ça nul de ne rien tenter pour améliorer l'apparence de Fern, en particulier maintenant que la liste les a comparées.

Fern se tourne vers elle d'un mouvement brusque. Ses yeux, agrandis par la colère, lui lancent des éclairs.

Mais elle se contente de soupirer en lui tendant l'élastique qu'elle portait au poignet.

— OK pour deux tresses. Mais je refuse de me promener dans tout le lycée en ayant l'air d'être ton sosie.

Ensuite, elle ne lui adresse plus la parole. Abby lui fait ses tresses et le reste du trajet se déroule dans un silence complet.

À peine arrivée à Mount Washington, Fern jaillit de la voiture pour longer l'Île des troisièmes au pas de charge et disparaît dans le lycée.

Lisa fait ses devoirs assise par terre, adossée au tronc du ginkgo biloba.

— Salut, Abby! lui lance-t-elle en la voyant approcher.

— Salut, dit Abby avant de s'agenouiller à côté d'elle.

Ce n'est pas très confortable de s'asseoir en robe sur le sol dur et froid, mais elle n'a pas envie de rester debout. D'ailleurs, au fond, elle n'a pas envie de grand-chose.

— Qu'est-ce qu'il y a ? Tu fais une drôle de tête.
— Rien.

C'est vrai, qu'y a-t-il à raconter ? On ne peut même pas dire que Fern et elle se soient disputées.

— En tout cas, j'ai une nouvelle qui devrait te plaire. Bridget m'emmène faire du shopping jeudi pour chercher ma robe de bal. Je sais que c'est un peu tard, mais elle ne se sent pas très bien en ce moment. Tu veux venir avec nous ? Elle a dit que c'était OK.

Abby arrache quelques brins d'herbe en regrettant de ne pas avoir avec sa sœur le même genre de relations que Lisa avec la sienne. Mais Bridget et Lisa ont beaucoup de points communs, alors que tout oppose Fern et Abby. Abby se demande soudain si elles seraient même capables de s'apprécier, si elles n'étaient pas de la même famille.

Sans doute pas.

— Ce serait super, Lisa, merci. Et remercie Bridget de ma part.

Comme Lisa ne lui répond pas, Abby lève les yeux. Lisa fixe un point éloigné.

— Abby, j'y crois pas !

— Quoi ?

— Ne regarde pas, lui glisse Lisa, mine de rien, mais pratiquement tous les garçons de seconde de l'équipe de football américain viennent droit sur nous.

— Sérieux ?

Lisa rabat une mèche noire derrière son oreille.

— Je suis mieux comme ça ?

Puis elle secoue la tête pour ramener sa mèche sur le devant.

— Ou comme ça ?

Abby lui dégage le visage.

— Comme ça. Et moi ? De quoi j'ai l'air ? J'ai eu genre quarante secondes pour me préparer ce matin.

Lisa fait la moue.

— Tu rigoles ? Toi, tu es toujours belle.

Ce n'est qu'un petit compliment, qu'Abby n'a même pas la tentation de croire. Mais ça fait toujours plaisir.

Six garçons de seconde traversent la pelouse d'un pas nonchalant en direction de l'Île des troisièmes. La présence d'élèves des classes supérieures autour du ginkgo biloba est un événement sans précédent.

— Salut, Abby, dit le plus grand de la bande. Bravo, pour la liste.

Il s'appelle Chuck. Abby l'a identifié parce que c'est le plus costaud de tous les garçons de seconde, et qu'il sent souvent le musc.

— Merci, répond Abby en balayant rapidement le groupe du regard.

Certains sont franchement mignons. Chuck, bof. Mais comme c'est le seul qui la regarde, c'est sur lui qu'elle se concentre.

— Je voulais te dire qu'on va se retrouver à quelques-uns chez Andrew après le bal de la rentrée.

Abby ne sait pas qui est Andrew, mais suppose que c'est le maigrichon à qui Chuck donne un coup de poing dans le bras.

— Ses parents ne seront pas là, on apportera des bières. Vous n'aurez qu'à passer, si vous voulez.

Abby voit Lisa arborer son sourire métallique, visiblement excitée. Abby l'est aussi, mais s'applique à la jouer détachée.

— Merci pour l'invit. Je ne sais pas encore ce qu'on fera.

— C'est presque sûr qu'on sera libres, s'empresse de nuancer Lisa.

Ça fait rire Chuck, qui ajoute :

— N'en parlez pas autour de vous, OK ? On n'a pas envie que tous les troisièmes se croient invités. Ça ne vaut que pour vous deux. Et une ou deux copines à vous, si vous voulez. Mais pas de garçons.

— Et si ça se trouve, ça n'aura même pas lieu, intervient Andrew. Mes parents rentreront peut-être plus tôt que prévu. On ne sait jamais.

À sa grimace, Abby ne parvient pas à déterminer s'il serait déçu ou plutôt soulagé que la fête soit annulée.

Cette fois, Chuck gratifie Andrew d'un coup de coude un peu rude.

— Faut pas lui en vouloir, reprend-il, mon copain passe une mauvaise semaine. Donc, mesdemoiselles, sauf si je vous informe du contraire, la fête aura lieu.

Puis il s'éloigne à reculons, bientôt suivi par ses amis.

Lorsqu'ils ne risquent plus de les entendre, Lisa agrippe le bras de Lisa.

— Pince-moi, je rêve ou ça vient vraiment de se passer ?

— Je te confirme que tu ne rêves pas, lui dit Abby en riant.

Lisa paraît sur le point d'exploser.

— J'ai trop hâte de raconter ça à Bridget ! Elle va faire une de ces têtes ! Elle n'a jamais été invitée à une fête de plus âgés quand elle était en troisième !

Elle lève les yeux au ciel avant d'ajouter :

— Soi-disant qu'à l'époque, elle avait des kilos en trop.

Abby secoue la tête d'un air incrédule.

— Je me souviens pas de l'avoir connue avec des kilos en trop.

— Moi non plus, confirme Lisa en faisant tourner son index sur sa tempe. Elle déraille. Je parie que les garçons étaient juste trop timides pour lui parler. Non mais tu te rends compte, c'est trop génial ! N'empêche qu'ils ne nous auraient jamais invitées si tu n'étais pas sur la liste ! Tu ne peux pas imaginer ce que je suis fière qu'on soit amies !

— Merci, Lisa. C'est sympa.

La première sonnerie retentit et les deux filles se hâtent d'entrer dans le lycée. Abby se réjouit de constater qu'il reste encore quelques exemplaires de la liste affichés, bien que Mrs Colby ait demandé au gardien de les faire disparaître.

Elle est soulagée que personne n'ait rien eu à dire chez la proviseur sur les éventuels auteurs de la liste. Même si certaines ont des raisons de se plaindre, ça l'embêterait que la ou les personnes qui l'ont récompensée aient des ennuis.

Repérant Fern avec un groupe d'amis près de la fontaine à eau, Abby éprouve soudain le besoin irrépressible de lui parler de la fête et de l'inviter. Chuck a dit qu'elle pouvait amener qui elle voulait. Ça pourrait arranger un peu les choses, après l'accrochage de ce matin.

Abby s'approche et attend que sa sœur s'aperçoive de sa présence.

Ça prend un moment.

Enfin, Fern tourne la tête.

— Oui ?

— Devine.

— Quoi ?

— Je suis invitée à une fête après le bal de la rentrée.

— Oh, répond Fern d'un ton neutre. Félicitations.

Elle reporte son attention sur ses amis, lui signifiant clairement la fin de leur conversation. Mais Abby reprend :

— Les garçons ont dit que je pouvais amener qui je voulais. Je sais que tu as prévu d'aller au cinéma, mais tu pourrais avoir envie de passer après. Je n'ai qu'à demander l'adresse d'Andrew à Chuck et…

Fern se décide à se retourner de nouveau :

— Attends. De quelle fête tu parles ?

Celle de Chuck et de ses copains de seconde. Ça se passe chez un certain Andrew. Se parents ne seront pas là.

Abby envisage de mentionner la bière, puis se ravise. Ce ne serait pas un argument pour Fern.

Sa sœur lâche un rire dédaigneux.

— Je suis en première, Abby. Que veux-tu que j'aille faire à une fête de secondes ?

Elle fait une grimace à ses amis, et tous rient avec elle.

Abby se sent devenir écarlate, et dénoue son foulard.

— D'accord. C'est toi qui vois. Je voulais juste être sympa.

Elle se mord la lèvre pour se retenir de dire ce qu'elle pense : que personne n'aurait l'idée d'inviter Fern et sa bande à aucune fête, pas plus de première que de seconde. Elle se contente de remonter ses chaussettes qui tombent avant de s'éloigner.

CHAPITRE 12

Sarah met un moment à retrouver son vélo. Il est tout au fond du garage, recouvert du drap à fleurs poussiéreux que son père utilise pour ramasser les feuilles mortes. Une carte à jouer coincée dans les rayons lui rappelle la dernière fois qu'elle est montée sur son engin : elle fuyait la bande de filles qu'elle fréquentait en troisième en ravalant ses larmes, après un énième sarcasme sur un détail de « savoir-vivre » qu'elle aurait dû maîtriser.

— Pourquoi c'est si compliqué pour toi d'être normale ? se sont demandé tout haut ces « amies » dans un chœur incrédule quand elles l'ont vue arriver à une fête à vélo, toute poisseuse de sueur.

Comme si elles n'avaient pas passé l'été à faire du vélo ensemble ! Ce n'était pas la première fois que ces filles faisaient ce genre de réflexion. Depuis le début du collège, Sarah n'entendait que ça : qu'elle faisait tout de travers.

Elle décide de laisser la carte en place, parce qu'elle aime bien le bruissement qu'elle produit. Elle descend en roue libre l'allée du garage et passe devant l'arrêt de bus, où les jeunes attendent en petits groupes compacts. Sarah pédale en danseuse en changeant laborieusement de vitesse. Les dents métalliques qui bordent les pédales s'enfoncent dans les semelles de ses baskets en toile usées. Les coutures de son jean noir irritent sa peau et lancent des lignes de feu le long de ses cuisses à chaque tour de pédalier. Sarah tousse en expectorant une glaire qu'elle crache par terre.

Foutues cigarettes.

Son vieux vélo est dans un état encore plus piteux qu'elle. Il est trop petit et elle se cogne sans cesse les genoux contre le guidon décoré de fanions en plastique, raidis par l'âge, qui pendent comme des spaghettis. La chaîne a besoin d'être graissée, le pneu arrière est presque à plat et, plus dangereux, les freins ne répondent plus.

Mais elle n'ira plus à Mount Washington en bus de toute la semaine. Elle a mis au point un plan. Un plan machiavélique. Les génies de Mount Washington ont visiblement compris qu'elle ne faisait rien pour tenter d'être jolie selon leurs critères. Mais que se passera-t-il si elle cherche carrément à devenir moche, pour reprendre le terme de la liste ? La plus moche possible, assez pour les forcer à la regarder ?

Elle peut remercier Mrs Colby de lui avoir soufflé l'idée.

Quand la proviseur l'a arrêtée dans le couloir, Sarah avait totalement oublié le mot écrit sur son front.

Mrs Colby l'a remarqué tout de suite, allant jusqu'à esquisser le geste d'écarter sa frange, avant de se raviser et de croiser les mains derrière son dos.

— Qui t'a écrit cela sur le front, Sarah ? a-t-elle demandé d'un ton soucieux et peiné.

Sarah a fait la grimace. Mrs Colby pouvait-elle sérieusement imaginer que quelqu'un lui avait bloqué les bras et les jambes pour gribouiller ce truc sur son front contre son gré ? Sans déconner.

— C'est moi, a-t-elle répondu fièrement.

Mrs Colby a réagi par un sourire d'incompréhension, comme si Sarah parlait dans une langue étrangère.

— Les autres ne te voient pas comme ça.

Sarah a lu la note qu'elle lui tendait, avant de répliquer :

— Ça vous a peut-être échappé, mais tout le monde ici a le cerveau fait de la même façon. Ils forment une sorte de secte.

Mrs Colby a poussé un gros soupir.

— Je te demanderai d'aller effacer ça avant de venir dans mon bureau pour la réunion.

— C'est du feutre permanent, a précisé Sarah. Et je ne viendrai pas.

— Ta présence est obligatoire, Sarah. Et cette inscription perturbe les autres. En outre, je ne suis pas d'accord avec ce que tu as écrit.

Sarah a plissé les yeux. La proviseur en faisait des tonnes. Comme si elle avait lu trop de guides du parfait proviseur pendant l'été. Sarah en a presque regretté Mr Weyland, qui avait pris sa retraite à la fin de l'année précédente. Il avait cent cinquante ans, dirigeait le lycée en dictateur et ne comprenait rien à rien, mais il n'avait jamais essayé de faire copain-copain avec qui que ce soit. Ça paraît dingue que Mrs Colby ait été choisie pour le remplacer. Elle a peut-être tapé dans l'œil de Weyland, pour avoir le poste. Elle est jolie, dans le style lisse et conventionnel qui représente un modèle pour toutes les filles de Mount Washington. Ça crevait les yeux que Mrs Colby faisait un numéro et qu'elle n'appréciait pas plus que ça les colliers, le piercing dans le nez et la coupe de Sarah.

Celle-ci a ramené ses cheveux sur son front de façon à recouvrir l'inscription incriminée.

— Voilà. Plus de perturbation.

La proviseur a penché la tête sur le côté et lancé une nouvelle offensive :

— Je comprends que ce soit déstabilisant pour toi, Sarah, et c'est tout à fait…

— Je ne suis absolument pas déstabilisée.

Mrs Colby a commencé à s'agiter. Sarah a vu ses joues se colorer, même sous son maquillage.

— D'accord. Bon… tu as visiblement des sentiments très entiers à propos de cette liste. Et ta réaction me paraît parfaitement légitime. Je trouve choquant que Mr Weyland ait laissé durer cette affaire toutes ces années.

Cette dernière phrase a surpris Sarah. A priori, les proviseurs n'étaient jamais censés dire du mal de leurs confrères.

— J'apprécierais que tu m'aides à inciter les autres à prendre position, a repris Mrs Colby, pour qu'il n'y ait pas de nouvelles victimes de cette pratique déplorable l'année prochaine.

Sarah s'est retenue de rire. La proviseur se fourrait le doigt dans l'œil si elle espérait pouvoir mettre un terme à la publication de cette liste.

— Je me fous des autres filles de la liste. Et je me fous que cette liste continue d'exister. D'ailleurs, non, j'espère qu'elle va continuer! C'est du délire que les gens y accordent autant d'importance. S'ils gobent n'importe quoi, tant pis pour eux.

La proviseur a froncé les sourcils.

— Merci d'aller te laver le visage tout de suite, Sarah. Je ne vais pas te le redemander.

Sarah est entrée en trombe dans les toilettes, s'est emparée d'une feuille d'essuie-tout et l'a passée sous le robinet. Cette femme était incroyable! Quelle différence entre la liste et le bal de la rentrée? Dans les deux cas, il s'agissait de concours de beauté débiles, à ceci près que le second était validé par la direction.

Elle s'est frotté le front. Évidemment, ça n'a fait qu'estomper un peu l'encre noire. Le savon à deux balles du distributeur a eu pour seul effet de lui piquer les yeux. Génial. Elle s'est retrouvée à genoux par terre en train de s'essuyer les yeux. Si des filles étaient entrées à ce moment-là, elles auraient cru qu'elle pleurait.

Il lui faudrait attendre de rentrer chez elle pour laver l'inscription. Et avoir le plaisir de revenir au lycée le lendemain comme si de rien n'était.

C'est là qu'elle a eu l'idée. Celle de passer au niveau de rébellion supérieur. De montrer à tout le lycée ce qu'elle pensait vraiment de leurs opinions et de leurs règles. Jusqu'ici, elle avait été trop passive, trop tolérante. Elle les avait laissés sévir sans jamais réagir. Et la beauté du geste, c'est que si son plan fonctionnait, il gâcherait le bal de la rentrée dans la foulée, grâce à un acte de résistance géant.

Sarah tourne à gauche et freine au pied d'une colline dont elle n'avait jamais remarqué l'existence. Peut-être lui paraissait-elle moins énorme quand elle prenait le bus. Elle ne distingue pas le lycée au sommet, rien qu'une bande d'asphalte sans fin qui s'élève vers le ciel.

Elle pédale en danseuse, de toutes ses forces, pour prendre de la vitesse. À mi-montée, son rythme lui permet tout juste de garder l'équilibre. Son vélo vacille vers le milieu de la chaussée. Des véhicules commencent à former une queue derrière elle, et certains montent sur le trottoir pour la dépasser.

Mais Sarah est déterminée. L'air automnal lui picote les oreilles. Des feuilles mortes se désintègrent sous ses roues. Debout sur ses pédales, elle met toute son énergie à avancer, tandis que la sueur dégouline sous son tee-shirt.

Le tee-shirt de Milo.

On s'en fout. Celui qu'elle portait hier.

Milo est arrivé à leur banc avant elle.

— Salut! lui lance-t-il, surpris. Cool, ton vélo.

Ses yeux remontent vers le front de Sarah.

— Heu, apparemment, ça n'est pas pour rien qu'on appelle ça du feutre permanent?

— Apparemment.

Sarah est tellement essoufflée qu'elle a du mal à parler. Elle tapote son front en sueur avec la bordure de son tee-shirt, délicatement, pour ne pas effacer le mot. Il y est toujours, un peu plus clair qu'hier.

— Tu as remis mon tee-shirt?

— Tu bosses pour la police de la mode?

Elle cherche son paquet de cigarettes dans sa poche puis change d'avis. L'odeur camouflerait ses effluves corporels. Elle ne fumera pas de la semaine.

— Oui, c'est toujours ton tee-shirt.

Elle s'assoit au bout du banc en ramenant les genoux contre sa poitrine. Elle a déjà mal aux jambes.

Une drôle d'expression passe sur le visage de Milo, lui donnant l'air de loucher derrière ses lunettes.

— D'un côté, tu portes mon tee-shirt, et de l'autre, tu fais comme si tu ne pouvais plus me voir en peinture. C'est pas un peu bizarre ?

Il plonge la main dans son sac dont il sort un carré plié de coton noir.

— Je t'ai rapporté le tien, au fait. Je l'ai lavé.

C'est marrant comme Milo peut mettre les pieds dans le plat quelquefois. Comme si, malgré lui, par éclairs, sa gaucherie avait raison de sa timidité.

Sarah n'a pas encore évoqué avec lui le fait de mettre un terme à leur relation. Depuis les événements d'hier, ça a été de la folie. En plus, pourquoi le ferait-elle ? Pourquoi faudrait-il qu'elle se tape le sale boulot, alors qu'elle n'a rien à se reprocher ? Pourquoi devrait-elle lui faciliter la tâche ?

Elle relève le menton d'un cran.

— J'ai décidé de ne pas me laver de toute la semaine.
— Sérieux ?
— Yep, confirme-t-elle en faisant claquer le p. Pas de douche, pas de brossage de dents, pas de déodorant, rien. Je garde les mêmes fringues, même les chaussettes et les sous-vêtements. Ma dernière douche remonte à dimanche soir, juste avant d'aller chez toi.

Et elle conclut en croisant les bras :

— Je fais l'impasse totale sur l'hygiène jusqu'à samedi soir.

Ça lui fait du bien de l'avoir formulé tout haut. Maintenant, plus moyen de reculer.

— Pourquoi samedi soir ?

Consciente d'être ridicule, elle répond en gardant son sérieux :

— À cause du bal de la rentrée. J'irai habillée comme ça, l'objectif étant d'être la plus cradingue et la plus puante possible.

Milo explose de rire, puis s'interrompt en voyant qu'elle ne l'imite pas.

— Tu déconnes.

— Pas du tout.

— Pourquoi tu te laisses bouffer par cette histoire ? Tu détestes les filles du lycée, et de toute évidence, tu as bien raison. Et maintenant, tu veux te pointer à leur bal débile ? Ça ne te ressemble absolument pas.

Sarah lisse les fanions craquelés de son vieux vélo. Cette dernière remarque est bien la preuve que Milo ne la comprend pas. Il ne l'a jamais comprise. Et elle n'a aucune envie de se lancer dans des explications auxquelles il ne capterait rien.

— Bon, on peut éviter d'en faire tout un plat ? De toute façon, c'est décidé.

Il hausse les épaules.

— Je pourrai venir avec toi ?

Elle se tourne vivement vers lui pour le dévisager.

— Arrête.

Il sourit de toutes ses dents.

— On se marrerait bien. Je mettrais une cravate. Je t'achèterais une guirlande de fleurs[1].

Sarah ne devrait pas être surprise qu'il veuille aller au bal. Compte tenu de ce qu'elle sait de lui maintenant, c'est même parfaitement logique.

— Alors, c'est d'accord pour le rancard ?

Elle secoue la tête, un peu déconcertée.

— Si par « rancard », tu parles de débarquer au même endroit au même moment, alors oui, on peut dire ça. Mais t'as pas intérêt à m'apporter un bouquet.

La sonnerie retentit. Tout ça est tellement ridicule que c'en est comique. Pas une seconde elle n'avait envisagé d'aller au bal de la rentrée de Mount Washington. Avec un garçon. Et elle préférerait mourir que de l'admettre, mais une minuscule, pitoyable étincelle d'attente mêlée d'impatience luit quelque part tout au fond d'elle.

En entrant dans le bâtiment du lycée, Sarah observe les visages de ceux qu'elle croise. Personne n'a l'air de remarquer qu'elle porte les mêmes vêtements qu'hier. Raté.

Et puis, tout à trac, Milo lui prend la main. Tranquillement, comme si ça faisait partie de leurs habitudes. Alors que pas du tout.

---

[1]. Les jeunes Américaines portent souvent un petit bouquet ou une guirlande de fleurs au poignet aux bals du lycée. Dans la tradition, c'est le garçon qui l'offre à sa cavalière.

Malgré elle, en se disant qu'elle s'en mordra les doigts, Sarah lui abandonne sa main. Parce qu'elle retrouve dans ce geste un écho du Milo qu'elle croyait connaître. Et, le temps de quelques secondes trop vite passées, ça lui fait du bien.

CHAPITRE 13

— Je me demande si Mr Farber va appeler aujourd'hui, dit Mrs Finn en regardant dans le rétroviseur. Espérons qu'il aura la politesse de me prévenir si je n'ai pas le poste. Il y a des gens qui ne prennent même pas cette peine. Tu ne trouves pas ça odieux ?

— Si.

La réponse est venue un peu à retardement, un peu mollement, parce que Lauren n'écoute pas. Elle relit le verso de la liste, glissée entre les pages de son cahier d'histoire.

Hier a été le grand jour des présentations. Quelques filles ont choisi une approche formelle, avec déclinaison de leurs noms et prénoms. D'autres lui ont passé un bras autour des épaules dans le couloir en se lançant dans des confidences plutôt intimes : plaintes sur les douleurs prémenstruelles, bribes de ragots sur des gens qu'elle ne connaît pas encore, secrets amoureux...

Lauren a essayé d'enregistrer le maximum d'informations sur chacune. Elle a pris des notes au dos de la liste : un tiret sous forme de fleur à cinq pétales, suivi d'un nom et d'un rapide descriptif physique. Au début, ça l'a amusée de voir la page se couvrir de fleurs comme un jardin au printemps, mais à la fin de la journée, sa feuille ressemblait à une jungle impénétrable et elle n'arrivait plus à distinguer une fille d'une autre. Et ce constat la préoccupe, tandis qu'elle voit apparaître le lycée derrière le pare-brise.

— Tu as un contrôle d'histoire ? lui demande Mrs Finn en essayant de jeter un coup d'œil sur ses cours. Tu ne m'en as pas parlé hier soir. J'aurais pu t'aider à réviser.

Lauren referme son cahier en serrant les doigts autour de la reliure.

— Non. Mais j'ai l'impression qu'on va avoir une interro surprise.

Il va de soi qu'elle n'a pas mentionné la liste à sa mère.

D'abord, elle serait contre. C'est précisément le genre de pratiques dont elle a cherché à protéger Lauren en lui donnant des cours à domicile.

Et puis elles ont passé la soirée à préparer point par point l'entretien d'embauche de Mrs Finn. Sa mère était persuadée qu'elle n'aurait pas le poste. Lauren lui a assuré qu'elle s'en sortirait très bien, tout en se demandant ce qui allait se passer dans le cas contraire.

Ça n'est pas toujours facile d'avoir sa mère pour meilleure amie.

Celle-ci lui adresse un pâle sourire.

— C'est bête que tu aies cours aujourd'hui. Je vais devenir folle à tourner en rond toute seule à la maison.

Dis donc, j'ai une idée! Tu ne veux pas qu'on aille se manger des pancakes? Il y a un petit café où ton père m'emmenait tous les dimanches, qui en fait de délicieux. Je pourrais te faire un mot. Je dirais que tu avais rendez-vous chez le médecin.

Les pancakes sont tentants, mais Lauren est assez impatiente d'aller au lycée. C'est la première fois que ça lui arrive.

— Désolée, maman, je ne peux pas. Si on a interro surprise, ce sera en première heure.

— Bon, tant pis.

— Si tu t'ennuies, tu n'auras qu'à défaire des cartons.

Presque deux mois après le déménagement, le gros de leurs affaires n'est toujours pas déballé.

— Je veux d'abord être sûre qu'on reste, répond sa mère. On ne sait jamais. Si je n'ai pas ce poste, il se peut qu'on doive vendre la maison.

— Tu l'auras, ce poste, maman, c'est certain.

Mais au lieu de lui sourire, Mrs Finn la regarde comme si elle avait dit ce qu'il ne fallait pas.

Quand la berline s'arrête devant le lycée, Lauren s'aperçoit que des élèves ont remarqué son arrivée. Au fond, cette liste constitue une sorte de certificat de naissance. Elle marque le début de son existence à Mount Washington. Lauren se retourne vers sa mère en espérant que celle-ci ne s'est rendu compte de rien. Tout va bien : elle a les yeux sur le rétroviseur.

Lauren entre en classe, s'assoit et révise les notes qu'elle a prises au dos de la liste. Elle tâche de se concentrer sur les filles qui semblent constituer son cercle le plus proche : celles qui lui ont manifesté le plus d'intérêt.

Une à une, elles arrivent et l'entourent. Certaines approchent leurs chaises, d'autres restent debout pour mieux la voir, et toutes lui sourient comme si elle était un bébé qu'elles venaient d'adopter collectivement.

Apparemment sous le charme de son innocence, avec des petits regards approbateurs, elles se signalent à voix basse les transgressions sociales de Lauren : son absence de maquillage, le fait que ses livres soient recouverts de papier kraft, sa barrette dans les cheveux.

Lauren sent le sang lui monter à la tête, lui donnant un coup de chaud et un léger vertige.

Puis les questions commencent :

— Tu as toujours habité à Mount Washington ?

— Non, répond Lauren après avoir repéré dans le groupe celle qui a posé la question. Avant, je vivais dans l'Ouest avec ma mère. On a déménagé après la mort de mon grand-père.

— Tes parents sont toujours ensemble ?

Lauren se tourne vers une fille assise sur un bureau à sa droite.

— Non, on n'est que toutes les deux.

— Ton père habite où ? demande une troisième, adossée au tableau.

— Lui aussi, il est mort. Quand j'étais bébé.

— Wouah, c'est super triste, souffle une voix dans son dos.

Les autres hochent gravement la tête.

— Il était beaucoup plus vieux que ma mère, précise Lauren.

Elle perçoit leur envie de la connaître et s'efforce de suivre le rythme de leurs questions. À leur manière de communiquer entre elles sans se parler, par des hochements de tête, des sourires, des coups d'œil, il est clair que la plupart se connaissent pratiquement depuis toujours. Lauren les a observées à distance ces dernières semaines, marchant dans les couloirs bras dessus bras dessous, se jetant dans les bras les unes des autres entre deux cours. Elle veut être des leurs. Elle a l'impression d'avoir tellement de choses à rattraper !

Elle aimerait bien que la discussion soit un peu moins à sens unique. Elle aussi, elle a des questions à leur poser. Mais elles ne lui en laissent pas le temps :

— Qu'est-ce que tu aimes comme activités ?

— Heu… je ne sais pas. La lecture ? J'adore lire.

— Tu sors avec quelqu'un ?

— C'est des garçons qui veulent qu'on te demande, précise une fille, d'un ton de mijaurée qui déclenche l'hilarité.

Lauren fait non de la tête.

— Je n'ai jamais eu de copain. Je… je n'ai jamais embrassé un garçon.

Elle se rend compte presque aussitôt qu'elle n'est pas juste en train de parler avec ces filles. Ses réponses vont être répétées à des tas d'autres gens qu'elle ne connaît pas.

— Jamais ?! piaillent-elles d'un ton aussi ravi que choqué.

Quelques-unes se rapprochent encore de son bureau, comme pour la protéger. Elle ne se rappelle aucun de leurs noms.

— Ben, vous pouvez être sûres que ça va changer ! lance l'une d'elles, sans cesser de la fixer. Je parie que Lauren aura un amoureux d'ici le bal.

Lauren se sent rougir. La prédiction lui semble totalement délirante.

— Ça, on verra.

— Tu as déjà acheté ton ticket pour le bal ?

— Non.

— Mais tu vas venir ?

— Sans doute, répond Lauren en hochant la tête.

Elle n'y avait pas encore réfléchi. Et il faut encore qu'elle demande à sa mère.

— Super. Et ce serait génial que tu nous aides à nous préparer pour le cortège des Braves. C'est une sorte de défilé avant le match, où ceux du lycée font le tour de la ville dans leurs voitures décorées. Tous les gens sortent de chez eux pour regarder. C'est trop sympa.

— Avec plaisir.

L'idée de traverser la ville en voiture avec ses nouvelles copines, qui sont peut-être en train de devenir de vraies amies, est terriblement attrayante. Tout à coup, la vie au lycée ne se présente plus comme le cauchemar qu'on lui avait décrit, mais commence à ressembler plutôt à un rêve.

Une fille déclare d'un ton pensif, la tête penchée sur le côté :

— Ça doit être vraiment bizarre pour toi. Hier, tu étais invisible, et aujourd'hui, tout le monde sait qui tu es.

— Moi, je trouvais que tu avais l'air sympa, affirme une autre. Je ne sais même pas pourquoi je ne t'ai jamais dit bonjour.

— Moi pareil, ajoute une troisième.

— C'est un peu de ma faute, les excuse Lauren. Moi non plus, je ne parlais pas beaucoup. Je suis un peu timide.

Elle regarde les filles les unes après les autres et remarque Candace, leur ancienne meneuse, qui entre dans la salle. Seule. Elle voit ses yeux glisser sur le groupe sans se poser. Les autres, trop occupées à fixer Lauren, ne se sont pas aperçues de sa présence.

— Ça m'embête pour Candace, chuchote-t-elle alors. Elle avait l'air énervée, hier.

Lauren l'a même trouvée plus énervée que toutes les autres filles réunies dans le bureau de la proviseur.

— Oh, laisse tomber, marmonne l'une de ses nouvelles groupies.

— Pourquoi ?

— Parce que c'est une garce, rétorque une autre.

Toutes confirment d'un hochement de tête solennel.

— Je ne comprends pas, reprend Lauren. Je croyais que vous étiez amies avec elle !

— C'est vrai ! On est toujours amies avec elle.

— Mais... il faut admettre que Candace l'a un peu cherché.

— Elle se croit tout permis sous prétexte qu'elle est... jolie, quoi. Ça ne se fait pas.

— Elle n'arrête pas de cracher sur les gens.

Celle qui vient de dire ça regarde Lauren comme si elle attendait de lire sur son visage un éclair de compréhension. Ne le voyant pas venir, elle précise :

— Sur toi, par exemple.

Lauren essaie de se rappeler les quatre dernières semaines. Elle a fait son possible pour s'intégrer, ce qui ne l'a pas empêchée de commettre des bourdes. Les bottes en caoutchouc qu'elle a mises le premier jour où il a plu lui ont valu quelques regards de travers. Elle s'habille de manière simple et pratique, sans recherche. Ses cheveux sont nettement plus longs que ne le veut la mode du moment, et personne ne les maintient plaqués avec une vieille barrette ternie.

Elle lève la main et retire la barrette discrètement. Elle sait qu'il lui reste beaucoup à apprendre.

Des choses que sa mère ignore, ou qu'elle ne lui a jamais expliquées.

Quand sonne le début des cours, Lauren a toujours le sentiment qu'elle devrait parler à Candace. Se faire de nouveaux amis, c'est génial, mais pas au prix de se faire une ennemie.

Voyant Candace filer aux toilettes, elle lui emboîte le pas.

— Salut, dit-elle. Je m'appelle Lauren.

— Merci, je suis au courant.

Candace s'enferme dans un cabinet.

Lauren se triture les doigts.

— Je… je voulais dire que je suis désolée pour ce qui s'est passé hier. Tu ne mérites vraiment pas qu'on te traite de moche.

Au bout d'une seconde, Candace tire la chasse d'eau, alors que Lauren ne l'a pas entendue faire pipi. Elle rouvre la porte et va se laver les mains au lavabo.

— Ça, je le sais, réplique-t-elle sans la regarder.

Elle est clairement énervée. Lauren la comprend. Elle a peut-être tort de vouloir lui parler, mais cela la soulage de lui dire ce qu'elle a sur le cœur :

— Et je suis désolée que tes amies ne te parlent pas pour l'instant. Mais je suis sûre que ça va passer.

Candace ricane, et Lauren sursaute. C'est vrai, qu'est-ce qu'elle en sait, au fond ? Elle ne connaît pas ces filles, ni les codes de fonctionnement d'un lycée.

— Bon, enfin, je voulais juste te dire ça, conclut-elle.

Elle a presque atteint la porte lorsque Candace la rappelle :

— Tu as quand même compris que si ces filles sont sympas avec toi, c'est à cause de la liste, j'espère ?

Cette fois, c'est Lauren qui ne répond pas. Oui, elle le sait. Et elle s'en moque. L'essentiel, c'est qu'elles soient sympas. Et elle compte bien savourer chaque minute de sa nouvelle popularité.

CHAPITRE 14

Danielle touche le mur au bout de son couloir, fait la culbute, se propulse d'une poussée des pieds et fend l'eau pour sa dernière longueur. Généralement, nager lui vide la tête et son esprit lui paraît alors aussi clair et épuré que l'eau de la piscine. Mais pas là. Aujourd'hui, ses pensées sont sombres et vaseuses comme l'eau du lac Clover.

Le camp de vacances du lac Clover se trouvait à plus de cent cinquante kilomètres de Mount Washington. Ni Danielle ni Andrew n'y étaient jamais allés, mais tous les deux avaient dans leur famille quelqu'un qui y avait séjourné et qui s'était débrouillé pour leur décrocher ce boulot d'été grassement payé.

Les autres animateurs ados avaient tous passé des vacances au camp enfants et ils formaient une bande assez fermée. Ils connaissaient par cœur toutes les chansons de colos et tous les noms des arbres de la région, et ils auraient sans doute été prêts à travailler gratuitement pour pouvoir y venir un été de plus. Danielle et Andrew étaient des étrangers. Ils échangeaient parfois un coup d'œil ironique quand les autres critiquaient leurs mangeoires pour oiseaux en pommes de pin ou les reprenaient quand ils prononçaient mal le nom d'anciennes tribus indiennes de la région. Mais on ne pouvait pas dire qu'ils étaient amis.

Les enfants adoraient Danielle. Les autres animateurs ne s'occupaient pas beaucoup de leurs gamins. Danielle, elle, participait à leurs activités, ne serait-ce que pour avoir des gens à qui parler. Les filles de son dortoir lui avaient tressé un cordon pour son sifflet de maître-nageur. Les garçons n'arrêtaient pas de la défier à la course ou à la nage. Au début, ils prenaient mal le fait de perdre, surtout contre une fille ; mais petit à petit, leur aigreur s'était transformée en respect.

C'est à ce moment-là qu'Andrew a commencé à se faire plus présent. Elle le voyait marcher sur la rive du lac du haut de son siège de maître-nageur. Elle le sentait dans son dos en faisant la queue au buffet. Elle surprenait son regard derrière les flammes orangées du feu de camp.

C'était la première fois qu'un garçon s'intéressait à elle.

Pour s'amuser, elle écrivait des lettres à Hope, comme on le faisait autrefois. Mais la question « Andrew » réclamait un mode de communication plus direct. Alors elle s'est mise à lui téléphoner en douce pour lui faire un rapport quotidien des manœuvres d'Andrew.

— J'ai l'impression qu'il a envie de parler, a-t-elle chuchoté un soir dans son téléphone, une fois les gamins endormis.

Elle scrutait le ciel dans l'attente d'une étoile filante, adossée à sa couchette en planches de cèdre.

— Va lui parler, toi.

— Tu rigoles ?

— Danielle, c'est ridicule ! On passe en troisième ! Et tu parles tout le temps aux garçons !

— Jamais à ceux à qui j'ai une chance de plaire, a rectifié Danielle.

— Il doit être nerveux, a repris Hope. Tu es un peu… intimidante.

Danielle a fermé les yeux et respiré l'air lourd, chargé d'humidité. Elle aussi se sentait nerveuse, ce qui avait le mérite de les mettre à égalité.

Le lendemain, Andrew est passé à l'action.

Danielle était dans le lac jusqu'à la taille, occupée à diriger un relais de natation pour les onze ans, quand elle l'a vu assis sur le ponton, les jambes dans l'eau. C'était peut-être le maximum de ce qu'il pouvait faire. Elle a nagé jusqu'à lui.

— Salut, a dit Andrew quand elle l'a rejoint. Je suis venu te mettre en garde.

— Contre quoi ?

Elle s'est hissée sur le ponton, et s'est assise à côté de lui, en laissant entre eux juste assez de distance pour qu'il ne soit pas mouillé par l'eau qui dégoulinait de son maillot.

Il gardait les yeux fixés sur le lac.

— Tous les gars de mon dortoir ont flashé sur toi.

Danielle s'est demandé s'il s'incluait dans le lot. Tournant la tête vers lui pour ne plus être éblouie par le soleil, elle l'a observé : il était bronzé, avec des mèches de cheveux blond roux. Les manches de son polo bleu marine aux insignes du camp étaient roulées jusqu'aux épaules et découvrait des bras secs et musclés.

— Ils parlaient de toi hier soir, a-t-il repris. Danny Fannelli a dit qu'il allait faire semblant de se noyer pour que tu le sauves et que tu lui fasses du bouche-à-bouche.

Danielle a éclaté de rire.

— Rien que ça ? En tout cas, merci pour le tuyau !

Il a attendu une seconde avant de demander :

— Il paraît que tu vas à Mount Washington l'an prochain ?

— Ouais. Pourquoi, toi aussi ?

— Oui.

Il s'est gratté la tête en plissant les yeux dans le soleil.

Et voilà comment la perspective d'une petite aventure d'été, l'occasion d'un amour de vacances de quelques semaines, s'est soudain muée en une possibilité plus sérieuse et plus palpitante. Elle a cherché en vain une réponse drôle et spirituelle. Par chance, Danny Fannelli, près du rivage, s'est mis à battre des bras dans un jet d'éclaboussures spectaculaire, alors que l'eau devait lui arriver aux genoux.

— Qu'est-ce que je t'avais dit ? a fait Andrew, un sourire jusqu'aux oreilles. J'ai prévenu Danny que tu avais sûrement un petit ami, pour qu'il ne se fatigue pas pour rien.

— Je n'ai pas de petit ami, a répondu Danielle en riant.

Elle s'est relevée en repliant les orteils sur le bord du ponton.

— C'est bon à savoir, a-t-il commenté en se levant à son tour. À plus, Danielle.

— À plus.

Et elle a replongé dans le lac Clover, dont l'eau ne lui avait jamais paru aussi chaude.

Danielle sort la tête de l'eau et retire ses lunettes de plongée pour consulter le chronomètre. Quelques secondes plus tard, les filles des couloirs voisins apparaissent à leur tour.

Tracy, l'entraîneur de l'équipe de natation des premières et des terminales, se penche vers le couloir de Danielle, munie de son écritoire et de son sifflet. Elle est grande et mince, avec des cheveux blonds coupés ras, à l'exception de quelques mèches qui bouclent derrière ses oreilles. Elle a financé toutes ses études par des bourses décrochées grâce à ses performances de nageuse. Jusqu'à ce qu'elle se déchire les tendons des deux épaules aux épreuves olympiques dans une compétition en nage papillon.

Tracy a déjà assisté à d'autres entraînements de troisièmes depuis les gradins, mais c'est la première fois qu'elle s'y implique activement, en reléguant leur entraîneur en titre sur le siège du maître-nageur. Danielle a entendu quelques-unes de ses camarades murmurer dans les vestiaires qu'elle cherchait de la chair fraîche pour compléter son équipe de relais du lycée.

— Bien joué, Dan, lui dit Tracy. Mais tu perds au moins une seconde lors de ta culbute. Tu dois resserrer ton temps.

Danielle n'entend pas le compliment. Ni la critique.

Tandis que Tracy s'éloigne pour parler à une autre nageuse, une bulle monte dans sa gorge.

— C'est Danielle, en fait, se surprend-elle à dire.

Tracy se retourne en haussant un sourcil :

— Pardon ?

— Excusez-moi, bafouille Danielle, un ton plus bas. Je préfère qu'on m'appelle Danielle. C'est… mon nom.

L'entraîneur des troisièmes lui crie de son perchoir :

— Tu as entendu ce que Tracy t'a dit ?

— Oui, j'ai compris. Je voulais juste…

Un coup de sifflet strident l'interrompt. Tracy recrache son instrument et lance :

— Bon. Les filles dehors, les garçons en piste. On se presse un peu.

Danielle gagne l'échelle, en s'interdisant de se faire des reproches pour avoir repris l'entraîneur. Après tout, son nom, c'est Danielle.

Mais son nouveau surnom semble avoir la vie dure. Bien qu'elle ait pris soin de se maquiller aujourd'hui, et de passer ses cheveux au fer à lisser, des élèves qu'elle ne connaît même pas l'ont appelée Dan the Man dans les couloirs, avec une voix rauque censée imiter la sienne. La voix de Danielle n'a rien de rauque. Mais pour le savoir, encore faudrait-il qu'ils fassent l'effort de lui parler. Chaque fois, elle a dû prendre sur elle pour ne pas faire volte-face et hurler de toutes ses forces : « Je m'appelle Danielle ! »

Mais elle s'est tue. Sa remarque à Tracy a été jusqu'ici sa seule et unique tentative de rébellion. Et cette timide protestation suffit à lui donner un sentiment de culpabilité, surtout après la mise en garde d'Andrew.

Par-dessus le marché, la seule personne qu'elle se soit permis de corriger est justement celle à qui elle doit faire bonne impression.

Hope attrape Danielle par le pied, la tire en arrière et l'éclabousse pour atteindre l'échelle en premier.

— T'as cartonné, lui dit-elle.

— J'ai gâché ma chance, grogne Danielle en sortant du bassin derrière elle.

Hope prend une gourde posée sur les gradins et boit une rasade.

— Oh, arrête! Ça crève les yeux que l'entraîneur est venue exprès pour toi! Combien on parie que tu seras sélectionnée dans l'équipe du lycée? Je vais peut-être envoyer une plainte anonyme pour réclamer qu'on te fasse subir un test ADN. Je te jure, à te voir dans l'eau, on dirait que tu as du sang de sirène.

Danielle sourit sans conviction en passant les mains sur son ventre pour essorer son maillot. En relevant les yeux, elle voit Andrew traîner près de la porte, en maillot de football et genouillères. Et son cœur, qui avait commencé à s'apaiser après ses longueurs, s'affole de nouveau.

Elle a passé tout un été à se promener en maillot de bain sous le nez d'Andrew sans se poser de questions. Mais avant de le rejoindre, elle s'arrête pour prendre sa serviette sur les gradins et s'enveloppe dedans.

— Bravo pour ta prestation, lui dit-il en croisant les bras. Tu nages aussi vite qu'un poisson!

Un poisson, ce n'est pas une sirène; mais Danielle ne va pas se vexer pour si peu. Elle se réjouit qu'il l'ait vue sous son meilleur jour.

— Merci. Tu ne devrais pas être à l'entraînement, toi?

— Comme j'avais envie de te voir, j'ai prétexté que je devais aller aux toilettes.

Il baisse les yeux sur le carrelage.

— On n'a pas eu beaucoup l'occasion de se parler aujourd'hui. Désolé.

— C'est pas grave, répond Danielle.

Ça lui a pourtant gâché presque toute la matinée. Elle a cherché Andrew en vain dans tous les endroits habituels, avant de se résigner à l'idée qu'il devait l'éviter. Assez curieusement, ça l'a soulagée. Avec lui, elle a du mal à maintenir son indifférence de façade au sujet de la liste. Et c'est encore plus vrai avec les copains d'Andrew, qui ne se gênent pas pour la mettre en boîte. Alors, dans un sens, tant mieux s'il se fait discret. Ça leur rend la vie plus facile à tous les deux.

Andrew lui tapote le dos et s'essuie la main sur sa serviette.

— Bon, je ferais mieux d'y aller, avant que l'entraîneur ne se demande ce que je fabrique. Je t'appelle plus tard !

— Je vais faire du shopping avec ma mère pour trouver ma robe de bal. Au fait... vous avez prévu quelque chose, samedi soir ?

Elle ne sait pas trop comment le bal se déroule au lycée ; si ceux qui sortent ensemble y vont en couple, comme au bal de fin d'année des premières ou des terminales.

Andrew s'éloigne à reculons vers la porte en secouant la tête.

— Je ne sais pas encore. Chuck a sans doute des plans… On va sûrement traîner, mais je ne sais pas encore où. Pour le moment, on reste concentrés sur le match de samedi. Parce que, si on perd celui-là, on va être la honte de toute la division. Mais je te préviendrai quand les plans se préciseront.

Danielle s'éloigne avec un sentiment de soulagement. Elle peut encore jouer les fiers à bras quelque temps, jusqu'à ce que cette liste sorte des esprits. Ce soir, elle va se trouver une robe superbe pour le bal. Et plus personne – pas plus Andrew que les autres – ne pourra douter qu'elle est une fille.

CHAPITRE 15

Les répétitions de cheerleading[1] sont bien plus sympas qu'il y a quelques semaines. C'est la réflexion que se fait Margo en se changeant dans les vestiaires. Elle enfile sa tenue d'entraînement : legging, débardeur et baskets, plus un sweat-shirt pour la course d'échauffement. Dana et Rachel portent à peu près la même chose. Les trois capitaines aiment bien présenter un front uni.

Aujourd'hui, Sami, leur entraîneur, vient pour les dernières répétitions de la chorégraphie de la mi-temps. L'équipe maîtrise l'ensemble des mouvements. Cette session-ci n'est plus que du fignolage. Histoire que tout soit parfait.

— Il faudrait peut-être qu'on sorte de l'exercice à tour de rôle à chaque répétition, pour vérifier que tout le monde est au point, suggère Margo.

— Ouais, approuve Rachel. Sami ne peut pas tout voir.

1. Le *cheerlading* est le nom officiel de la discipline des pom-pom girls, aujourd'hui reconnue en France comme discipline sportive à part entière.

— Bonne idée, confirme Dana. En plus, ajoute-t-elle en riant, Sami ne regarde pas les autres dans le miroir quand elle danse ; elle ne voit qu'elle !

Il ne reste plus que quelques répétitions avant le match, qui sera le plus important de la saison. Des anciens du lycée viendront y assister. Les capitaines de l'équipe de cheerleading de l'an dernier seront là aussi, et elles ne leur feront pas de cadeaux. Elles y seront toutes à part Maureen, qui ne peut pas rentrer. Elle ne sera peut-être même pas là pour Thanksgiving[1] ; tout dépendra de ses examens. Mais la pression n'est pas moins énorme.

L'équipe presque au complet attend déjà dehors sur les gradins.

En voyant arriver Margo, les plus jeunes se mettent à l'applaudir. C'est gênant, surtout devant Sami. D'autant qu'elles l'ont déjà fait hier.

— Qu'est-ce qui se passe ? s'enquiert l'entraîneur.

Les filles lui parlent de la liste, ce qui est une erreur. On ne parle pas de la liste devant les professeurs, et Margo est un peu parano depuis l'entretien de la proviseur. Mais Sami le prend bien. Elle en profite même pour se vanter d'avoir figuré dessus il y a neuf ans, alors qu'elle était en troisième. Toute l'équipe l'applaudit à son tour et Margo se réjouit de ne plus être au centre de l'attention.

---

1. La fête familiale la plus importante aux États-Unis après Noël. Elle a lieu le dernier jeudi de novembre.

Puis Sami ajoute :

— Pour fêter ça, Margo a le droit de rester avec moi pendant la course d'échauffement. Bon, mesdemoiselles, on s'y met !

Margo croit voir Dana et Rachel se regarder en roulant des yeux.

— Je parie que tes amies sont jalouses, lui dit Sami une fois l'équipe partie au petit trot.

— Non. Ce n'est pas leur genre.

Sami rit sèchement.

— Ta sœur en a souffert l'an dernier. Les gens ne se rendent pas compte de la pression qu'il peut y avoir sur nous, les jolies filles.

Margo regarde les autres atteindre le bout du terrain. Elle se lève de la pelouse.

— Je reviens.

Et elle s'élance pour courir avec les filles. Ça lui faisait trop bizarre de rester à l'écart.

Après l'entraînement, Margo passe à son casier pour ranger son pompon et reprendre ses livres de cours. Puis elle rejoint Rachel et Dana devant sa voiture, sur le parking. Elles ont prévu d'aller faire les boutiques à la recherche de leur robe de bal, et de dîner sur le pouce dans une cafétéria du centre commercial. Sa mère lui a donné sa carte de crédit. Margo n'en abuse jamais. Elle commence toujours par le rayon des bonnes affaires. Mais pour la robe, elle n'hésitera pas à mettre le prix. C'est quand même le dernier bal de rentrée de sa vie. Dans un an, elle sera à la fac et ce bal ne sera plus qu'un souvenir. Elle tient à ce qu'il soit le meilleur possible.

Elle rabat la capuche de son sweat-shirt sur sa tête pour se protéger du vent. Peut-être qu'elle choisira une université au soleil. Bien sûr, elle a encore plusieurs mois devant elle. Elle n'a même pas rempli un seul dossier de candidature, ni réfléchi à ses lettres de motivation. Mais l'avenir se profile inéluctablement, et voile tout d'un sentiment de nostalgie. Elle se demande où iront Dana et Rachel, et si elles continueront à se voir. Elle l'espère. Ce sont de vraies amies. Elle les adore toutes les deux.

Les pensées de Margo dérivent vers son premier bal de rentrée, il y a trois ans. Elle avait failli se brûler avec le fer à friser en se battant avec Maureen pour avoir de la place devant le miroir de la salle de bains. Elle se rappelle le vertige qu'elle a éprouvé à danser dans sa robe de bal et à boire des sodas avec Dana et Rachel, avec l'espoir que des garçons plus âgés viendraient leur parler.

Cette année-là aussi, elle était sur la liste. Bry Tate, élu roi du bal par les terminales, lui a offert sa rose quand le DJ a passé un slow. Sans être Matthew Goulding, c'était tout sauf un pis-aller. Il portait son maillot de football et Margo se souvient encore qu'il sentait l'herbe pendant qu'ils dansaient sous la boule disco. Tous les membres de l'équipe de football américain avaient gardé leurs maillots, après avoir écrasé à plates coutures l'équipe de Chesterfield Valley. Plus tard ce soir-là, Margo a embrassé Bry dans sa voiture, pendant que Rachel et Dana en faisaient autant avec d'autres garçons dans d'autres voitures. De retour chez elle, elle a mis sa rose à sécher dans son journal. Margo a encore les pétales.

Ils étaient si heureux! Ils avaient tous passé une soirée géniale!

Jennifer aussi figurait sur la liste en troisième, et elle avait séché le bal pour des raisons évidentes. Mais Margo était restée aux aguets au cas où elle ferait son apparition. Et même si elle n'avait pas voulu l'admettre, son absence avait largement contribué au fait qu'elle était aussi détendue. Pourvu que Jennifer ne vienne pas non plus cette année. Il ne reste pas tant de bons moments que ça en perspective.

Rachel et Dana l'attendent assises sur le capot de sa voiture. Margo agite la main dans leur direction.

Soudain, du coin de l'œil, elle voit une silhouette boulotte arriver droit sur elle: Jennifer, qui agite la main, elle aussi.

Que fait-elle encore au lycée à cette heure-ci?

Margo s'approche en prenant un air déconcerté:

— Qu'est-ce qui se passe?

— On a invité Jennifer à venir faire du shopping avec nous, explique Rachel en sautant du capot. Elle n'a pas encore sa robe de bal.

— Je n'avais même pas l'intention d'y aller, marmonne Jennifer.

Dana lui colle ses livres dans les bras pour refaire ses lacets.

— Tu vas au bal, Jennifer ! La question ne se pose pas. C'est ta dernière année !

— On verra. Peut-être, si je trouve une robe, répond Jennifer en serrant les livres contre elle comme si c'étaient les siens.

Dana se redresse et lui donne une tape dans le dos.

— On t'en trouvera une !

Elles se tournent toutes les trois vers Margo, attendant qu'elle déverrouille les portières. Margo crispe les doigts sur ses clés.

— Désolée, les filles, mais je dois vous lâcher.

— Comment ça ? gémit Rachel. C'était ton idée qu'on fasse du shopping aujourd'hui !

— Je sais, soupire Margo en se donnant une demi-seconde pour inventer une excuse. Mais ma mère vient de m'envoyer un texto. Il faut que je rentre tout de suite. On déjeune avec mon père près de son bureau. Ça la déprime qu'on ne passe plus beaucoup de temps en famille, maintenant que Maureen est à la fac. À mon avis, elle nous fait un petit syndrome du nid vide à l'idée que je pars l'an prochain.

« Trop de détails », se reproche Margo. Rachel et Dana ne cherchent pas à lui cacher leur irritation. Elle aussi, elle est irritée. Elles auraient pu la prévenir qu'elles avaient invité Jennifer ! À moins qu'elles n'aient cherché délibérément à la mettre devant le fait accompli ? Elles ne comprennent donc pas à quel point c'est gênant pour elle ? Et évidemment, elle ne peut rien dire. Certainement pas devant Jennifer.

Dana récupère ses livres.

— Je croyais qu'on devait acheter nos robes ensemble pour être sûres qu'elles s'harmonisent. Pour que ça fasse de chouettes photos de nous trois.

Elle appuie sur chaque mot, en particulier sur les deux derniers. Elle ne se rend même pas compte qu'elle fait une gaffe en disant ça devant Jennifer. Qui n'ira pas au bal avec elles. Qui ne sera nulle part sur leurs photos.

Margo est sur le point de proposer qu'elles y aillent demain, quitte à ce que Jennifer s'incruste, quand celle-ci lui tourne le dos et lui coupe l'herbe sous le pied en déclarant aux deux autres :

— Si vous voulez toujours y aller... je peux vous conduire. Je suis garée là-bas.

Margo reste longtemps assise sans bouger derrière son volant, à réfléchir.

Elle aurait dû aller avec les autres. Elle aurait dû jouer le jeu, aider Jennifer à se trouver une robe, faire semblant que tout était normal. Comme s'il ne s'était jamais rien passé entre elles. Comme si elles n'avaient jamais été meilleures amies.

C'était le dernier jour de classe. Plus que quelques minutes avant de passer du statut de collégienne à celui de lycéenne, et pour Margo, ça changeait tout. Tout ce qui s'était passé avant (la bataille de bombes à eau en cours de gym, le dîner d'adieu avec des pizzas et de la limonade dans des mini-gobelets en carton) ne représentait que des souvenirs dignes de figurer dans le journal d'une gamine. Comme si sa vie était soudain devenue trop petite pour elle.

Elle se tenait au bout de sa rue avec Jennifer, qui finissait de lui raconter une histoire sur Matthew. Elle l'avait entendu dire à ses copains qu'une fois au lycée, il ne sortirait plus qu'avec des filles arborant des bonnets B. Sinon, quel intérêt ?

Ça ne ressemblait pas à une remarque de Matthew, mais quand les garçons parlaient entre eux, tout était possible. Margo a baissé les yeux sur sa poitrine, des petits bonnets A.

Elles venaient juste de finaliser les plans du week-end prévu chez Jennifer depuis des semaines et Margo avait à peine eu le temps de lui lancer « à tout à l'heure », qu'elle s'est rendu compte qu'elle n'avait aucune envie d'aller chez elle.

Pire, elle n'avait plus envie d'être amie avec elle.

Jennifer n'avait pourtant rien fait de mal.

Ou pas vraiment.

Mais une fois la pensée installée – ou plus exactement, maintenant que Margo avait admis un sentiment qu'elle refoulait depuis des mois –, elle ne pouvait plus l'ignorer une minute de plus.

Au lieu de rentrer chez elle chercher son sac de couchage et son pyjama, Margo, les orteils agrippés au rebord du trottoir, a regardé Jennifer monter la colline d'un pas lourd, courbée sous le poids d'un sac à dos chargé des reliques de l'année : vieux classeurs, affaires de gym confites dans la sueur, petits mots échangés entre elles, fiches de lectures. Margo, qui ne portait plus de sac à dos depuis un an, avait balancé tout le contenu de son casier à la poubelle.

Cette image, superposée à son nouveau sentiment de légèreté, lui a paru tout résumer : leur amitié, leur histoire, et les raisons qu'elle avait de vouloir tourner la page.

Mais tourner la page n'allait pas être une mince affaire.

De retour chez elle, Margo est allée voir sa sœur dans sa chambre. Elle est entrée sans bruit, s'est assise sur son lit et a attendu qu'elle finisse sa conversation téléphonique. Généralement, Maureen la jetait dehors à grands cris, mais Margo a supposé qu'elle devait faire une sale tête, parce que, pour une fois, sa sœur l'a laissée rester.

Maureen a fini par raccrocher et entrepris de se peigner.

— Qu'est-ce que tu veux, Margo ?

— C'est Jennifer. Je... C'est juste...

Elle a cherché les mots pour formuler la révélation de la journée.

— Tu ne veux plus être amie avec elle, a énoncé platement sa sœur.

Margo s'est sentie soulagée.

Elle avait apporté son journal, fourré dans la ceinture de son short, pour se donner des arguments. Sommée de s'expliquer, elle pourrait fournir des exemples de cas précis où Jennifer s'était montrée énervante, avait attisé son sentiment de culpabilité, s'était comportée bizarrement avec ses autres amies. Margo se sentait rassurée par ces preuves qu'elle serrait contre elle. Ça l'aidait à justifier sa décision.

Mais elle n'en a pas eu besoin. Elle n'a pas eu à convaincre Maureen. Sa sœur a même paru soulagée par cette nouvelle.

— Il faut juste que tu te prépares, parce que Jennifer va péter un plomb. Elle fait une fixation sur toi.

— Pas du tout, a protesté Margo, en dépit du fait que c'était aussi son impression ces derniers temps.

— Oh, arrête. Elle pique des crises dès que tu vois d'autres gens. Même quand tu l'inclus, elle finit par te le reprocher.

Leur amitié n'avait pas toujours été minée par les tensions. Pendant des années, elles s'étaient bien amusées, elles avaient partagé de bons moments, des moments faciles. Margo s'est abstenue de le signaler ; inutile de compliquer les choses. Elle s'est laissée aller sur l'oreiller rebondi de sa sœur.

— À ta place, je ne traînerais pas, a poursuivi Maureen. Tu vas entrer au lycée, tu ne peux pas laisser Jennifer te freiner et te culpabiliser chaque fois que tu rencontres des gens ou que tu es invitée quelque part.

C'était exactement ce qui s'était passé l'après-midi même.

Deux filles – Dana et Rachel – avaient invité Margo pour la soirée, pour fêter la fin des cours. Elles avaient prévu d'aller s'acheter des glaces, de voir qui était de sortie, et éventuellement de finir chez quelqu'un qui avait une piscine.

Elles avaient attendu que Jennifer aille aux toilettes pour en parler à Margo. Toutes leurs invitations prenaient cette forme-là. Secrète. Exclusive.

Margo se félicitait de leur discrétion. Parce que si Jennifer l'apprenait, elle s'attendrait à être incluse. Elle semblait penser que, parce qu'elles étaient amies, elles ne pouvaient rien faire séparément. Et c'était peut-être vrai. C'était peut-être ainsi que les grandes amitiés étaient censées marcher. Mais Margo étouffait ; une autre raison de vouloir arrêter.

— Je dors chez Jennifer ce soir. Ça peut être l'occasion de lui parler.

Mais l'idée d'un face-à-face l'angoissait horriblement. Comment présenter les choses ? En listant toutes les raisons pour lesquelles elle ne voulait plus de cette amitié ? Et si Jennifer insistait ? Si elle argumentait ? C'était tout à fait possible. Elle allait sûrement pleurer. Et Margo aussi, parce que c'était triste. Et quand elles auraient fait le tour de la question, Margo était-elle censée rester dormir ? En souvenir du bon vieux temps ? Elle ne pouvait pas imaginer situation plus inconfortable.

Maureen a ôté ses cheveux du peigne et les a jetés dans la corbeille.

— Si tu n'as pas envie, n'y va pas. Dis que tu ne te sens pas bien, n'importe quoi…

— Elle saura que je mens. Je lui ai confirmé que je venais il y a dix minutes. Sa mère passe me prendre dans une heure.

Maureen a hoché la tête avec conviction.

— Parfait !

— Quoi ?

— Tu réfléchis trop, Margo. Tu n'as pas besoin de justifier point par point pourquoi tu ne veux pas rester amie avec Jennifer. Elle le comprendra d'elle-même. Et sinon… ce n'est pas ton problème.

Un peu plus tard, Margo a entendu un bruit de klaxon dans la rue. Elle a gagné la fenêtre de sa chambre sur la pointe des pieds, écarté les stores d'un demi-centimètre et regardé sa mère sortir en trottinant pour transmettre le message. Jennifer et sa mère ont pris un air grave. Mrs Briggis a eu l'expression de n'importe quelle mère apprenant qu'un enfant est malade. Inquiète et compatissante. Jennifer a réagi différemment. Elle est devenue aussi blanche que le trottoir et a fixé la fenêtre de Margo à travers le pare-brise, sa bouche crispée formant une mince ligne droite.

Une vague d'angoisse a assailli Margo. Jennifer savait-elle ? Avait-elle vu venir la rupture ? Et si oui, cela allait-il lui faciliter les choses ?

Margo a réprimé l'envie de s'écarter de la fenêtre. Elle a relevé le store jusqu'en haut pour être sûre que Jennifer la voie, en se sentant à la fois lâche et courageuse.

Mrs Gable a agité la main tandis que la voiture des Briggis s'éloignait. Elle est revenue vers la porte d'entrée en arrachant au passage une tige de pissenlit pour la jeter dans le massif de lierre qui séparait leur jardin de celui des voisins.

Plus tard, quand Margo a demandé à sa mère de la déposer chez le glacier où elle devait retrouver Dana et Rachel, Mrs Gable a refusé. Si Margo était malade, elle était malade. Margo a imploré du regard le soutien de sa sœur, mais Maureen s'est contentée de lui tirer la langue en quittant la pièce.

Le lendemain matin, Margo n'a pas proposé de nouvelle date pour la soirée chez Jennifer. Elle n'a pas répondu quand celle-ci lui a téléphoné et ne l'a jamais rappelée, pas même quand sa mère scotchait ses messages sur le mur de sa chambre. Il s'est passé plusieurs semaines avant que Jennifer cesse d'appeler.

Margo a passé un été génial sans Jennifer. Il y a eu des fêtes autour des piscines, des barbecues, des discussions en pleine nuit sur le toit de son garage avec ses nouveaux amis. Dana l'a invitée à monter dans un camion de pompiers le jour du défilé du 4 Juillet. Elle passé des week-ends au marché aux puces avec Rachel, à vendre des bouteilles de Coca-Cola vintage, mais surtout à se faire bronzer dans une chaise longue. Jennifer ne lui manquait absolument pas, et personne n'a jamais demandé pourquoi on ne les voyait plus ensemble.

Une seule personne se refusait à admettre ce changement.

Rétrospectivement, Margo s'est rendu compte que ça avait été une erreur d'impliquer sa mère dans cette histoire. Tout au long de ses années de lycée, celle-ci a continué à la faire culpabiliser, en lui demandant des nouvelles de Jennifer, comment ça se passait pour elle en cours, si elle avait un petit ami, comment allaient Mr et Mrs Briggis. Elle s'obstinait à interroger sa fille en sachant pertinemment que Margo ne pouvait pas lui répondre. Elle voulait sans doute marquer le coup.

Lui signifier combien elle était mesquine. Et Margo ne songeait pas à le lui reprocher. Elle savait de quoi ça avait l'air de l'extérieur : de la jolie fille qui lâche sa copine moche. C'était sans doute ce que tout le monde pensait.

À commencer par Jennifer.

Margo n'a jamais pris la peine de se justifier.

Elle avait eu ce qu'elle voulait, et tant pis pour le reste.

Un coup frappé sur la vitre de sa voiture ramène Margo à la réalité. C'est Matthew, dans sa tenue de football américain. Elle baisse sa vitre et avale sa salive, la gorge sèche.

— Salut.
— Tu as un problème avec ta voiture ?
— Non, tout va bien. Ça va. Merci. Je crois que j'étais ailleurs.
— Oh. Bon, OK. À dem…
— Comment ça se passe, l'entraînement ? demande-t-elle pour prolonger la conversation.

Matthew soupire. Il a l'air fatigué.

— C'est chaud. On n'a pas battu Chesterfield depuis la troisième. Et ça fait une éternité qu'on n'a pas gagné de match.

Elle lui décoche un sourire charmeur tout en renouant sa queue de cheval.

— Oh! dit-elle. J'ai du nouveau pour ma fête de vendredi. Finalement, mes parents préfèrent rester à la maison. Les copains de Maureen ont abusé l'an dernier. Quelqu'un a fouillé dans les placards de ma mère et piqué son peignoir. Mais on pourra boire. Et ils ont promis qu'ils ne sortiraient pas de leur chambre.

Matthew hoche la tête, recule d'un pas et la regarde d'un air sceptique.

— Tu es sûre que ça va ? Tu as l'air, je ne sais pas, stressée.

Elle sourit, d'un sourire si étiré qu'elle en a mal aux joues.

— Oui, oui, pas de problème.

Ce qui est faux. Et elle s'en veut de ne pas avoir réussi à le cacher à Matthew.

Elle remonte sa vitre et repense à Rachel, Dana et Jennifer. Elles vont forcément parler d'elle, si ce n'est pas déjà fait. Que va dire Jennifer ?

Rien de bon, c'est certain.

CHAPITRE 16

Jennifer s'éloigne en toute hâte de la voiture de Margo, étonnée d'entendre les feuilles mortes crisser sous des pas derrière elle.

Elle n'aurait peut-être pas dû proposer d'emmener les filles au centre commercial. Margo va sûrement lui en vouloir. Jennifer n'est pas aveugle, elle a bien vu le regard de travers qu'elle lui a lancé. Comme si chaque fois que Jennifer s'approchait, elle empiétait sur son territoire.

Mais qu'était-elle censée faire quand Rachel et Dana l'ont invitée à venir ? Jennifer n'allait pas les rejeter alors qu'elles faisaient tout pour être sympas. D'ailleurs, elle avait vraiment besoin d'aller au centre commercial, maintenant qu'elles l'avaient persuadée d'assister au bal. Et Rachel et Dana auraient pu refuser. Elles auraient pu trouver une excuse pour attendre Margo.

Mais elles ne l'ont pas fait. Elles ont dit oui.

Rachel s'installe à l'avant dans la voiture de Jennifer et fait défiler les stations de radio à la recherche d'une chanson qu'elles peuvent chanter. Dana se retourne pour surveiller l'angle mort de Jennifer tandis qu'elle s'engage sur l'autoroute. Ces petits détails lui réchauffent le cœur. Ils compensent le fait que, pendant la majeure partie du trajet, ses deux passagères parlent presque exclusivement entre elles. Pour leur rappeler son existence, Jennifer intervient quand elle a l'impression de pouvoir faire une remarque utile. Le reste du temps, elle se concentre sur la route, comme une bonne conductrice responsable, et tente de ne pas se sentir vexée. Tout va bien. Très bien, même. Et elle n'en revient toujours pas de se retrouver en voiture avec les pom-pom girls, à aller acheter de robes de bal, après avoir été couronnée reine de mocheté du lycée de Mount Washington.

Mais cette situation lui donne aussi un aperçu de ce que sa vie aurait pu être si Margo ne l'avait pas laissée tomber avant le lycée. Était-elle pénible à ce point ? Était-ce si compliqué de l'intégrer ? Elle sait qu'elle aurait pu faire des efforts. Il aurait suffi que Margo soit honnête avec elle. Aurait-elle dû changer sa manière de s'habiller ? Sa coupe de cheveux ? Perdre deux ou trois kilos ? Elle aurait essayé. Si Margo lui avait laissé une chance.

Maintenant que Jennifer s'en voit accorder une, elle a la ferme intention de ne pas la laisser passer.

À l'approche du centre commercial, la conversation devient stratégique : quelles boutiques, dans quel ordre. Rachel se tourne vers elle.

— De quel genre de robe tu aurais envie, Jennifer ?

Celle-ci hausse les épaules.

— Je n'y ai pas vraiment réfléchi. Je n'arrive toujours pas à croire que je vais au bal.

— Je suis sûre que tu serais super en jaune vif, déclare Dana.

— En jaune ? Tu es sûre ? s'étonne Jennifer en regardant Dana dans le rétroviseur.

Elle n'a pas un seul vêtement jaune. Et comme il se doit, elle fuit les couleurs vives.

— Le jaune, c'est la couleur du moment, l'informe Dana d'un ton assuré.

Rachel retire ses baskets et ses socquettes et cale ses pieds sur la boîte à gants. Ils sentent un peu après l'entraînement de cheerleading, mais c'est secondaire ; parce que du gros orteil jusqu'au petit, les doigts de pied de Rachel dessinent un escalier d'une régularité sans défaut. Ses ongles sont laqués d'un superbe vernis rouge cerise. Jennifer ne peut pas s'empêcher d'y jeter des petits coups d'œil. Avec des pieds aussi parfaits, Rachel pourrait être mannequin pour photos de pieds. « Si j'étais à sa place, songe Jennifer, je ne mettrais jamais autre chose que des sandales. »

— Ne t'inquiète pas, Jennifer, lui dit Rachel. Faisnous confiance pour te trouver la plus belle robe de bal de tous les temps. C'est promis.

Jennifer éprouve une brusque envie de pleurer, qu'elle réprime aussitôt par peur d'être ridicule. Arrivée dans le parking, elle trouve une place juste devant les portes en verre du centre commercial.

— C'est bon signe, déclare-t-elle aux deux autres.

Bien que Jennifer vienne d'inventer ce dicton, les deux autres approuvent, d'un hochement de tête, comme s'il s'agissait d'une vérité bien connue.

Elles sont seules toutes les trois dans le salon d'essayage du grand magasin. Rachel et Dana partagent la cabine pour handicapés. Jennifer occupe celle d'en face et les entend parler à travers les lattes des portillons.

— Beuh, fait Rachel. Beuh beuh beuh.

— Le jaune, ça ne me va jamais, grogne Dana dans un bruissement de tissu.

Dos au miroir, en sous-vêtements, Jennifer fixe la dernière robe suspendue à la porte. Les deux autres qu'elle a déjà essayées gisent par terre sur la moquette.

La première, un fourreau lavande au décolleté en forme de cœur, était craquante sur son cintre. Mais elle tombe mal sur elle : les coutures zigzaguent dans tous les sens telles des routes de campagne, comme si aucune partie de son corps n'était à la bonne place.

La deuxième est une robe mi-longue en dentelle noire ajourée doublée de satin pêche. Jennifer l'a trouvée un peu démodée, mais Rachel et Dana lui ont expliqué que le faux vintage était super branché et que ça pouvait tout à fait être son style.

Erreur. Elle n'a même pas pu l'enfiler.

Elle a tout de suite vu qu'elle serait trop étroite, mais Rachel a insisté pour qu'elle l'essaye, après qu'une vendeuse eut précisé qu'ils n'avaient pas d'autres tailles en stock. Tandis que Dana et Rachel passaient d'un portant à l'autre pour lui trouver des robes, leurs critères de sélection ont peu à peu glissé de ce qui était joli à ce qui existait dans sa taille. Voilà comment la robe jaune a été retenue pour Dana plutôt que pour Jennifer.

Elle a fait de gros efforts pour garder un esprit positif. D'autant que les filles lui ont pris d'autres articles dans la foulée : des soutiens-gorge plus emboîtants que les siens ou des ballerines léopard qui iraient avec tout. La mission n'était plus limitée à trouver une robe de bal. C'est devenu du coaching vestimentaire.

Elle a dit oui à presque tout ce qu'elles lui ont proposé.

Mais au bout de deux heures, la virée shopping commence à l'épuiser. Et le manque d'empathie des filles l'énerve. Elles n'arrivent pas à comprendre que pour elle, faire les boutiques est une épreuve.

Comme quand Dana a montré à Jennifer un jean qu'elle devait absolument essayer, avant de filer vers un autre rayon. Les minces peuvent passer devant une table couverte de piles de pantalons et prendre le premier sans se poser de questions. Facile. Pour les filles comme Jennifer, c'est une autre histoire. Pour dénicher sa taille, elle a dû fouiller tout en bas de la pile qu'elle a fini par faire tomber. Et encore, au lieu d'être exposées, les grandes tailles sont parfois remisées dans des casiers en dessous, comme ici. Jennifer a dû s'agenouiller pour fourrager comme une truie dans le bac, son sac glissant de son épaule, tandis que Dana lui criait :

— Jennifer ! Grouille ! Il faut aussi que tu essayes celui-là !

Pourtant, Jennifer tâche de se plier au jeu. Même s'il n'y a pas de robe parfaite, contrairement à leur promesse. Et aussi critiques que se montrent Rachel et Dana envers leurs robes dans leur cabine, Jennifer sait que tout leur va. Elles pourraient mettre n'importe quoi, elles seraient superbes. Les défauts qu'elles voient, personne ne les remarquerait. À croire qu'elles les inventent pour la consoler. Sauf que ça ne marche pas. Elle se sent encore plus mal. Par-dessus le marché, elle a faim. Il est l'heure qu'elle rentre chez elle.

— Tu en es où, Jennifer ? lui lance Rachel.

— Heu, je crois que j'ai fini !

Elle n'a même pas envie d'essayer la dernière robe. Ça demande trop d'efforts.

— C'est vrai ? s'étonne Dana, d'un ton dont Jennifer ne sait pas s'il exprime une réelle surprise ou de la compassion.

— Allez, reprend Rachel. Montre-nous au moins une robe !

En soupirant, Jennifer décroche la dernière robe de son cintre, peut-être un peu brutalement compte tenu de son prix. C'est une robe bustier en taffetas de coton couleur bleuet, avec une taille Empire, qui s'évase en dessous. Elle la passe par la tête et bloque sa respiration pour remonter la fermeture éclair sur le côté. Elle doit se tortiller un peu pour la remonter jusqu'en haut, mais elle y arrive.

Les coins de sa bouche ébauchent un sourire. Elle tourne sur elle-même.

— Celle-ci n'est pas si mal, en fait, annonce-t-elle non sans surprise.

Elle ouvre la porte. Dana et Rachel sont assises sur des chaises rembourrées à côté du miroir à trois volets, chacune avec une pile de robes rejetées sur les genoux.

— Vous avez trouvé quelque chose ?

— Ne t'occupe pas de nous ! Regarde-toi, plutôt ! répond Rachel.

— Attends une minute, dit Dana.

Elle se lève d'un bond et glisse l'étiquette dans le décolleté de Jennifer.

— C'est bon. Maintenant, voyons cela.

Jennifer grimpe sur une estrade placée devant le miroir à trois faces et remonte ses cheveux dans un chignon improvisé.

— Je crois que je l'adore, déclare-t-elle.

Elle en est même sûre, mais elle voudrait que les deux autres l'adorent aussi.

— Je la trouve parfaite, annonce Rachel.

— La parfaite robe de bal, confirme Dana. Je la verrais bien avec des chaussures rouges, non ?

— Oh oui, des talons rouges, ce serait trop mignon !

Jennifer monte et descend sur la pointe des pieds. Elle s'imagine dans le gymnase, coiffée et maquillée, dansant en cercle avec Rachel, Dana et Margo. En espérant que quelqu'un prendra une photo pour l'album du lycée.

À ce moment-là, une vendeuse entre dans la cabine d'essayage pour voir où elles en sont. Elle est vêtue de noir de la tête aux pieds, avec une queue de cheval au lissé impeccable. Elle regarde Jennifer et se mord la lèvre. Visiblement, elle a une opinion.

— Qu'est-ce que vous en pensez ? lui demande Jennifer, tout en sachant qu'elle va le regretter.

La vendeuse fait la moue, secoue la tête.

— Je n'aime pas.

Elle s'approche et agite devant Jennifer une main manucurée.

— Ça vous coupe en deux ici. Le bustier est trop serré. Et la jupe tombe bizarrement sur vos hanches. Elle devrait former une ligne droite au lieu de ballonner comme ça.

Jennifer reste immobile tandis que la vendeuse pointe les défauts dans le miroir, dont les trois volets répliquent ses imperfections à l'infini. Sa lèvre inférieure commence à trembler, son menton se plisse et se creuse.

La vendeuse s'en aperçoit et recule d'un pas avec un air d'excuse.

— Vous aurez peut-être plus de chance au Boudoir, au deuxième niveau.

C'est là que la mère de Jennifer s'habille. C'est une boutique pour grosses dames d'un certain âge qui n'a rien pour les jeunes. On n'y trouve ni clips sur écrans géants, ni présentoirs de vernis fluo sur le comptoir. Il n'y aura rien de mettable pour un bal.

Rachel se lève de sa chaise et empile toutes les robes qu'elle tenait sur les bras de la vendeuse.

— Merci pour votre aide, dit-elle sèchement. Je ne prends rien.

— Mais... Je suis désolée, mademoiselle m'a demandé...

— J'ai dit merci pour votre aide. On n'a besoin de rien. Vous pouvez retourner... je ne sais pas, moi... plier des affaires.

La vendeuse tourne les talons. Jennifer sent les larmes monter et, cette fois, ne parvient pas à les contenir. Elle s'assoit sur l'estrade en face du miroir pour pleurer. Dana se précipite.

— Jennifer! souffle-t-elle. Si tu es à l'aise dans cette robe, qu'est-ce que tu en as à faire de l'avis de cette idiote?

— C'est vrai! acquiesce Rachel. Dans ce genre

de petites boutiques, ils embauchent n'importe qui. Tu paries combien qu'elle déteste son boulot ?

Mais Jennifer pleure toujours. Et à travers ses larmes, elle voit Dana et Rachel échanger des regards apitoyés. Ça y est, elles ont fini par comprendre. L'une d'elles lui frotte le dos.

Le pire de tout, c'est de se dire que Margo avait raison. Jennifer n'est pas faite pour cette vie, pour ce monde. Elle n'a pas sa place auprès de ces filles. Elle a échoué. Au revoir, le bal. Et au revoir, tout le reste.

— Je t'assure que tu es super dans cette robe, insiste Rachel.

Elle tire la manche de son sweat-shirt pour essuyer doucement les joues de Jennifer.

— Le bal va être génial, ajoute Dana en s'agenouillant devant elle. On va s'éclater ensemble.

Les mots « on » et « ensemble » sonnent comme une musique aux oreilles de Jennifer. C'est une invitation. Elles veulent qu'elle aille au bal avec elles. Avec elles. Comme de vraies amies.

Elle se demande ce que va dire Margo.

Après s'être changée et avoir séché ses larmes, Jennifer va à la caisse et règle la robe à la vendeuse peau de vache. Avec un sentiment de victoire. Ou du moins, l'impression de s'accorder quelque chose de bien mérité.

CHAPITRE 17

Un peu avant minuit, Candace se tient debout au bord de la piscine. Sa surface est recouverte d'une bâche argentée, tendue comme la toile d'un trampoline. Des feuilles mortes, des glands et de la poussière surnagent dans les flaques de la dernière averse.

Malgré les protestations boudeuses de Candace, arguant qu'il allait encore faire beau, Bill, le petit ami de sa mère, a bâché la piscine il y a quelques semaines. Elle ne voulait pas que l'été s'achève. Elle s'était trop amusée. Presque tous les jours, elle avait invité des amies qu'elle choisissait en fonction de son humeur du moment. Il n'y avait que quatre transats, ce qui lui avait servi d'excuse pour sa sélectivité. En réalité, elle savourait le pouvoir que lui donnait ce jeu de chaises musicales et le spectacle de ses amies se bousculant pour un siège libre. Elles voulaient toutes être invitées, et si l'une ou l'autre se vexait de ne pas avoir été choisie un jour donné, pour une raison connue d'elle seule, elle était trop heureuse de l'être le lendemain et arrêtait aussitôt de lui en vouloir. Elles écoutaient la radio, se partageaient leurs flacons d'huile de noix de coco, se passaient leurs magazines et changeaient de place selon la position du soleil.

Ces séances de bronzage stressaient la mère de Candace ; c'était sans doute pour cela qu'elle avait tant insisté pour que Bill ferme la piscine. Coiffée d'un chapeau de paille aux bords ridiculement larges, Mrs Kincaid apparaissait régulièrement sur la terrasse, pour sermonner les filles sur les dangers du soleil, leur signaler le prix exorbitant d'une bonne crème antirides et leur asséner qu'elles ne seraient plus jamais aussi jolies qu'aujourd'hui.

Candace levait les yeux au ciel derrière ses lunettes noires en rappelant à sa mère de quoi elle avait l'air adolescente, l'été, à Whipple Beach, avec ses marques de bronzage qui lui donnaient l'aspect d'un cône vanille caramel. Si son maillot n'avait pas été mouillé, Candace serait même allée chercher les photos sur la cheminée pour appuyer ses dires.

Sur quoi Mrs Kincaid se radoucissait, et s'asseyait au bord du transat de Candace. Elle racontait alors quelques anecdotes ; comment les garçons visaient sa serviette de plage avec leur Frisbee ; la manie du grand-père de Candace de faire la sieste sur la balancelle de la véranda pour décourager les voyous de venir lui voler sa fille ; sa participation à la réalisation du catalogue d'un grand magasin désormais disparu. Puis elle déposait un baiser sur le front de Candace et repartait en la gratifiant d'un vague conseil, du style : « Vivez comme si chaque jour était le dernier. » Après son départ, les filles s'extasiaient sur la beauté de sa mère et le fait qu'elle était son portrait craché. Candace savait pertinemment que sa mère écoutait derrière le store.

Ce numéro s'est répété quatre ou cinq fois, la mère comme la fille allant régulièrement à la pêche aux compliments.

Candace soulève un coin de la bâche et se réjouit que l'eau soit encore turquoise et transparente. Mais, malgré ses précautions, un peu de boue glisse dans la piscine et trouble l'eau.

L'année dernière, Candace a commencé à se demander si elle serait sélectionnée avant la fin du lycée pour faire partie des auteurs de la liste. Elle s'est même imaginée recevant un courrier anonyme sur papier à en-tête gaufré, ou une invitation à un rendez-vous à minuit au milieu du terrain de football avec une société secrète de filles, ou quelque chose d'aussi théâtral. Elle serait parfaite à cette fonction, parce qu'elle a assez d'assurance pour dire les choses telles qu'elles sont et émettre un jugement en toute objectivité. On ne peut pas en dire autant de ceux qui ont fait la liste cette année. La nommer la plus moche des secondes est vraiment un coup bas, porté par pure jalousie.

Elle trempe prudemment un orteil dans l'eau et un frisson de froid la parcourt de la tête aux pieds, la tirant brusquement de sa rêverie. Elle recule d'un pas, surprise de se découvrir en sous-vêtements. En se retournant, elle voit son peignoir jeté en tas au pied d'une chaise sur la terrasse. Sur le coussin, les pages de son carnet tournent toutes seules dans le vent. Elle tombe sur son reflet tel un fantôme dans la baie vitrée du salon, cerné par les couleurs crues de l'automne et par un ciel de nuit cendré.

Sa gorge se noue.

Elle a passé des heures en ligne après les cours. Et aucune fenêtre de discussion ne s'est ouverte.

Personne ne lui a fait savoir qu'il était désolé pour la liste.

Personne n'a dit que c'était injuste.

Personne ne lui a même adressé la parole en cours aujourd'hui.

À part Crin de Cheval.

Candace prend une grande inspiration et court vers le coin de la piscine qu'elle a débâché. Elle saute dans l'eau, mais ses pieds, accrochant la bâche au passage, la libèrent de ses attaches et l'entraînent avec elle. Lorsqu'elle touche le fond, une brindille s'enfonce dans sa plante de pied gauche et pendant quelques secondes, la douleur lui fait oublier la morsure de l'eau glacée. Candace remonte en flèche, fend la surface avec un glapissement et nage jusqu'au rebord.

La baie vitrée coulisse et sa mère sort en courant, dans ses vêtements impeccables, avec sa coiffure et son maquillage irréprochables.

— Candace ! Candace !

À mi-chemin de la piscine, Mrs Kincaid se cogne à un siège et s'arrête pour vérifier qu'elle n'a pas filé son collant.

Candace se hisse sur le rebord et s'assoit. Elle est trempée, et le ciment est rugueux sous ses fesses. Elle replie une jambe et inspecte son pied écorché en appuyant pour faire ressortir l'écharde.

— Tu peux m'apporter une serviette ?

Mrs Kincaid reste penchée sur elle, incrédule. Elle lève les bras avant de les laisser retomber le long de son corps dans un tintement de bracelets en argent.

— Tu as décroché la bâche ! Je vais devoir supplier Bill de revenir la fixer. Et il va sûrement falloir vider la piscine, avec les saletés que tu as mises dedans. Mais enfin, Candace, qu'est-ce qui t'est passé par la tête ?

Candace lève les yeux vers sa mère. Elle voudrait lui parler de la liste, et de tout le reste. Mais ces explications seraient trop embarrassantes. Sa mère risquerait de le prendre mal et d'aller faire un scandale au lycée auprès de la proviseur. Et Candace a déjà fait assez de dégâts elle-même. Elle sait que son comportement dans le bureau de Mrs Colby n'a fait qu'aggraver son cas, en lui donnant l'air encore plus pathétique.

Alors, elle se contente d'aboyer :

— Tu me l'apportes, cette serviette, oui ou non ?

Mrs Kincaid s'éloigne et s'arrête devant le carnet de sa fille.

— Tu participes au cortège des Braves, cette année ? lui demande-t-elle.

— Ouais.

— C'est la liste de celles qui veulent le faire avec toi ?

Candace sait ce que sa mère regarde : une colonne de noms qui couvre toute la page. La liste de ses amies. Des filles qu'elle croyait attachées à elle, et qui applaudissent aujourd'hui sa chute.

Une liste de suspectes.

— Qui est Crin de Cheval ?

— Une nouvelle.

— Elle doit être... intéressante, glousse Mrs Kincaid.

Candace secoue la tête et répond sèchement en ramassant ses affaires :

— Elle l'est.

Crin de Cheval, devenue du jour au lendemain l'incarnation de la beauté et du charme. Le sérieux avec lequel elle a essayé de lui parler dans les toilettes, c'était super gênant. Avec son air de petite sainte, tellement au-dessus de tout ça. Comme si elle se fichait totalement de figurer sur la liste.

« Qui sait ? se demande Candace. Si ça se trouve, elle s'en fiche vraiment. Elle est peut-être assez bizarre pour ça. »

Mrs Kincaid sur les talons, Candace entre dans la maison en mouillant la moquette. Elle se dirige vers la salle de bains du premier étage, contiguë à la chambre de sa mère. S'empare d'une serviette. Elle s'apprête à se sécher le visage, mais suspend son geste. La serviette est aussi bariolée qu'un chiffon de peintre, un vrai arc-en-ciel de taches de couleurs.

— Maman, c'est dégoûtant !

Sa mère sort une autre serviette de sous le lavabo avec un soupir.

— Tiens, en voilà une propre.

Cette serviette-ci est tachée aussi, mais au moins, elle sent l'assouplissant.

Candace s'essuie en faisant attention de ne rien renverser. Chaque centimètre du plan du lavabo est couvert de flacons, de pots, de tubes, d'éponges et de brosses.

Sa mère n'a pas besoin de tout ça. C'est une belle femme. Mais elle est presque toujours maquillée. Candace déteste la voir sous la lumière crue. La peau des femmes maquillées n'a pas le même aspect que les autres. Elle a quelque chose de duveteux, à cause de la poudre qui épaissit tous les petits poils invisibles.

— Je t'ai rapporté ça du studio.

Mrs Kincaid plonge la main dans une mallette à compartiments pleine de maquillage dont elle sort un petit boîtier d'ombre à paupières dorée.

— Ça devrait être superbe avec ta robe de bal. Ooh, Candace, tu voudras bien que je te maquille pour le bal ? Je sais aussi faire les looks plus jeunes, tu sais.

Elle est maquilleuse pour la chaîne de télévision locale, chargée de camoufler les rides en haute définition.

— On verra.

Au point où elle en est, Candace n'est même plus sûre d'y aller.

Sa mère insiste toujours pour lui faire mettre de l'eye-liner d'un vert bizarre, du rouge à lèvres corail mat ou des faux cils. Elle ne semble pas avoir compris qu'au lycée, la mode n'est pas au spectaculaire. Pour le bal de fin d'année, peut-être. Mais certainement pas au quotidien. Enfin, c'est quand même super d'avoir sous la main quelqu'un qui sache faire le mélange de fonds de teint parfait pour masquer les boutons occasionnels.

— Tu pourrais organiser une séance photos ici avec les filles avant le bal !

Candace réfléchit. Une fête avant la fête. Ça pourrait aider à arranger les choses.

— Tu nous achèterais de l'alcool ?

— Candace... grogne sa mère.

Elle l'a fait à plusieurs reprises au cours de l'été, mais l'a avertie dès la rentrée que c'était terminé.

— Deux bouteilles de rhum, implore Candace.

Puis, pour augmenter ses chances :

— Et je te laisse me maquiller.

— C'est vrai ?

— Promis. Tu pourras me faire ce que tu veux. Ombre à paupières dorée, rouge à lèvres noir...

— Arrête. Je ne te mettrais jamais de rouge à lèvres noir...

— Je blaguais, maman. C'est juste pour dire que tu pourras te déchaîner.

— Je n'ai pas besoin de me déchaîner, rectifie Mrs Kincaid. Le rôle du maquilleur est d'accentuer et de mettre en valeur la beauté naturelle. Et tu as tout ce qu'il faut de ce côté-là, ma chérie.

Toujours trempée, Candace se penche pour la serrer dans ses bras. Dans son mouvement, elle fait tomber un flacon de fond de teint qui se casse et déverse en glougloutant dans les canalisations une épaisse pâte orangée.

Mercredi

CHAPITRE 18

Sarah fait taire son réveil d'un coup sec, se retourne dans son lit et renifle son aisselle.

Elle fronce les sourcils. Ça fait trois jours qu'elle ne s'est pas douchée et elle est loin de sentir aussi mauvais qu'elle l'espérait. Elle sent à peine, à vrai dire. Ça craint à mort.

Cela dit, quand sa grand-mère a commencé à avoir des problèmes de vessie, elle ne se rendait absolument pas compte que l'odeur d'urine imprégnait toute sa maison.

Sarah se lève et se regarde dans le miroir. Au moins, elle a l'air répugnante.

Le mot « moche » inscrit sur son front reste étonnamment intact, mais elle doute qu'il tienne jusqu'à samedi. Elle pourra toujours repasser une couche de feutre dessus le soir du bal en cas de besoin.

Ses mèches de devant sont grasses des racines jusqu'aux pointes, et quoi qu'elle fasse, elles tombent bizarrement. Le gras les maintient séparées, comme une force centrifuge. Derrière, là où ils sont rasés, ses cheveux sont tout secs et la démangent atrocement.

Et alors qu'elle n'a jamais eu de problème de pellicules, des petits flocons blancs pleuvent sur ses épaules dès qu'elle passe les doigts sur sa tête.

Sarah a une belle peau naturellement, à part un bouton de temps en temps avant ses règles. Mais aujourd'hui, elle sent sur ses joues un semis de pores bouchés, des renflements durs qui donnent à son visage un aspect cartonné.

Elle a de la crasse sous les ongles.

Elle a des démangeaisons dans les oreilles.

Elle s'habille le plus vite possible. Décidément, renfiler ses habits sales sur son corps sale met à l'épreuve sa volonté. L'encolure du tee-shirt de Milo est distendue et menace de dévoiler son décolleté. Le sel de sa transpiration, en séchant, a créé des auréoles blanches sur le coton noir autour des aisselles. Son jean, qui poche aux fesses et aux genoux, semble incrusté de crasse. Ses sous-vêtements sont tout simplement infâmes, et ses chaussettes totalement raides.

« Encore heureux qu'on soit déjà mercredi », songe-t-elle. Il ne lui reste plus que la moitié du parcours pour gagner son défi. D'ici samedi, elle devrait être aussi faisandée qu'un sans-abri.

Sur la route du lycée, Sarah se fait la remarque que la plupart des élèves de Mount Washington n'ont jamais dû voir un sans-abri. Des petits bébés bien protégés.

Milo est en train de dessiner sur leur banc, voûté sur son carnet ouvert sur les genoux. Sarah descend de vélo et s'approche lentement, silencieusement.

Elle repense à dimanche.

Elle était allongée par terre dans la chambre de Milo, occupée à feuilleter son carnet de croquis. Il est très doué pour le dessin. Elle avait très envie de travailler avec lui, sur une bande dessinée, par exemple, ou juste de lui faire illustrer quelques-uns de ses poèmes. Elle ne lui a même pas dit qu'elle en écrivait, parce qu'ils sont nuls et qu'elle préférerait mourir que de les montrer ; mais il y en a quelques-uns qu'elle pourrait lui faire lire. Peut-être.

Le carnet de Milo contient surtout des personnages de manga féminins. Le genre collégiennes tout droit sorties des fantasmes masculins, avec des seins prêts à faire exploser leur uniforme, de longs cheveux soyeux et une moue boudeuse. Toujours le même mélange de vulnérabilité et de timidité fait pour qu'on en abuse. Elle en a éprouvé un certain malaise, ce qu'elle a trouvé absurde. Ce n'était pas exactement de la jalousie. De toute façon, il ne s'agissait que de bande dessinée. Et Milo et elle n'étaient pas ensemble ni rien.

Au tournant d'une page, Sarah est tombée sur le dessin d'une fille. Le portrait très réaliste d'une Asiatique. Une photo scotchée dans le coin de la page avait servi de modèle. C'était la première fois que Sarah n'était pas épatée par un dessin de Milo. Celui-ci était loin de restituer la beauté de l'original. La fille sur la photo avait les yeux brillants, un sourire parfait, les cheveux qui retombaient en drapé sur une épaule. Elle portait un chemisier rose, et un petit pendentif A en or scintillait au creux de ses clavicules. On aurait dit un ange asiatique.

— C'est qui ?

Milo la regardait, assis sur son lit.

— C'est Annie.

Elle savait qu'il avait eu une petite amie à West Metro. Ils avaient rompu avant son départ pour Mount Washington, mais ils étaient restés amis. Régulièrement, Sarah voyait le nom d'Annie s'afficher sur son portable ou sur sa boîte mail. Il parlait d'elle, aussi. En y repensant, il a soudain semblé à Sarah que le nom d'Annie revenait souvent. Elle ne l'avait jamais vue en photo.

Elle était toujours partie du principe qu'elles étaient un peu le même genre de filles, toutes les deux.

Tout à coup, un sentiment de panique s'est mis à bouillonner en elle. Comme si elle venait de prendre Milo en flagrant délit de mensonge, ou de découvrir sa véritable identité, cachée jusque-là sous un déguisement. En parlant d'Annie, pas une fois il n'avait mentionné qu'elle était belle. Le fait qu'il ait choisi cette fille-là comme petite amie a soudain remis en question tout ce qu'elle pensait savoir de lui. Au fond, si elle ne l'avait pas invité à s'asseoir sur son banc, il aurait peut-être attendu d'être adopté par des gens qu'elle détestait, ou il serait sorti avec quelqu'un comme Bridget Honeycutt.

Une ombre a recouvert la page tandis que Milo se laissait glisser du lit pour se pencher vers elle et l'embrasser sur les lèvres. Sous le choc, Sarah a reculé... et vu l'air satisfait de Milo. Il était fier de lui de l'avoir au tournant. Il n'y avait plus dans son expression aucune trace du garçon timide qu'elle avait rencontré. Pas la moindre.

Sarah a rapidement repris ses esprits. Elle a refermé le carnet, basculé sur ses genoux et embrassé Milo à pleine bouche, en espérant que ça effacerait l'image d'Annie qu'elle avait dans la tête.

Ça n'a pas marché.

Ensuite, ça a été un bras de fer mental, où ils ont fait monter les enchères jusqu'à ce qu'il soit trop tard pour faire marche arrière. Sarah n'est pas quelqu'un qui se défile. Jamais. Milo devait le savoir. Peut-être même s'en est-il servi contre elle. Peut-être savait-il à l'avance qu'elle avait attendu ce moment tout l'été.

Mais pendant tout ce temps, elle s'est demandé comment il pouvait avoir envie d'être avec elle après être sorti avec une fille comme Annie. La question était logique, plus que blessante ; ces contraires-là n'étaient pas conciliables. Elle ne s'expliquait pas davantage le fait d'avoir échangé son premier baiser, sans parler du reste, pour la première fois, la même nuit, avec un garçon qui lui apparaissait tout à coup comme un étranger.

Tandis qu'elle attache son vélo, Milo déclare :

— Au fait, Annie dit que je dois t'acheter un bouquet-bracelet pour le bal.

Sarah laisse son vélo tomber par terre et ne prend pas la peine de le relever.

— Qu'est-ce que tu lui as raconté ?

Pour la première fois, elle n'assume pas totalement sa décision. Et elle ne s'est jamais sentie aussi sale depuis son réveil.

— Je ne lui ai rien dit pour, tu sais, le fait de ne plus te laver. Juste qu'on allait au bal ensemble.

Sarah secoue la tête. Elle ne sait pas si elle préfère ça ou si c'est encore pire.

— Milo, je t'ai dit que je ne voulais pas de fleurs.

— Je sais, mais Annie pense qu'au fond, tu serais sûrement contente que je t'en offre même si tu soutiens le contraire.

Sarah s'est mise à trembler.

— Annie ne me connaît pas. Et apparemment, toi non plus.

— Sarah, j'ai juste pensé que…

— Je n'en veux pas de tes foutues fleurs !!

Elle a hurlé de toutes ses forces.

Tous ceux qui traînaient autour de l'Île des troisièmes se sont retournés.

— D'accord! D'accord! Pas de fleurs!

Milo ferme son carnet de croquis. Il inspire profondément, au point que ses épaules se soulèvent, et devient écarlate.

— Sarah, j'ai un truc à te demander. J'ai été si nul que ça? Tu sais… chez moi, l'autre jour.

Sarah tressaille.

— J'y crois pas. C'est quoi, cette question?

— Sérieusement. C'est à peine si tu acceptes de me regarder, ces derniers jours. Du coup, je me dis que c'est parce que… parce que j'ai été décevant.

Il ne s'est pas rendu compte que ça lui a plu? À moins qu'il ne l'ait comparée à quelqu'un comme Annie? Elle s'assoit à l'autre extrémité du banc en laissant un maximum de distance entre eux.

— D'abord, Milo, au secours! Je refuse de faire des commentaires là-dessus. Jamais. Ensuite, tu n'es pas mon unique préoccupation.

— Dans ce cas, parlons-en! Ou alors, je suis trop con pour que tu puisses me dire ce que tu ressens? Tu crois que je ne peux pas comprendre comme ça peut être blessant qu'on te traite de moche?

Sarah rit et pense: « Pourquoi ça? Annie aussi avait ce problème? » Mais elle se contente de continuer à rire en espérant que Milo finira par se sentir assez bête pour se taire.

— Tu sais que tu comptes pour moi. Non, Sarah ?

Ces paroles sont agréables à entendre, c'est sûr. Mais elle a trop de choses dans la tête pour que leur chaleur l'atteigne. Elle a trop froid.

S'ils sortaient ensemble, elle passerait son temps à se remettre en cause. Elle se comparerait à Annie et redouterait qu'il la quitte dès qu'il aurait rencontré quelqu'un de mieux.

— S'te plaît… arrête, réplique-t-elle.

— Donc tu regrettes… tu sais… avec moi ?

Il a l'air atteint presque physiquement.

— Je regrette surtout cette conversation, Milo. Franchement, je ne tiens pas du tout à avoir une grande scène de déballage avec toi.

— J'essaie juste d'être là pour toi.

— Et tu veux quoi ? Que je pleure dans tes bras ?

— Je veux que tu me parles comme à un ami.

Sarah enfouit sa tête entre ses mains.

— Parce que maintenant, on est amis ? Bien. Donc, je n'ai plus à avoir peur que tu me prennes la main ?

— Non, répond Milo, la bouche crispée.

— Bon, pas la peine d'en faire un drame. Je vais acheter mon ticket pour le bal. Si tu veux toujours venir avec moi, très bien. Sinon, ça me va aussi. C'est toi qui vois.

Milo plonge la main dans sa poche.

— Je t'accompagne. Je n'ai pas changé d'avis.

Il lui tend un papier plié, et Sarah sent quelque chose à l'intérieur. Un petit rectangle.

C'est un morceau de chewing-gum.

Milo baisse la tête.

— Ne le prends pas mal. Disons que tu as l'haleine chargée. Je n'ai pas envie que quelqu'un te fasse une remarque blessante.

Sarah prend le chewing-gum et le jette sur lui.

— Merci pour l'attention !

Ce serait tellement plus facile si elle n'était jamais devenue amie avec lui.

Elle entre dans le lycée. À une table, dans le hall, deux filles de terminale vendent les tickets pour le bal. Elles ont chacune sur la poitrine un petit sticker portant la consigne « Votez Jennifer ».

Jennifer Briggis, reine du bal de la rentrée ? Ils sont sérieux ?

Si besoin était, cela conforte encore Sarah dans sa décision de semer l'anarchie. Jennifer est la preuve vivante que cette tradition pourrie de la liste doit être subvertie et bousillée de l'intérieur. Jennifer est une sorte d'otage, brutalisée toutes ces années jusqu'à en avoir perdu l'esprit. À Sarah de jouer les sels à respirer pour la ranimer.

Elle vomirait volontiers sur les filles qui se tiennent derrière cette table.

— Wouahou ! Voilà qui s'appelle faire des excuses.

La fille qui prépare les stickers relève la tête.

— Comment ça ?

— Cette histoire de « Votez Jennifer ». Sympa. Après l'avoir traitée comme de la merde pendant quatre ans.

Elle tend son argent.

— Deux tickets.

Les filles échangent des regards hésitants. Aucune n'esquisse un geste pour prendre ses billets.

Sarah se penche en avant, ouvre la caisse métallique, fourre son argent dedans et prend deux tickets.

— Rendez-vous au bal !

En s'éloignant, elle entend l'une des filles siffler entre ses dents :

— Pouah ! Ce qu'elle fouette !

Elle sourit, pour la première fois de la journée. Elle va empester tout le gymnase, samedi. Elle va semer son infection dans toute la salle. Les jolies filles dans leurs jolies robes devront aller se réfugier sur les gradins en se bouchant le nez. Elle fera ce qu'il faut pour être la seule à s'amuser.

CHAPITRE 19

Margo arrive au lycée avec dix dollars pour le ticket du bal et une photo de la robe qu'elle a commandée hier soir sur Internet. Pourvu qu'elle plaise à Rachel et à Dana! Elle espère qu'elle ne sera pas trop décalée par rapport à celles qu'elles se seront choisies.

Elle est vert émeraude, courte, sans manches; dans le dos, une rangée de boutons recouverts de tissu descend du col jusqu'au creux des reins. Elle est peut-être un peu trop habillée pour un bal de rentrée, mais Margo, en la sélectionnant sur son ordinateur, une assiette de spaghettis en équilibre sur les genoux, s'est dit que c'était sans doute mieux comme ça. Elle est en terminale, à un mois de ses dix-huit ans. Et elle a l'intention de la remettre, cette robe, par exemple lors des soirées d'association d'étudiantes, si elle décide d'en intégrer une l'an prochain. Elle gardera sans doute ses cheveux lâchés. Et elle mettra ses chaussures ouvertes en velours noir, achetées en solde après Noël et jamais portées.

L'espace d'un moment, elle a retrouvé son assurance habituelle.

Sans nouvelles de Dana et Rachel depuis leur expédition au centre commercial, elle a appelé le fleuriste pour commander trois bouquets-bracelets, des mini-couronnes de roses rouges miniature et de feuilles de citronnier. C'est ce qu'a fait Maureen pour ses amies l'an dernier. Et puis, c'était une manière de s'excuser pour son comportement un peu bizarre envers Jennifer depuis la parution de la liste.

Elle est encore un peu parano sur ce que celle-ci a pu raconter pendant la séance shopping, mais elle se raisonne. Les événements de cet été-là sont de l'histoire ancienne, et Jennifer n'a pas particulièrement intérêt à aborder le sujet. Ils ne les présentent sous leur meilleur jour ni l'une ni l'autre.

Dana et Rachel vendent des tickets pour le bal, installées à une table dans le hall d'entrée. Il y a déjà la queue. Quand Margo prend sa place au bout de la file, quelques élèves lui promettent de lui donner leur voix à l'élection de la reine du bal. Ils lui montrent la souche des tickets qu'ils viennent d'acheter, où ils ont déjà écrit son nom sur le bulletin imprimé au dos. Elle les remercie poliment, sans oublier de les informer qu'elle donne une fête vendredi.

— Un ticket, s'il vous plaît, demande-t-elle en arborant son plus beau sourire quand elle arrive face à ses amies.

En tendant son argent, elle remarque que Dana et Rachel portent toutes les deux un sticker qui proclame : « Votez Jennifer ». Il y en a aussi une pile sur la table, et Dana est en train d'en préparer d'autres au feutre rose.

— Jennifer, la reine du bal ? demande Margo, incrédule.

Dana baisse les yeux et attaque un nouveau sticker. Rachel lui répond en soupirant :

— N'en fais pas une question personnelle, Margo.

— Mes deux meilleures amies font campagne contre moi. Pour une fille que je n'aime pas. Et elles le savent parfaitement ! Difficile de faire plus personnel.

— Écoute, si tu étais venue avec nous hier, tu comprendrais.

— C'était horrible, commente gravement Dana en dessinant une petite étoile sur le « i » de « Jennifer ». Carrément horrible. Ça me donne envie de pleurer rien que d'y repenser.

— Tu te rends compte qu'elle n'avait même pas prévu de venir au bal ! reprend Rachel. En quatre ans, elle n'a jamais mis les pieds à un seul bal du lycée ! Jennifer a besoin de ça. Bien plus que toi !

Et elle lui tend son ticket ainsi qu'un sticker pro-Jennifer.

Le ticket de Margo rejoint la photo de sa robe dans la poche arrière de son jean, mais elle garde le sticker à la main.

Elle sait parfaitement ce qu'elle devrait faire : se montrer fair-play en se collant le sticker sur la poitrine.

Ça apaiserait sûrement les tensions entre elle et ses amies. Tout le monde se dirait qu'elle est quelqu'un de bien. Personne ne pourrait penser du mal d'elle, même pas Jennifer.

Au lieu de ça, elle le repose sur la table au milieu des autres. La moiteur de sa paume a fait baver l'encre.

— Je ne peux pas.

Rachel s'adosse à sa chaise.

— T'es pas sérieuse, là.

— Enfin, Margo, dit Dana, pourquoi tu réagis comme ça ?

Dans la queue, on s'impatiente. Margo danse d'un pied sur l'autre et tout le hall semble soudain osciller.

— Je ne crois pas que ce soit une bonne idée. On risque de croire que vous vous moquez d'elle…

— Très bien, la coupe Rachel en faisant le geste de la chasser d'un revers de main. Comme tu voudras.

— Rachel, écoute…

— Pas la peine. J'ai dû m'imaginer que toi, plus que n'importe qui, tu sauterais sur l'occasion de te donner bonne conscience. Mais si tu estimes que tu n'as rien à te reprocher…

Ce n'est pas comme ça que ça s'est passé. Margo sait qu'elle n'est pas toute blanche. Mais elle a déjà eu assez de mal à rompre le lien avec Jennifer la première fois. Elle n'est pas prête à rouvrir la porte, même pas à l'entrebâiller. Et elle n'éprouve nullement le besoin de céder la couronne en signe de pénitence. Elle n'est pas la seule fautive. Jennifer porte autant qu'elle la responsabilité de leur rupture.

Margo voudrait se justifier, s'expliquer. Mais les regards outrés de ses amies lui font comprendre que tout ce qu'elle pourrait dire serait mal interprété. Elle donnerait l'impression non pas de se défendre, mais de s'acharner sur la moche alors qu'elle est à terre. Alors elle recule et s'éloigne sans ajouter un mot.

Apparemment, tout le monde porte un sticker « Votez Jennifer ». Tous ceux qu'elle croise regardent sa poitrine en s'attendant à en voir un aussi, et ils changent rapidement d'expression en ne le voyant pas. Ils murmurent entre eux, la tête baissée. À propos d'elle, c'est certain.

L'histoire de sa sœur l'avait fait s'interroger sur cette dernière année, mais cette fois, c'est sûr : être nommée la plus belle des terminales n'est pas toujours un bienfait. Ça peut être une malédiction.

Pendant sa terminale, la vie de Maureen a pris une curieuse tournure. Elle s'est disputée à répétition avec ses amies de toujours. Elle a renoncé à participer au voyage scolaire à Whipple Beach, alors que ses parents avaient déjà payé les nuits d'hôtel. Juste avant le bal de fin d'année, sans raison apparente, elle a rompu avec Wayne, son copain super sexy avec qui elle sortait depuis deux ans, celui avec qui elle avait couché pour la première fois – à en croire une lettre de Maureen trouvée par Margo dans son tiroir à sous-vêtements. Aucune de ses amies n'est venue à sa fête de diplôme, où elle a fini complètement soûle. Elle a terminé la soirée dans les vapes sur une chaise longue sous le nez de ses grands-parents, n'ouvrant l'œil que pour roter.

Margo a regardé sa sœur démolir systématiquement tout ce qui comptait pour elle avec le sentiment d'assister à un massacre.

Alors que l'après-lycée aurait dû représenter une continuité, Maureen semblait ne rien vouloir laisser derrière elle.

Elle a fini par choisir une fac loin de Mount Washington. Margo aurait voulu l'aider à faire ses valises, mais leurs relations s'étaient détériorées, et elle s'est contentée d'éviter de traîner dans ses pattes. Entre elles, il y avait toujours eu une tension, que Margo ne pouvait interpréter que comme de la haine. Pendant le dîner d'adieu, avant que leur mère ne l'accompagne en avion à l'autre bout du pays, sa sœur ne lui avait pas accordé un seul regard.

Margo s'est presque sentie soulagée de la voir partir. Ensuite, elle s'est rendue dans la chambre de Maureen. Sa corbeille à papier était pleine de photos de ses amis, qui couvraient auparavant tout un mur de la pièce.

Margo, assise par terre, a enlevé délicatement tous les bouts de scotch des photos et aplati celles qui étaient pliées. Il y en avait une du bal de la rentrée où

Maureen dansait avec Wayne, sa cascade de cheveux bruns domptés sous sa tiare.

La photo était toute froissée, et un pli coupait le visage de Maureen. Mais a priori, elle semblait heureuse comme jamais.

Sur le chemin de la salle de classe, Margo repère la proviseur qui observe le flux des élèves dans le couloir, son regard sautant de l'un à l'autre.

Que va penser Mrs Colby de ce « Votez Jennifer » ? Si Margo participe à l'opération, elle passera pour une hypocrite. Dans le cas contraire, elle se rendra encore plus suspecte qu'elle ne l'est déjà.

Elle rebrousse chemin dans le couloir, histoire d'éviter purement et simplement la proviseur.

CHAPITRE 20

Les crampes sont pires que des douleurs de règles.

Bridget serre les dents et se concentre sur les graffitis gravés grossièrement dans la peinture beige de la porte des toilettes, dans les vestiaires du gymnase. Elle est penchée en avant, les coudes appuyés sur les cuisses, le menton entre les mains. Une bouteille d'eau à moitié vide est posée par terre entre ses baskets, révélant un liquide aux couches huileuses.

Ce n'est pas un détoxifiant; c'est une potion magique.

Le besoin d'aller aux toilettes l'a saisie à plusieurs reprises dans la matinée, de plus en plus pressant. C'est la troisième fois depuis le début du cours de gym, et Bridget a dû quitter le terrain de volley au milieu d'un match, laissant son équipe avec un passeur en moins. Les crampes étaient telles qu'elle marchait pliée en deux, les mains pressées sur ses flancs. Elle a juste eu le temps d'enlever son short.

Si au moins elle était chez elle, dans l'intimité… avec un livre ou un magazine pour la distraire de la douleur. Oh, la vache ! Et si un prof refuse de la laisser aller aux toilettes ? Ces crampes aussi l'inquiètent. Ce n'est pas normal. On dirait l'appendicite.

Non. Il n'y a pas de quoi s'inquiéter. Les instructions de la cure précisaient que ça faisait partie des effets secondaires possibles. Elles disaient aussi qu'elle se sentirait affamée. Hier, l'envie de manger l'a tenaillée toute la journée. Pas une envie spécifique, juste le besoin de se remplir. Bien pire que d'habitude. Mais d'après les instructions, si elle tenait bon, si elle résistait à la petite voix qui la poussait à manger, elle passerait un cap et la faim disparaîtrait. Globalement, c'est le cas.

Elle doit faire confiance au processus.

Un nouvel éclair déchire ses intestins et un bruit d'éclaboussures résonne dans la cuvette en céramique. Chaque fois, Bridget est sûre que son organisme doit être totalement vidé. Et chaque fois, elle se trompe.

Un coup de sifflet lointain transperce les murs en parpaing. Quelques secondes plus tard, la porte des vestiaires s'ouvre à la volée et les filles déboulent pour se changer. Bridget se lève à la hâte et tire la chasse d'eau avec un curieux sentiment de fierté. Elle se sent plus légère, presque tonifiée, malgré son ventre qui lui fait l'effet d'un ballon rempli d'eau.

Ça n'est pas génial, de ne jamais ressentir la faim ?
Franchement, si.

Après s'être lavé les mains, Bridget se dirige vers son casier pour se changer. La plupart de ses amies, déjà rhabillées, sont alignées face au miroir rectangulaire qui fait le tour des vestiaires. Le regard fixé sur leur propre reflet dans la glace, elles se renvoient sans pitié à elles-mêmes toutes leurs petites imperfections.

— J'ai vraiment la peau la plus horrible du lycée, geint l'une d'elles.

Sa voisine la pousse du coude.

— Tu rigoles ? Tu as une peau superbe ! Tu n'as pas un seul point noir, alors que moi, mon nez en est couvert, ajoute-t-elle en se penchant en avant comme pour renifler le miroir.

— Tais-toi ! Ton nez est parfait. J'ai supplié mes parents de me payer une opération pour Noël. Sérieux. Je préfère ça de loin à une voiture.

— Si tu allais voir un chirurgien, il se ficherait de toi. Avec moi, il aurait de quoi écrire une thèse. Vous avez déjà vu une fille de première avec autant de rides ?

La fille saisit ses cheveux qu'elle tire d'un coup sec vers le plafond, étirant dans la foulée la peau de son visage. Bridget distingue les veines bleues sur ses tempes, ainsi que les creux et les bosses de sa tête.

La troisième fille s'observe en découvrant le plus possible ses dents et ses gencives, de la couleur d'un chewing-gum à la cannelle.

— Je veux bien échanger tes rides invisibles contre mes dents de travers. Je ne pardonnerai jamais à mes parents de ne pas m'avoir fait porter d'appareil. C'est carrément de la maltraitance.

Bridget passe son sweat-shirt blanc par-dessus sa tête, lentement, pour prolonger un peu la caresse enveloppante du coton. Ce concours de défauts inventés est un rituel entre elles, où chacune tente de l'emporter sur le terrain de l'autoflagellation.

Mais elle peut les battre toutes.

Elle s'empare de sa brosse et s'approche du miroir.

— Vous êtes dingues, dit-elle en se regardant bien en face. Je suis de loin la plus moche de nous quatre.

Bien sûr, elle a déjà dit ce genre de choses. C'est son arme absolue, puisque ça englobe tous ses défauts. Ça couvre absolument tout. Et elle y croit. Elle connaît ces filles depuis la maternelle. Elle a grandi avec elles, les a vues échanger leurs petits amis, essayer de nouvelles coiffures, apprendre à fumer, se soûler avec ce qui leur tombait sous la main, inventer des chorégraphies sur des chansons pop débiles. Ce sont presque des femmes, aujourd'hui. Elle les trouve belles toutes les trois. C'est elle, le vilain petit canard du groupe.

Bridget défait sa queue de cheval pour se coiffer et ses mèches noires crépitent d'électricité statique. S'apercevant que les autres se sont tues, elle se retourne et les voit qui la fixent.

— Oh, arrête, Bridget, dit l'une d'elles avec un gros soupir.

— Sérieux, ajoute sèchement une autre.

— Quoi ? s'étonne Bridget, avec des picotements de nervosité au bout des doigts.

Elles lui répondent en chœur par un regard au plafond.

— C'est ça. Tu es la plus moche.

— Tu espères vraiment qu'on va te plaindre ?

Bridget en perd ses moyens. Elles ont joué à ce jeu des centaines de fois, et voilà qu'elle ne connaît plus ses répliques.

— Je… Je…

Elle laisse tomber. Elle a envisagé de parler à ses amies. De leur confier la phase bizarre qu'elle a traversée cet été. Si elle ne leur a rien dit, c'était pour ne pas les inquiéter. Par peur qu'elles pensent qu'il y avait quelque chose de cassé en elle. Elle ne voulait pas les faire paniquer. C'est pour cela qu'elle ne les a pas invitées cet été. Elle aurait dû s'expliquer. Et puis, de toute façon, ça va mieux, maintenant.

— Tout le monde est content que tu sois sur la liste, mais…

— On tuerait pour être à ta place, Bridget.

— C'est pas très sympa de ta part, tu comprends, parce que nous, on a toutes des trucs qui ne vont pas. Alors que toi… tout le monde sait que tu es jolie. Tu as reçu une sorte de certificat, quoi.

Une nouvelle crampe tord le ventre de Bridget au moment où la sonnerie retentit. Elle file aux toilettes tandis que ses amies sortent pour aller déjeuner.

Elle s'apprête à baisser son jean quand elle s'aperçoit que ce besoin-ci est différent. Ce n'est pas le même genre de torsion.

La potion lui remonte dans la gorge.

La sensation la laisse sous le choc. Bridget n'a jamais, jamais vomi. D'accord, elle a compté les calories, les bouchées. Mais c'est tout. Et pourtant, ce besoin lui vrille le ventre. Elle sent les toxines bouillonner dans ses entrailles. Comme si la décision ne lui appartenait plus.

Elle sort des toilettes à reculons, prend sa bouteille et se ravise. Elle va boire au robinet. L'eau est tiède, avec un arrière-goût de rouille.

C'est l'heure du déjeuner.

Bridget se dirige vers le CDI. En chemin, elle vide la bouteille dans la fontaine à l'eau. Le plastique sent mauvais. Bridget a l'impression que l'odeur ne partira jamais et jette la bouteille dans la foulée. Elle ne boira plus de ce truc. Si elle n'a plus rien dans le ventre, elle ne vomira pas. Et même si sa logique est sérieusement perturbée, elle sait que c'est une limite qu'elle refuse de franchir.

CHAPITRE 21

Lauren et ses nouvelles amies déjeunent à la table la plus ensoleillée de la cafétéria, tout en élaborant leurs plans pour le cortège des Braves. Elles passent la première moitié de l'heure à débattre avec enthousiasme de la façon la plus démocratique de décider de la décoration. Plutôt que de procéder en levant la main, elles décident de faire un tour de table pour que chacune ait l'occasion de s'exprimer. Comme ça, il n'y aura pas à choisir à qui donner la parole ni dans quel ordre. Il est établi que toutes les propositions sont les bienvenues et qu'aucune idée ne sera rejetée d'office. Aucune suggestion ne sera considérée comme stupide.

Plus rien ne ressemblera désormais aux procédures en vigueur sous l'autorité de Candace.

Pour la première fois, Lauren se demande si Candace est vraiment aussi horrible qu'elles le disent. Elles semblent toutes s'épanouir maintenant qu'elles ne sont plus sous sa coupe. Lauren comprend parfaitement cette sensation. Celle d'une libération. L'impression d'avoir soudain acquis son autonomie. Au début, elle culpabilisait d'aller au lycée, de laisser sa mère, de vouloir vivre sa propre vie. Mais c'est fini. Ces filles lui donnent un nouvel élan.

Et c'est super excitant de voir fleurir ce nouvel idéal de fonctionnement. Quelqu'un sort les notes de Candace sur le cortège des Braves pour les déchirer et toutes les filles l'acclament. Ça rappelle à Lauren les premiers révolutionnaires américains qui se sont soulevés contre la tyrannie britannique.

— Je peux faire la secrétaire, propose gaiement Lauren. J'écrirai tout ce qu'on dit dans mon cahier. Comme ça, on n'oubliera rien.

Elle a déjà pris la décision de ne pas participer à la recherche d'idées. Elle trouve qu'il est un peu tôt pour commencer à émettre des suggestions et des opinions sur des choses qu'elle ne connaît pas encore, des expériences qu'elle n'a pas vécues. Elle se réjouit juste d'être là, d'être la bienvenue à cette table.

Lauren suspend son stylo au-dessus d'une page blanche.

Et elle attend.

Mais si le groupe avait beaucoup à dire sur la façon de procéder, les propositions concrètes sur la mise en œuvre du cortège des Braves sont nettement moins nombreuses.

Après quelques secondes de silence, une fille déclare avec un soupir :

— En fait, ça m'est un peu égal, ce qu'on fait, tant que c'est mieux que ce que proposait Candace.

Lauren ne voudrait pas que les filles se découragent. Ce qu'elle a déjà écrit au recto de la feuille forme des petites bosses sur sa page blanche. Elle revient aux notes prises pendant le dernier cours.

— Heu, vu que j'ai déjà lu *Ethan Frome*[1] une douzaine de fois, j'ai fait quelques croquis en cours d'anglais.

Les filles se penchent vers elle. Comme son croquis est un peu sommaire, elle le traduit aux filles :

— La mascotte de Mount Washington, c'est l'Alpiniste. Et si on découpait des montagnes en carton qu'on collerait autour de la voiture ? Comme si nous, on était des alpinistes !

— Génial, j'adore ! s'écrie l'une des filles.

— On peut prendre le pick-up de mon père ! propose aussitôt une autre. Il y a assez de place dedans pour tout le monde !

— On aurait des chemises de bûcheron à carreaux, avec des bâtons de marche, avec de la corde et tout !

— Lauren ! C'est super !

— Quand je pense qu'on voulait débarquer avec des banderoles et de la crème à raser ! Là, on a un vrai... concept !

— Hé, Lauren ! Faut que tu viennes avec nous après les cours acheter le matériel !

1. *Ethan Frome* est un roman d'amour tragique publié en 1911 par l'écrivain américaine Edith Wharton.

Lauren sourit, jusqu'à ce que la mémoire lui revienne.

— Ma mère vient me chercher en voiture à la sortie. Mais je peux vous aider à faire une liste de…

— Appelle-la pour lui dire que tu ne peux pas rentrer tout de suite, dit l'une des filles. Tiens, prends mon portable.

Et elle ajoute, avec un coup d'œil par-dessus son épaule en direction des surveillants :

— Essaie juste d'être discrète.

Lauren appelle chez elle. Coup de chance, elle tombe sur le répondeur.

— Salut, maman. C'est moi. Pas la peine de venir me chercher aujourd'hui. Je dois rester plus tard, pour un travail de groupe. Je rentrerai à pied. OK ? Merci, maman. À tout à l'heure. Je t'aime.

Lauren raccroche et rend son portable à son amie. Ça n'était pas si compliqué.

Le téléphone sonne presque aussitôt. Sa propriétaire regarde l'écran.

— Lauren, je crois que c'est ta « maman ».

Deux autres filles ricanent.

Lauren se tord les mains.

— Heu… elle laissera un message.

— D'accord.

Environ une minute plus tard, il sonne de nouveau.

— Désolée, bredouille Lauren. Elle est un peu à cran depuis que je vais au lycée.

Une fille relève la tête et murmure :

— Chut. Voilà Candace.

Lauren la regarde s'approcher de leur table. Pas une fille ne bouge pour lui faire une place et elle se sent gênée, comme si elle avait pris le siège de Candace. Elle s'apprête à se lever, mais sa voisine l'en empêche en posant une main sur sa cuisse. Candace se laisse tomber sur une chaise en bout de table.

— Vous bossez sur le cortège des Braves ?

— Ouais.

— Comment ça avance ?

Comme personne ne répond, Lauren tourne son cahier pour lui montrer.

— Ça avance pas mal. Tu veux voir les plans ?

— Non, répond platement Candace en rejetant ses cheveux par-dessus son épaule.

Mais Lauren voit ses yeux s'attarder un instant sur ses notes.

— Je ne peux pas participer cette année, reprend Candace. J'ai des trucs à préparer… D'ailleurs, c'est pour ça que je suis là.

Elle soupire mollement.

— J'organise une fête samedi soir, avant le bal. Tout le monde est invité, on pourra prendre des photos. Ma mère apportera deux ou trois bouteilles de rhum et il y aura à manger.

Lauren dresse l'oreille, mais les autres ne semblent pas réagir.

— Cool, dit une fille en poussant sa nourriture du bout de sa fourchette.

— Ouais, pourquoi pas, répond une autre.

Le sourire de Candace s'efface.

— Bon, OK, dit-elle en se relevant lentement. En tout cas, j'espère que vous pourrez venir.

Dès qu'elle est hors de vue, les filles baissent la tête pour chuchoter entre elles :

— Qu'est-ce qu'elle croit ? Qu'elle n'a qu'à faire une fête pour qu'on la trouve sympa ?

— Sans blague ! En plus, avec la soirée chez Andrew après le bal, on n'a plus besoin d'elle pour avoir de quoi boire comme l'été dernier.

— Cette fois-ci, elle va peut-être comprendre qu'on ne peut pas traiter les gens comme de la merde sans qu'il y ait de conséquences.

— Elle s'est toujours comportée comme une garce. Elle ne changera jamais. Elle se croira toujours supérieure.

Lauren baisse le nez dans son cahier. Pour elle, il est clair que l'invitation de Candace était un geste de paix pour tenter d'arranger les choses. Mais le mal qu'elle leur a fait a visiblement laissé des traces. Trop profondes, apparemment, pour être effacées par une simple fête.

L'une des filles serre les lèvres, plongée dans ses pensées, puis observe :

— Remarque... ça pourrait être cool de se chauffer

un peu avant le bal. Ce serait peut-être plus marrant.

— Hé! On pourrait aller chez Candace juste pour le rhum, mais sans s'occuper d'elle.

— C'est vrai, approuve une autre.

Lauren se mord la lèvre. Elle n'aime pas l'idée d'aller à une fête rien que pour boire. Mais bon, les filles commencent peut-être à comprendre que Candace s'en veut. Il faut peut-être qu'elles se retrouvent toutes dans une même pièce pour crever l'abcès. Et il est possible qu'à sa fête, Candace présente des excuses en bonne et due forme.

Une fille croise les bras d'un air décidé.

— En tout cas, si Lauren n'y va pas, je n'y vais pas non plus.

— Moi pareil, déclare une autre.

Le reste du groupe acquiesce d'un hochement la tête.

Lauren est stupéfaite de voir ses nouvelles amies se rallier ainsi autour d'elle. Candace avait tort. Ce n'est pas simplement parce qu'elle est jolie. C'est vraiment parce qu'elles l'aiment bien.

Celle qui lui a prêté son portable se baisse sous la table pour écouter sa boîte vocale.

— Heu, Lauren? Ta mère a dit de te dire qu'elle avait eu le poste.

Le visage de Lauren s'illumine.

— Ouais!! Vous savez ce que ça veut dire? Qu'on reste à Mount Washington!

Elle pousse un piaillement d'excitation.

Les filles sourient poliment, l'air un peu gêné, et Lauren porte vivement une main devant sa bouche.

— Désolée. Je suis trop contente, ajoute-t-elle avec un rire nerveux.

La propriétaire du portable paraît un peu surprise.

— Oh, OK, dit-elle. Tant mieux, parce que ta mère avait une voix un peu déprimée.

CHAPITRE 22

La sonnerie annonce la fin de l'avant-dernier cours d'Abby. Elle fait un signe d'au revoir à Lisa qui bondit de derrière leur paillasse pour disparaître dans le couloir. Son prochain cours a lieu à l'autre bout du lycée et elle doit courir pour y être à l'heure. Leur arrangement est que Lisa se charge de presque tous les calculs et les expériences de labo, tandis qu'Abby note les résultats et nettoie leur surface de travail. De l'avis d'Abby, c'est un excellent accord. Elle a sport juste après, et elle prend son temps pour replier leur carte en relief et ranger tous les échantillons de minéraux sur les étagères ; elle déteste le sport presque autant que la biologie.

À l'instant où elle sort, le prof lève son stylo en l'air.
— Abby ?

Elle est déjà dans le couloir, et se retourne vers lui en prenant soin de ne pas remettre un pied à l'intérieur.

— Oui, Mr Timmet ?
— Je crois que nous avons un petit problème.

Après lui avoir fait signe de s'approcher, il remue des papiers sur son bureau en évitant son regard.

— Entre tes deux premières notes de QCM et ton dernier devoir incomplet de lundi, tes résultats en biologie sont très insuffisants.

Mince. Le devoir de lundi. Avec le scoop de la liste, elle a oublié de copier les réponses de Lisa.

— Abby, je sais que ce n'est que le début de l'année, mais on en est déjà presque à la moitié des notes du trimestre, poursuit Mr Timmet en sortant un paquet de fiches bleues d'un tiroir. Merci de faire signer ceci par tes parents d'ici la fin de la semaine.

Il lui tend sa feuille de notes. Abby enfonce ses mains dans les poches de son jean.

— Mais je travaille, Mr Timmet, je vous assure.

Elle a pris un ton vulnérable et gentiment suppliant. Les profs comme Mr Timmet, qui se croient encore jeunes, qui pensent que leurs élèves peuvent les trouver craquants, sont souvent sensibles à ce genre d'attitude.

— Et je suis désolée pour l'exercice de lundi. Il s'est passé un truc ce matin-là et…

Elle s'arrête, dans l'espoir que le professeur montre qu'il a saisi l'allusion à la liste. Ou au moins, qu'il manifeste une lueur de compassion.

— Enfin, je voulais vraiment le faire. Vraiment.

Mr Timmet remonte ses lunettes sur son front et se frotte les yeux.

— Je te l'ai dit, Abby, il ne s'agit pas seulement de l'exercice de lundi. Je me réjouis que tu fasses des efforts, et je veux que tu saches qu'il n'est pas trop tard pour remonter. Je te rappelle qu'il y a un contrôle important la semaine prochaine. Avec une bonne note, tu récupérerais ta moyenne. Mais je dois quand même avertir tes parents que ce n'est pas le cas pour l'instant.

Abby sent ses genoux faiblir. En dessous de la moyenne ? Déjà ?

Elle qui avait placé tant d'espoirs dans ce nouveau départ ! Elle s'était dit que le lycée serait différent du collège, où elle avait barboté, passé toutes sortes de contrats avec les profs, multiplié les cours de soutien et les contrôles de rattrapage rien que pour maintenir sa tête hors de l'eau.

Cette année, Abby a vraiment essayé d'être attentive dès le début. Elle a pris des notes, même le premier jour. Elle a copié tout ce que disait Mr Timmet le plus proprement possible.

Et au début, elle a eu l'impression d'y arriver. De s'y retrouver dans les catastrophes naturelles et tous les trucs dingues qui remuaient dans le noyau de la Terre. Mais au fil des jours, les listes de noms de minéraux ont fait place à des équations aux allures de hiéroglyphes. Jusqu'à ce qu'elle se trouve totalement dépassée.

— Si mes parents voient mes notes, ils vont me tuer. S'il vous plaît, m'sieur, on ne peut pas trouver une autre solution ? Je ferai tous les exercices que j'ai sautés. Et je viendrai tous les jours en colle jusqu'à ce que ma moyenne remonte.

Mr Timmet pose la carte en équilibre instable tout au bord de son bureau.

— C'est la procédure, Abby. Je ne le fais pas pour t'embêter.

Mr Timmet est le prof préféré de Fern. Abby imagine très bien sa sœur à sa table du premier rang, les yeux rivés sur lui, à compter les rayures de sa chemise. Il porte le genre de montre qu'on met pour faire de la plongée. Pratique et résistante. Ses lunettes cerclées de métal, contrairement à celles des autres profs, ne sont jamais sales ni tachées. En cours, il fait des blagues en rapport avec sa matière, le genre de truc qui fait rire les bons élèves. Pas étonnant qu'il ait autant la cote auprès de Fern. Mais pour ces mêmes raisons, il produit l'effet inverse sur Abby.

— Mr Timmet, je vous en supplie. On ne pourrait pas au moins attendre le contrôle de la semaine prochaine ? Samedi soir, c'est le bal de la rentrée, et mes parents vont m'interdire d'y aller et…

Abby s'interrompt en voyant le professeur se retourner vers son ordinateur. Il se fiche bien d'elle et du bal de la rentrée. Abby n'a jamais connu le type de relations que Fern a avec ses profs. Ils adorent qu'elle vienne les voir à la fin de leur cours, pour leur parler de ce qui lui arrive dans sa vie.

Lorsqu'il est clair qu'Abby a renoncé à plaider sa cause, Mr Timmet daigne la regarder de nouveau. Il a l'air un petit peu nerveux. Ou alors il regrette que la situation ait pris une tournure aussi embarrassante.

— Malheureusement, ce n'est pas négociable, déclare-t-il.

Le poids des livres d'Abby semble soudain multiplié par dix. Elle les serre contre elle et ses yeux s'emplissent de larmes.

— Mais je vais faire des progrès. Je vous le jure.

— Je ne demande que cela, Abby. Tu sais, tu devrais demander à ta sœur de t'aider. Fern n'a pas de problèmes en biologie. Elle est très intelligente.

Abby prend la carte sur le bureau du professeur, si vivement qu'elle fait tomber une pile de feuilles.

— C'est ça, grogne-t-elle entre ses dents en sortant.

Elle est au courant, merci.

Pendant tout le cours de volley, Abby examine ses options. Si elle donne sa feuille de notes à ses parents, il est évident qu'ils lui interdiront de sortir, et il y a toutes les chances pour qu'ils l'empêchent d'aller au bal. Si elle ne l'a pas fait signer d'ici vendredi, Mr Timmet appellera sans doute chez elle, et elle ne pourra pas non plus aller au bal. L'attention générale que lui vaut la liste, l'invitation chez Andrew, tout ça sera fichu.

C'est le genre de situation où on perd à tous les coups.

Abby est assise sur son lit. Elle n'a pas envie de faire ses devoirs, ni de regarder le show qui passe sur la petite télé qui trône sur la commode au milieu du bazar.

À l'autre bout de la chambre, éclairée par un cône de lumière parsemé de poussière dansante, Fern écrit à son bureau, dans le canyon qui sépare deux montagnes de livres.

Abby regarde le stylo de sa sœur voleter sur son cahier à toute vitesse, sans aucune hésitation.

Leurs parents ayant chacun besoin d'un bureau à la maison, elles doivent partager la même chambre. Elle est aménagée en miroir, avec les mêmes meubles et les mêmes accessoires au même endroit de chaque côté : un lit, un bureau, une commode, une table de chevet. Mais au-delà de cette similitude, chaque moitié est totalement différente de l'autre.

Les murs d'Abby sont recouverts de photos, de portraits de mannequins et d'acteurs, de souvenirs d'aventures partagées avec ses amies, comme ce bout de ticket rouge de la machine à sous à laquelle elle jouait sur la digue, l'été dernier, avec Lisa. Le sol disparaît sous les vêtements.

Le côté de Fern est un modèle de rangement. Tout est propre et bien à sa place. Ses vêtements sont suspendus sur des cintres ou pliés dans les tiroirs. Un enchevêtrement de médailles académiques est suspendu à la colonne gauche de son lit. Scotchée au plafond au-dessus du lit, une affiche représentant une plage au lever du soleil déclare : « rien ne remplace le travail ». Son tableau en liège ne comprend que des épingles à tête blanche, qui servent à maintenir un planning mensuel où devoirs, contrôles et concours de rhétorique sont inscrits avec soin.

Si Abby avait une sœur comme Bridget, elle pourrait lui parler de son problème et trouver une solution. Au pire, Bridget interviendrait pour apaiser ses parents au sujet de la feuille de notes et trouverait des arguments pour les persuader de la laisser aller au bal.

Fern ne l'a jamais aidée de cette manière.

Abby cherche la télécommande à tâtons et monte lentement le volume de la télévision, degré par degré, jusqu'à ce que les applaudissements éclatent comme un coup de tonnerre.

Fern, toujours occupée à noircir furieusement ses lignes, s'arrête un instant.

— Tu ne peux pas aller regarder ça au salon ? demande-t-elle sans s'encombrer de politesse.

— Ah, parce que tu me parles, maintenant ? marmonne Abby.

— Quoi ?

Abby coupe le son.

— Je sais que tu m'en veux à cause de la liste.

Voilà. C'est dit.

Fern laisse tomber son stylo sur son cahier.

— Je ne t'en veux pas à cause de la liste, articule-t-elle lentement, comme si elle parlait à une demeurée. Mais je ne vois pas ce qu'il y a à en dire.

— Ben, je ne sais pas, moi. Par exemple... « félicitations » ?

Fern fait tourner son siège à roulettes pour lui faire face.

— Tu es sérieuse ?

— Ça se peut, grommelle Abby en regrettant ce qu'elle vient de dire. En tout cas, tu n'as pas à t'en prendre à moi. Ça s'est trouvé comme ça. Ça n'est pas ma faute.

— Je sais, je connais le principe de la liste. Ça ne t'oblige pas pour autant à te pavaner dans tout le lycée.

— Tu veux dire, comme toi quand tu reçois les félicitations ?

Fern ricane.

— C'est différent, Abby.

— Ah bon ? Même si je n'ai jamais les félicitations, ça ne m'empêche pas d'être contente pour toi.

— Mais les félicitations, ça se mérite. C'est le reflet direct du travail et des efforts que j'ai fournis. Tu ne vas pas mettre sur ton CV le fait que tu es la plus jolie fille de ta classe de troisième, si ?

Fern rit de sa propre blague et Abby a envie de disparaître sous sa couette.

— D'accord.

— Et si tu te concentrais un peu sur tes devoirs au lieu de regarder la télé ? Ou de passer tout ton temps à chercher des robes débiles sur Internet ? ajoute Fern avant de se retourner vers son bureau. Tu pourrais t'intéresser à des trucs qui comptent. Essayer d'accomplir quelque chose qui puisse vraiment te servir dans la vie.

— Ça n'est pas des robes débiles, Fern. Et tu trouves peut-être ça débile aussi d'être sur la liste, mais tu te trompes. C'est un honneur.

Fern reprend son stylo. Mais au lieu de se remettre au travail, elle fixe le mur.

— La liste ne va pas changer ta vie, Abby. Je ne cherche pas à être méchante, mais je ne vais pas me prosterner à tes pieds pour un truc aussi absurde. Maintenant, si tu reçois les encouragements, je serai la première à te féliciter. Je serai même prête à accrocher des ballons à ton lit.

Abby se refuse à pleurer, mais elle n'est pas sûre d'arriver à se retenir. Elle est tirée d'affaire par la sonnerie de son portable. Sans répondre à Fern, elle le prend et sort de la chambre. En remettant le son de la télé, juste pour faire sa peste.

— Salut, Lisa.

Abby s'adosse au mur et sent les cadres des photos de famille s'enfoncer dans sa colonne vertébrale. Elle entend sa sœur se lever de son siège avec un gros soupir pour aller éteindre la télé.

— Ça n'a pas l'air d'aller, lui dit Lisa. Qu'est-ce qui se passe ?

Abby se mord la lèvre. Ça lui ferait du bien de pouvoir parler de la feuille de notes et de Mr Timmet, mais elle a trop honte. Alors elle dit assez fort :

— C'est ma sœur.

Elle se penche pour jeter un coup d'œil dans la chambre. Fern s'est remise au travail, penchée sur ses bouquins, et Abby lui lance un regard assassin.

— Franchement, depuis que la liste a été affichée, elle est horrible avec moi.

Lisa baisse la voix :

— Je ne veux pas créer d'histoires entre vous, mais bon… c'est juste de la jalousie. Tu le sais, quand même ?

— C'est même pas ça, grogne Abby, furieuse.

— Mais bien sûr que si, idiote ! OK, elle a de meilleures notes que toi. Mais je te parie qu'elle échangerait volontiers tous ses super bulletins contre ton ADN. C'est vrai, enfin, t'es tellement plus jolie qu'elle !

Quelque part dans un coin de sa tête, c'est aussi ce que se dit Abby. Cette pensée a pointé son nez pendant qu'elle se disputait avec sa sœur. Et Abby se dégoûte un peu de l'avoir eue, comme s'il s'agissait d'un terrible secret, comme si l'envisager suffisait à faire d'elle quelqu'un d'horrible.

Cela la soulage de l'entendre formuler par Lisa.

Un peu.

CHAPITRE 23

Après l'entraînement, Danielle sort des vapeurs des douches de la piscine et va ouvrir son casier. L'intérieur est vert tirant vers le jaune. Elle a reçu un texto d'Andrew.

« RDV devant la piscine après l'entraînement. »

Elle l'a appelé hier soir en rentrant du centre commercial, et ils se sont encore parlé jusqu'à l'aube. Elle lui a décrit sa robe de bal, rose pâle avec des mancherons en gaze. Elle n'a jamais rien porté de semblable, mais c'est on ne peut plus féminin et ça lui va bien, même si elle se sent un peu serrée au niveau des épaules. Ce choix a stupéfié sa mère, qui a déclaré à la vendeuse qu'elle n'avait pas vu sa fille aussi habillée depuis sa première communion.

Ils n'ont pas reparlé de la liste, et Danielle se demande un peu comment le vit Andrew, ce que ses copains disent d'elle. Elle aurait pu lui poser la question, mais elle n'a pas voulu plomber leur conversation.

Aujourd'hui, c'est une autre histoire. Andrew l'a de nouveau évitée au lycée, et elle commence à devenir parano. Serait-il gêné à l'idée d'être vu avec elle ? Son texto paraît un peu sec. Et s'il avait décidé de rompre ?

Des gouttes d'eau coulent de ses cheveux sur l'écran du téléphone. Elle l'essuie avec une serviette et découvre qu'elle n'a pas tout lu.

Elle relâche sa respiration, s'apercevant seulement alors qu'elle l'avait retenue. S'il avait voulu rompre, il n'aurait pas mis de smiley. Tous ses doutes se dissipent comme des nuages chassés par le vent. Elle a chaud au cœur. Elle a hâte de retrouver son petit ami.

Hope se faufile devant elle dans l'allée pour gagner son casier.

— Tu veux venir dîner à la maison ce soir ? lui propose-t-elle. On mange des tacos. Et je voudrais te montrer ce que je mets pour le bal. Je sais qu'on est censées porter une robe, mais j'ai plutôt envie de mettre un jean et un joli chemisier, un truc dans ce genre-là. Je ne sais pas. Je me sens mal à l'aise en robe. Encore plus pour danser.

Danielle a le même problème, mais le choix d'une robe lui a paru être le moyen le plus efficace de reléguer son nouveau surnom aux oubliettes.

— Ce soir, je ne peux pas. Je vois Andrew.

— Oh ! fait Hope d'un ton surpris. Ça se passe bien, vous deux ?

— Bien sûr ! Pourquoi voudrais-tu que ça se passe mal ?

Elle sent le regard de Hope peser sur elle tandis qu'elle s'essuie les cheveux.

— Ben... tu disais qu'il avait un comportement un peu bizarre depuis que la liste était sortie. Qu'il était distant.

C'est effectivement ce que Danielle lui a avoué dans un moment de faiblesse, et elle le regrette.

— Ce n'est pas vraiment ça, essaie-t-elle de rectifier. On ne se parle pas beaucoup, c'est tout.

— Tu crois qu'il abordera la question, un jour ?

— J'espère que non.

Danielle se met du déodorant à la vanille. Avec un peu de chance, ça camouflera l'odeur de chlore qui lui colle à la peau. Elle a beau se frotter de toutes ses forces sous la douche, elle a toujours du mal à s'en débarrasser.

— Je ne tiens pas à avoir une grande discussion super gênante avec lui.

Elle n'a pas non plus très envie de poursuivre celle-ci. Pour y couper court, elle laisse tomber l'étape du peigne et se dépêche de ranger ses affaires.

Hope s'assoit sur le banc.

— Ça n'a pas besoin d'être une grande discussion super gênante, Danielle. Mais ce serait normal qu'il dise quelque chose. Du genre... que ça lui est égal. Qu'il te trouve belle quoi que puissent dire les gens.

— On peut changer de sujet, s'il te plaît ? rétorque sèchement Danielle.

Elle n'a aucune envie que les autres filles présentes dans les vestiaires entendent Hope s'efforcer de lui remonter le moral. Elle lui tourne le dos, ferme les yeux une seconde en écoutant le bruit de fond des sèche-cheveux et des conversations murmurées. Andrew ne lui a rien dit de tel. Ce serait presque pire s'il le faisait. Comme si elle était une pauvre petite chose fragile qui avait besoin d'être rassurée.

— Excuse-moi, reprend Hope. Je veux juste que tu sois heureuse.

— Je sais.

Et elle est sincère. Mais elle ne s'arrête pas pour autant de ranger ses affaires.

— Je t'appelle plus tard.

En sortant des vestiaires, Danielle se fait une promesse : celle de ne plus jamais parler de ce qui se passe entre Andrew et elle. Hope ne ferait que le ressortir un jour ou l'autre, hors contexte, avec une interprétation entièrement faussée. Danielle ne veut pas donner une mauvaise opinion d'Andrew à Hope, mais de toute façon, celle-ci ne peut pas comprendre. Elle n'était pas avec eux cet été. Elle n'a jamais eu de copain. Parler d'Andrew ne pourrait que les éloigner.

En descendant l'escalier, Danielle voit Andrew par la fenêtre, avec ses copains. Elle s'appuie à la rampe et les regarde un moment faire les idiots. En l'observant comme ça de loin, qui essaie de se libérer d'une prise de Chuck, elle lui trouve soudain l'air bien plus jeune. Andrew est le plus petit de la bande.

Chuck s'en va dans la voiture de sport de son père. Une minute plus tard, une fourgonnette s'arrête à leur niveau. Tandis que le reste du groupe s'entasse à l'intérieur, Andrew s'assoit au bord du trottoir comme s'il attendait lui aussi qu'on vienne le chercher. Il agite la main, attend que la fourgonnette ait disparu, se lève, ramasse son sac et se dirige vers la piscine.

Tournant les talons, Danielle se met à courir. Pour arriver la première à leur point de rendez-vous, et pour ne pas se demander si Andrew a dit à ses copains qu'il venait la retrouver.

Elle reprend sa respiration tandis qu'Andrew tourne à l'angle du terrain. Dès qu'il l'aperçoit, un sourire radieux éclaire son visage. Il est heureux de la voir. Et elle est heureuse parce qu'il l'est. Ça vaut bien plus que n'importe quelle formule de consolation ou d'excuse ringarde au sujet de la liste.

— Devine quoi, dit-il en jetant un bras autour de son épaule. Mes parents ne sont pas là ce soir. Un truc de dernière minute.

Les yeux de Danielle s'illuminent.

— Ah oui ?

Ils ont tous les deux des parents stricts. Elle a l'impression que ça fait une éternité qu'ils n'ont pas pu passer du temps seuls sans surveillance, comme ils le faisaient au lac Clover.

— On pourrait commander une pizza, suggère Andrew. Tu m'as manqué.

Il glisse ses doigts entre les siens.

— Toi aussi, tu m'as manqué.

Danielle appelle chez elle pour prévenir qu'elle va manger des tacos chez Hope, et ils prennent le chemin qui passe à travers bois.

Dès qu'ils sont chez lui, il la presse contre le mur et pose sa bouche sur la sienne. Ils s'embrassent avec ardeur, puis s'allongent sur le tapis devant la cheminée en roulant sur le courrier glissé par la boîte aux lettres. Danielle aime l'intensité des gestes d'Andrew, sa façon de serrer les poings sur son tee-shirt, de s'agripper à elle comme il ne l'avait jamais fait jusque-là.

Elle bascule au-dessus de lui, en essayant de se sentir aussi sexy et puissante que les circonstances l'exigent. Mais quelque chose dans sa position rompt l'harmonie. Elle a l'impression que son corps est trop grand pour celui d'Andrew. Elle a peur de l'écraser. Comme si c'était lui la fille et elle le garçon.

— Tu veux qu'on arrête ? demande-t-il.

Il écarte les mains au ralenti.

— Qu'est-ce qui ne va pas ?

Elle n'a pas envie de lui répondre. Mais ils n'en ont même pas reparlé une seule fois depuis le premier jour.

— Cette histoire de liste, c'est ridicule, soupire-t-elle.

Il fait courir ses doigts le long de ses bras.

— N'y pense pas.

— Facile à dire, répond-elle en roulant sur le tapis. Tu y arrives, toi ?

Il s'assoit et enfouit sa tête entre ses mains.

— La killer attitude, tu te rappelles ?

Danielle n'aime pas la tournure que prend la conversation.

— Ce n'est pas le problème. Je peux avoir la killer attitude la plus convaincante et la plus féroce de la Terre, ça ne m'empêche pas de savoir que la liste est le grand sujet du moment.

Comme Andrew ne répond pas, elle poursuit :

— Tes amis se fichent toujours de toi à cause de cette histoire ?

— Surtout Chuck. Ça énerve tout le monde. Mais ça lui passera. Je tiens le choc.

Elle déteste l'idée qu'Andrew se fait charrier par sa faute. Leur stratégie de l'ignorance n'est peut-être pas la meilleure. Ils feraient peut-être mieux d'affronter la réalité.

— Tu devrais lui coller ton poing dans la figure la prochaine fois qu'il parle de moi.

Elle ébauche un petit sourire, même si elle est sérieuse.

— À moins que je m'en charge.

— Ça, c'est l'idée du siècle. Comme ça, les gens te prendraient encore plus pour un mec. On est vraiment obligés de parler de ça ?

Danielle recommence à l'embrasser. Après tout, elle se fiche de l'opinion des copains d'Andrew. Tout ce qui compte, c'est que lui la voie comme une nana. Sa nana.

Nerveusement, elle ramène la main d'Andrew sur son tee-shirt, enroule ses doigts autour de la bordure et, avec son aide, le passe au-dessus de sa tête. Elle lui donne quelques secondes pour dégrafer son soutien-gorge. Comme il ne bouge pas, qu'il reste assis là à la fixer, elle finit par le faire elle-même. Ses mains tremblent tellement qu'elle met un moment à y parvenir.

Enfin, Andrew paraît se réveiller. Il tend la main et s'aventure dans des endroits où il n'était jamais allé.

Danielle ferme les yeux et se concentre sur ses sensations. Elle sait qu'elle n'est pas un garçon. Mais son petit ami, lui, a besoin qu'on le lui rappelle.

Jeudi

CHAPITRE 24

Avant que Jennifer ait eu le temps de sortir de sa voiture, Dana et Rachel sont là, arborant toutes deux le même sourire rayonnant.

— Hé, Jen-ni-fer !

— On a une bonne nouvelle !

— Pitié, les filles, les implore Jennifer en prenant ses livres et en verrouillant sa portière. Je ne crois pas que je pourrais en supporter davantage.

En se retournant, elle voit qu'elles portent toujours le sticker « Votez Jennifer ». Elle pensait que c'était juste une lubie qu'elles avaient eue la veille. Mais il semble qu'elles s'accrochent à l'affaire.

Elles se dirigent vers le bâtiment du lycée. Rachel jette un bras autour des épaules de Jennifer et lui demande :

— Qu'est-ce que tu fais, demain soir ?

— À ton avis ?

Elle a répondu d'un ton espiègle, le ton de la blague dont tout le monde connaît la chute.

Dana, qui les devance de quelques pas, se retourne vivement pour la regarder bien en face.

— Ça te dit d'aller à une fête ? Tout le monde y sera. Les gars du football américain, les...

— Attends, l'interrompt Jennifer. Je croyais que l'entraîneur appelait tous les joueurs de l'équipe junior la veille des grands matchs pour être sûr qu'ils ne faisaient pas la java.

Rachel secoue la tête.

— C'est des histoires pour que les plus jeunes aient la trouille de sortir. Enfin, bref, tout le monde y va, et tu es l'invitée d'honneur.

— C'est vrai ?!

Une fête. Une petite chose anecdotique, insignifiante pour à peu près tout le monde. Sauf pour Jennifer, qui en rêve depuis toujours. Mais jamais, même dans ses fantasmes les plus fous, elle ne se serait projetée dans le rôle de l'invitée d'honneur.

— C'est pas une blague ?

Elle s'est déjà posé cette question plusieurs fois cette semaine, en se demandant quand on lui retirerait le tapis de sous les pieds, quand tous ces cadeaux s'évaporeraient.

Elles atteignent les marches du lycée. Dana ouvre la porte et la tient pour Jennifer.

— On crée tout un événement autour du thème « Votez Jennifer », reprend Dana. Par exemple, on ne laissera entrer que ceux qui montrent leur ticket pour le bal avec ton nom écrit au dos.

Rachel se penche à son oreille pour murmurer :

— Je ne veux pas te donner de faux espoirs, Jennifer, mais il y a une bonne chance pour que tu sois élue reine de la rentrée.

Jennifer en a la chair de poule. Comment se fait-il que tant de gens qui étaient aussi prompts à l'abattre veuillent tout à coup la porter en triomphe ? Pas tous, bien sûr. C'est une évidence. Il y a encore plein de garçons qui la regardent comme si elle n'avait pas le droit d'exister ; quand ils la regardent. Et quelques filles aussi, surtout parmi les plus jeunes et les plus jolies. Comme si Jennifer menaçait de détruire le caractère sacré de toute la tradition de la rentrée en devenant reine. Comme si elle était un agent infiltré dans la fête avec mission de la bousiller.

Et puis il y a Margo.

— Merci, vraiment, les filles. Je... C'est d'accord. Ça se passe où ?

— Chez Margo, dit Dana.

Jennifer s'arrête et secoue la tête.

— Non. Margo ne voudrait jamais.

— Mais si, l'assure Rachel. Elle nous l'a dit.

— C'est même elle qui l'a proposé, enchaîne Dana. Elle a officiellement déclaré son soutien à toute l'opération « Votez Jennifer » !

— Bon, elle ne va sans doute pas mettre ton sticker, ajoute Rachel à la hâte, son regard faisant la navette entre Dana et Jennifer. Ce serait bizarre. Vu que vous êtes en compétition.

Dana approuve d'un hochement de tête.

— Je sais qu'il y a eu des problèmes entre vous, mais l'eau a coulé sous les ponts, depuis.

Jennifer les regarde toutes les deux, si joyeuses, si excitées, si avides de croire à ce mensonge.

Jennifer, elle, connaît la vérité. Ça ne se peut pas.

Mais à sa propre surprise, et à son soulagement, ça ne lui fait ni chaud ni froid.

— Ce que je suis contente que tu viennes! lance Dana en la serrant contre elle.

Jennifer la sent qui appuie quelque chose sur sa poitrine. Quand Dana s'écarte, il y a un sticker « Votez Jennifer » collé sur son tee-shirt.

— Vous êtes sûres que je dois...

Rachel fait oui de la tête sans la laisser finir.

— À mon avis, c'est bien que les gens voient que tu te sens à l'aise avec ça.

Jennifer bat des paupières.

— Pourquoi je ne le serais pas?

— Bonne question, fait Dana en lui donnant une tape dans le dos. Bon, Jennifer, à plus!

Cette fois, c'est sûr, Jennifer a dû mourir sans s'en apercevoir et se retrouver au paradis. Elle prend ses livres dans son casier, y range sa veste et referme la porte. Mais des voix dans le couloir la font brutalement redescendre sur terre.

— Il paraît que Sarah garde son caca dans un sac en plastique pour le jeter sur tout le monde samedi au bal.

— Quoi ? C'est dingue ! Mais elle se ferait arrêter pour ça, non ? Ça doit être un délit !

— Ils vont peut-être annuler. Par sécurité.

Sarah Singer.

C'est quand même ironique que le plus gros obstacle qui se dresse entre elle et un bal digne d'un conte de fées ne soit finalement pas Margo.

Au lieu de se diriger vers sa salle de classe, Jennifer ressort. Elle a froid dehors sans sa veste et serre ses livres contre sa poitrine pour se protéger du vent. Sarah est facile à trouver. Elle est assise sur son banc. Le garçon qui la suit partout se tient à côté d'elle, le nez dans un livre. Au début, Jennifer hésite à les déranger. Mais l'enjeu est trop important pour qu'elle se dégonfle. Elle avance d'un pas décidé.

Sarah la regarde de travers.

— Tiens, salut, Jennifer.

— Je peux te demander un truc ?

Sarah et son copain échangent un coup d'œil. Comme si la politesse de Jennifer était ridicule.

— On vit dans un pays libre, remarque Sarah.

Jennifer prend une profonde inspiration, et le regrette aussitôt. Elle ne voit pas comment le copain de Sarah peut supporter de rester assis à côté d'elle. Elle sent déjà son odeur à plusieurs mètres de distance.

— Il paraît que tu as acheté des tickets pour le bal. C'est vrai ?

— Pourquoi ? Tu veux que je sois ton cavalier ?

Jennifer a envie de lui dire d'aller se faire voir, mais Sarah n'attend que ça. Cette fille est en permanence dans la provoc, et Jennifer ne va pas tomber dans le panneau.

— Je voudrais savoir si tu as prévu de monter un canular samedi pour gâcher le bal.

— Un canular ? Comme quoi ?

Jennifer déteste cette suffisance, cette arrogance.

— Heu… Je ne sais pas, moi. Un truc pour te venger de tout le monde à cause de la liste ? Ce n'est pas pour ça que tu sens aussi mauvais ?

Sarah ouvre une bouche en cul-de-poule et porte la main devant, d'un air faussement choqué.

— Je ne vois pas de quoi tu parles. J'ai super hâte d'aller au bal. J'ai déjà choisi ma tenue.

Elle a pris le ton affable des actrices des feuilletons télévisés d'autrefois.

— Et ça ne se fait pas de dire aux gens qu'ils sentent mauvais, Jennifer. J'aurais cru que tu étais bien placée pour le savoir.

Jennifer lève les yeux au ciel.

— Écoute, tu commets une grosse erreur. Tout le monde va te détester si tu fais ça.

Sarah s'avance sur le bord du banc et se penche vers elle.

— Je me fous que les autres me détestent. Je les déteste aussi. Je déteste chaque individu de ce lycée jusqu'au dernier.

Jennifer recule d'un pas. Elle a eu tort de venir. Il n'y a pas moyen de raisonner avec quelqu'un d'aussi aveuglé par la colère. Si une fille devrait être chamboulée par la liste, c'est bien elle, Jennifer. Sarah n'y figure que pour la première fois, elle n'a aucun droit. Et si elle s'en fout, comme elle le prétend, pourquoi tient-elle tant à gâcher le plaisir de tout le monde ?

— Bon, dit Jennifer. Mais autant te prévenir, je vais aller dire à Mrs Colby les trucs que j'ai entendus sur toi.

Elle lève les yeux vers la fenêtre du bureau de la proviseur. Ce serait trop beau qu'elle se trouve juste derrière, en train d'écouter.

— Pourquoi tiens-tu tellement à ce bal, Jennifer ? Ne me dis pas que tu espères sincèrement être élue reine ?

Jennifer fait passer ses livres de son côté gauche à son côté droit, révélant involontairement son sticker « Votez Jennifer ».

— C'est pas vrai, murmure Sarah.

Elle pousse son copain du coude.

— Regarde ! lui dit-elle. Regarde son sticker ! Mais merde, Jennifer, tu y crois vraiment ! Tu as réussi à te persuader que ça allait vraiment arriver !

— Tu te ridiculises, ajoute le copain.

Jennifer toise Sarah :

— C'est de la jalousie.

Sarah part d'un rire méchant. Un rire faux, de toute évidence. Ce n'est que du cinéma. Comme sa teinture noire et son fatras de colliers, et le mot « moche » presque effacé, fondu dans la crasse de son front.

— De la jalousie ? De quoi ? De ne pas être la petite mascotte moche de la bande des filles populaires ? C'est une farce, Jennifer ! À tes dépens ! Tu devrais les envoyer bouler ! Elles se servent de toi. Elles se moquent de toi dans ton dos ! Elles t'ont traitée comme une moins que rien pendant quatre ans, et tu leur dis merci parce qu'elles te mettent une vieille carotte pourrie sous le nez ! Elles pourraient t'offrir une couronne de brillants, elles penseraient toujours que tu es moche !

— Je sais comment je suis, OK ? riposte Jennifer, un ton plus haut qu'elle ne voudrait. Et je l'accepte. Mais j'ai envie de changer. Alors que toi, tu as la rage, parce qu'au fond tu voudrais être comme elles, mais que tu as bien trop peur de l'admettre.

Sarah se lève en la pointant de l'index.

— Tu crois que ces garces de pom-pom girls sont tes amies ? Elles se foutent complètement de toi.

Jennifer rit.

— Et alors ? Toi non, peut-être ?

— Si, moi aussi, rétorque Sarah, mains sur les hanches. J'ai juste de la peine pour toi. Ça me désole que tu te laisses berner par ce numéro. Ce que tu fais m'est totalement égal. Mais moi, au moins, je ne prétends pas le contraire. Maintenant, dégage de mon banc.

Jennifer s'éloigne en frissonnant. Elle ne commence à se réchauffer qu'en arrivant dans le bureau de la proviseur.

Elle passe droit devant la secrétaire et entre sans frapper.

— Mrs Colby ? Je dois vous parler.

— Entre, Jennifer. J'espérais que tu passerais. Je t'avoue que j'envisage très sérieusement d'annuler le bal.

— Heu, quoi ? fait Jennifer, prise de court.

Mrs Colby hausse les sourcils.

— Désolée. J'ai vu des stickers « Votez Jennifer » partout et j'ai pensé…

— Ce n'est pas pour ça que je suis là.

— Donc, tu n'as rien contre tout ça ?

Avec un sourire timide, Jennifer rejette ses cheveux dans son dos pour révéler son sticker.

— Non, ça me va. Je trouve ça chouette. C'est sympa que les gens fassent ça pour moi. J'ai toujours été « la moche ». C'est assez dingue de se dire que je pourrais devenir « la reine de la rentrée ». (Jennifer n'en revient toujours pas.) Alors, s'il vous plaît, n'annulez pas le bal pour moi. Tout le monde me détesterait. Ils m'en voudraient !

Rien qu'à cette idée, les larmes lui montent aux yeux.

— Très bien, entendu, dit Mrs Colby, un peu surprise. J'ai dû mal juger la situation. Alors de quoi voulais-tu me parler ?

Jennifer lisse son sticker, dont les bords commencent à se décoller.

— De Sarah Singer. Il ne faut pas la laisser faire.

CHAPITRE 25

Margo hésite derrière sa chaise, projetant son ombre sur la table de la cafétéria. Elle déteste cette impression de devoir attendre que ses amies l'y invitent pour s'asseoir avec elles. Comme si sa place était désormais réservée à Jennifer.

Rachel et Dana gardent le nez sur leurs pots de yaourt. Elles décollent les couvercles et, d'un même geste, sans un mot, font tourner leurs cuillers en plastique dans l'épaisse texture crémeuse, qui se teinte peu à peu de rose.

Margo pose son plateau et s'installe. Elle songe d'abord à les ignorer en guise de représailles, mais elle est trop en colère pour se taire.

— Jennifer déjeune avec nous, ce midi ?

— Soit elle est au CDI, soit elle n'a pas fini de parler à la proviseur, répond Dana.

— À propos de quoi ?

— Qu'est-ce que ça peut te faire ? rétorque Rachel, qui se décide enfin à la regarder. À moins que ça t'inquiète.

Les garçons arrivent. Matthew, Justin et Ted posent bruyamment leurs plateaux à l'autre bout de la table.

Margo plisse les yeux.

— Pourquoi ça m'inquiéterait ? réplique-t-elle en chuchotant.

Dana se penche vers elle et répond sur le même ton :

— Les gens commencent à se demander si ce n'est pas toi qui aurais rédigé la liste. Et maintenant, tu fais la gueule parce que ça te retombe dessus. Parce que Jennifer pourrait devenir reine à ta place.

— Vous êtes sérieuses, là ?

Margo doit faire un effort pour ne pas hausser la voix. Pas la peine que les garçons, en particulier Matthew, entendent cette conversation.

— C'est ce que raconte Jennifer ? Que c'est moi qui ai rédigé la liste ?

— Non, dit Dana. C'est ce que certains pensent.

« Certains ». Margo se demande combien de gens ça fait. Matthew en fait-il partie ? Elle n'a jamais eu besoin de se préoccuper de ce qui se disait sur elle, parce que ça n'a toujours été que du positif, des compliments.

— Et pour ton information, Jennifer n'a fait aucune remarque vache sur toi.

Rachel échange un coup d'œil avec Dana avant d'ajouter :

— En fait, elle croit même que tu nous aides sur le dossier « Votez Jennifer ». Et... que tu l'as invitée à ta fête de demain.

— Non, non et non, fait Margo en secouant la tête.

— Je ne te comprends pas, déclare Rachel. Je croyais que tu te fichais d'être élue reine de la rentrée. Je croyais que ça n'avait aucune importance.

— Absolument, je me fiche d'être élue reine, confirme Margo un ton plus haut, pour que Matthew l'entende.

Même si, quelque part, elle ne s'en fiche pas totalement, elle se sent obligée de le cacher comme un vilain secret. Elle ne peut pas renoncer entièrement au rêve qu'elle a conçu à la seconde où la liste est parue : être la reine de la rentrée avec Matthew comme roi. Ils danseraient ensemble et il la verrait enfin comme elle l'espérait : comme la fille avec qui il voulait être.

Dana penche la tête sur le côté.

— Dans ce cas, pourquoi tu t'obstines à saboter les chances de Jennifer ?

— Je ne veux rien saboter du tout. Je trouve ça gênant de vous voir pratiquement supplier les gens de voter pour elle. Vous trouvez ça normal de présenter le titre de reine de la rentrée comme un honneur accordé à Jennifer grâce à votre grande générosité ?

— D'abord, la coupe Rachel, on ne supplie personne. On fait campagne pour compenser le fait qu'on lui a répété pendant quatre ans qu'elle est la plus moche. Tu ne trouves pas qu'elle mérite de se sentir belle au moins un soir ? Après tout ce qu'elle a subi ?

Margo choisit soigneusement ses mots.

— Je comprends que vous voulez bien faire, mais soyons honnêtes. Il n'y a pas une personne qui voterait pour Jennifer en étant sincère. C'est soit une grosse blague, soit un moyen de se dédouaner de lui avoir craché dessus toutes ces années.

Dana rit.

— Comme toi, tu veux dire ?

Margo est sidérée du tour que prend la conversation.

— Autrement dit, je n'ai pas le droit de choisir mes amies ?

— Bien sûr que si. Mais tout le monde connaît tes raisons, Margo.

Margo boit une grande gorgée de lait. Il est tiède et a pris l'odeur du carton d'emballage, mais elle persiste. Quand elle a tout bu, elle dit :

— Bon. Je ne vais pas mentir en prétendant que son physique n'y était pour rien. Ça a joué.

Elle laisse cette affirmation flotter dans l'air quelques secondes, pour leur laisser le temps de se rappeler qu'elles lui ont largement mis la pression pour la pousser à laisser tomber Jennifer. Mais elles préfèrent peut-être oublier le rôle qu'elles ont joué à l'époque. À moins que leur plan ait justement pour but de les déculpabiliser.

— Mais il n'y avait pas que ça, reprend-elle.

Margo inspire à fond et tâche de s'éclaircir l'esprit, soudain brouillé par un chaos de pensées et de sentiments qui remontent à la surface.

— Jennifer... me donnait une mauvaise image de moi.

Elle se prépare à la réaction de ses amies, parce qu'elle sait que ça a l'air absurde. Comment Jennifer aurait-elle pu avoir du pouvoir sur elle ? C'est elle-même qui a rompu, qui a choisi de mettre fin à leur amitié. C'est elle qui est partie.

Dana lui tapote l'épaule.

— On sait. Et là, tu as une chance de te faire pardonner. De te rattraper.

Margo fronce les sourcils.

Les filles n'ont pas bien entendu.

Ou bien elle s'est mal exprimée.

Elle voulait dire que cette mauvaise image était là avant la rupture avec Jennifer. Pas après. En fait, du temps de leur amitié, Margo se percevait d'une manière totalement différente. Comme quelqu'un qui manquait d'assurance. Quelqu'un de maladroit, de nerveux. Tout ça a disparu quand elle a arrêté de voir Jennifer.

— Qu'est-ce qui va se passer après le bal, hein ? Vous allez continuer à la voir ? À l'inviter à des fêtes ?

Margo connaît déjà la réponse. Elles laisseront tomber Jennifer. Et franchement, elle a hâte que ce moment arrive. Que le bal et toute cette histoire soient terminés.

— Si ça se trouve, c'est vous qui avez rédigé la liste. Et maintenant, vous vous en voulez.

— Tu le crois vraiment ? demande Rachel avec le plus grand sérieux.

— Et vous, vous croyez vraiment que c'est moi ? réplique Margo tout aussi sérieusement.

— On sait que tu es quelqu'un de bien, Margo, s'interpose Dana. C'est pour ça que tu devrais nous écouter.

— Dans cette affaire, c'est toi qui risques de passer pour une vraie garce, enchaîne Rachel. Nous, tout ce qu'on veut, c'est te protéger.

Rachel donne un petit coup de menton en direction de Matthew à l'autre bout de la table. Les garçons ont tous la tête baissée, mais Margo sait très bien qu'ils écoutent.

— Ne laisse pas ton orgueil foutre en l'air ton image.

— Allez, Margo. Laisse Jennifer venir à ta fête.

Margo ne manque pas d'arguments à leur opposer, mais elle en a assez de tout ça. Et à moins d'annuler carrément la fête, elle n'a pas vraiment le choix : Jennifer sera là. Elle ne raterait pas une occasion pareille.

CHAPITRE 26

Sarah lève les bras et se cambre en s'étirant au maximum. Pas parce qu'elle est courbatue ni fatiguée. Elle bâille par pure réaction, avant tout pour rompre le silence du bureau de Mrs Colby. Et aussi parce qu'elle sait que son haleine est au moins aussi fétide que son odeur corporelle.

Elle peut presque visualiser les miasmes qui se dégagent de sous ses aisselles et de sa bouche ouverte pour aller flotter au-dessus de la table bien rangée de la proviseur.

Celle-ci porte sa tasse de thé devant sa bouche et hume la vapeur en buvant une gorgée. Sarah se mord la lèvre pour ne pas rire. C'est trop drôle d'observer l'air dégagé de Mrs Colby, qui ne peut pourtant pas ignorer l'infection ; Sarah empeste autant que le ginkgo biloba d'ici quelques semaines. La proviseur ne repose même pas sa tasse, et déclare en la gardant sous ses narines :

— On a reçu des plaintes, Sarah.

Sans blague. Toute la journée, Sarah a participé en cours comme jamais. Elle s'est proposée pour répondre à toutes les questions, levant chaque fois son bras vers le plafond et diffusant ses effluves dans la classe. Les profs ont vite pigé son manège et se sont évertués à ne pas la voir. Loin de la dissuader, ça n'a fait que l'encourager. Elle se fichait bien d'être interrogée ou pas.

Sarah ne répond pas tout de suite. Elle prend un air méditatif tout en se grattant la joue avec un ongle sale, incrusté de peau morte.

— Je ne suis pas sûre de voir de quoi vous parlez, Mrs Colby.

Le ton arrogant vient s'ajouter à l'aigreur de son haleine.

Dire qu'elle a failli renoncer ce matin dans un moment de faiblesse.

Quand Sarah s'est assise devant son bol de céréales au petit-déjeuner, sa mère lui a proposé cent dollars pour qu'elle se douche, et cinquante pour qu'elle change de vêtements. Pour justifier son comportement, Sarah a prétexté un projet scientifique, ce qui n'est pas entièrement faux ; et elle s'en est tenue à cette version. (« Tu veux vraiment que j'aie une sale note, maman ? ») Baissant le nez dans son verre en riant sous cape, elle a bu une grande gorgée de jus d'orange. Il n'avait pas de goût. Tout juste si elle a senti la différence avec de l'eau.

Dans la salle de bains, Sarah a ouvert la bouche et tiré la langue devant le miroir ; elle était couverte d'un épais film moussu.

Une sorte de mousse végétale dense, du genre de celle qui recouvre les rochers de Mount Washington. Si ce n'est que celle-ci était d'une teinte gris pâle un peu cadavérique.

Sa brosse à dents était là, sur le lavabo. Devant elle. Ça lui a fait encore plus envie que les cigarettes dont elle se privait depuis le début de la semaine. Les yeux fermés, elle a passé la langue sur ses dents couvertes d'une substance visqueuse, en rêvant au plaisir qu'elle aurait à les récurer au dentifrice bleu fluo à la menthe. Et au bain de bouche. Ça devrait brûler comme de l'acide tous ces granules qui crissaient sur ses dents et ses gencives, et elle n'aurait plus qu'à recracher cette espèce de sable mouillé dans la porcelaine blanche du lavabo. Au moins, ses muqueuses retrouveraient leur jolie teinte rose.

Elle a reculé et éteint la lumière. Elle ne pouvait pas laisser tomber. Pas maintenant, si près du but.

Mais avant de sortir de la salle de bains, Sarah s'est emparée du fil dentaire dans l'armoire à pharmacie. Elle a arraché quelque centimètres de ficelle blanche cirée et a raclé sa langue sur toute sa longueur, ratissant la pellicule qui la recouvrait comme elle aurait pelleté de la neige sur un trottoir. Cette initiative n'a rien arrangé. Au contraire. Sans cette barrière protectrice, elle ne pouvait plus ignorer le mauvais goût qu'elle avait dans la bouche.

Sarah aimerait bien que la proviseur en finisse. Elle voudrait retourner en cours. Elle est en train de manquer une séance de révision de biologie, et s'apprête à le dire quand quelqu'un frappe à la porte.

Sarah se retourne sur sa chaise. Milo se tient sur le seuil, l'air nerveux. Leurs regards se croisent et elle lit de la déception sur son visage. Son cou commence déjà à se marbrer de plaques rouges.

— Vous vouliez me voir, Mrs Colby ? demande-t-il faiblement.

— Assieds-toi, Milo.

Sarah sait qu'elle a la bouche ouverte, et ne prend pas la peine de la refermer. Pourquoi Milo a-t-il été convoqué chez la proviseur ? Il n'est pas impliqué dans ses plans. Il n'est même pas son complice. Elle est à cent pour cent responsable de sa rébellion, et elle aimerait bien qu'on lui en accorde le crédit, s'il vous plaît. Mrs Colby s'éclaircit la voix.

— Sarah, je ne vais pas y aller par quatre chemins. Pourquoi fais-tu cela ?

Sarah penche la tête sur le côté.

— Ça quoi ?

— Je suis inquiète, Sarah. Je suis inquiète pour toi.

Elle lui adresse un regard implorant.

— Ce n'est pas sain. Tu t'exposes à des infections, sans parler du fait que tu dois te sentir mal dans ces vêtements.

C'est sûr. Mais la question n'est pas là. Elle leur décoche un sourire de commande.

— Milo, s'il te plaît, reprend la proviseur. Je sais que tu te soucies de Sarah. Je vous vois ensemble tous les jours. Ne me dis pas que ça ne te fait rien qu'elle se torture comme ça ?

Milo se tourne vers Sarah d'un air triste et ouvre la bouche comme pour parler. Comme s'il allait réellement la supplier d'arrêter. Sarah le fixe durement, de toutes ses forces. D'un regard qui lui dit : « Je t'interdis de faire ça. »

Mrs Colby se carre dans son fauteuil. La situation n'a pas l'air de l'amuser.

— Je vais vous poser une question très simple, à tous les deux.

Ses yeux font l'aller-retour de Sarah à Milo.

— Êtes-vous en train de mijoter je ne sais quel coup d'éclat pour le bal de la rentrée ? Je sais que vous avez pris vos tickets.

— Non, je jure que non, assure aussitôt Milo avec emphase.

Sarah secoue la tête à son tour.

— Bien sûr que non, dit-elle, d'un ton qui lui paraît peu convaincant.

— J'espère pour vous que c'est vrai. Je tiens à ce que les choses soient très claires : si vous causez la moindre perturbation, vous en subirez les conséquences. Je n'hésiterai pas à vous renvoyer temporairement.

Milo a l'air sur le point de mouiller son pantalon, mais Sarah lâche un petit sourire. Avec son sens de l'humour décalé, elle trouve assez comique que la proviseur se donne tout ce mal pour protéger les traditions de la rentrée.

Elle n'a pas déployé autant d'efforts pour chercher à découvrir l'auteur de la liste. Pour arracher le mal à la racine, comme elle a promis de le faire lundi dernier. En revanche, il suffit que Sarah oublie de se doucher deux fois – bon d'accord, cinq – pour qu'elle la menace de renvoi ?

Mrs Colby met fin à l'entretien. Sarah suit Milo dans le couloir.

— Elle ne peut pas faire ça. Elle ne peut pas me virer juste parce que je ne me suis pas lavée.

En relevant les yeux, elle s'aperçoit qu'il a déjà parcouru la moitié du couloir.

— Milo ! Attends !

— Je dois aller en cours, réplique-t-il sans s'arrêter.

— Pourquoi t'es aussi énervé ?

— Parce que je viens de me faire convoquer dans le bureau de la proviseur. C'est la première fois que ça m'arrive.

Sarah grogne.

— Tu parles d'une affaire…

— Pour moi, oui. Et je sais pas si je veux encore aller au bal avec toi.

Même si elle ne tenait pas particulièrement à ce qu'il vienne au départ, ça la met en pétard qu'il décide tout à coup de la lâcher.

— Pourquoi ? Parce que je ne viendrai pas dans une jolie robe ? Parce que tu as honte qu'on te voie avec moi ? Parce que je ne veux pas de fleurs comme Annie ?

Il croise les bras sur sa poitrine, dans cette posture défensive qu'il avait le jour de son arrivée.

— Qu'est-ce qu'Annie vient faire là-dedans ?

— J'ai de la peine pour toi. Tu avais une petite amie superbe là où tu habitais avant, et tu te retrouves à glander avec moi. Moi aussi, à ta place, ça me déprimerait.

— Je ne comprends pas pourquoi tu réagis comme ça.

— Tu te rappelles, lundi, quand tu as dit : « ces pseudo-jolies filles, ce sont elles les plus moches » ? Tu ne peux pas croire ça en ayant eu une petite amie comme Annie.

— Même si elle était jolie, ce n'est pas seulement pour ça qu'elle me plaisait.

— Oh, c'était ton âme sœur, tu veux dire ?

— La ferme, Sarah. C'était quelqu'un de chouette. Je ne peux pas en dire autant de la façon dont tu me traites ces derniers jours. Je ne vais pas me faire virer juste parce que tu as des motifs de te plaindre. Je ne voulais pas aller au bal, en plus. Je déteste danser.

— C'est moi qui déteste danser, rétorque Sarah en haussant la voix.

— Mais alors, bon sang, pourquoi on y va ?

Il ne crie pas vraiment, mais elle ne l'avait jamais entendu parler avec un tel volume sonore. Sa voix chevrote, poussée au maximum. Il penche la tête en arrière dans une attitude désespérée.

— Je trouve toute cette histoire ridicule.

— Je me fous de ce que tu penses.

— Je sais. C'est comme ça que ça marche entre nous, non ? C'est toi qui prends toutes les décisions et qui émets toutes les opinions. Mais je te le dis quand même : c'est ri-di-cule.

— Parce que tu crois que je m'amuse ?

Elle saisit une mèche de cheveux gras et la laisse retomber.

— Tu crois que c'est agréable, Milo ?

— Pas franchement ! Surtout si on se base sur ton odeur.

Sarah fait un pas en arrière et sent ses jambes se dérober. Quelque part, elle sait qu'elle a voulu le mettre à l'épreuve. Pour être sûre, avant de craquer vraiment pour lui. Elle le comprend maintenant, à l'instant où il échoue. Lamentablement.

Elle reprend rapidement ses esprits.

— Va te faire voir, Milo. Tu sais quoi ? Te fatigue pas à venir au bal avec moi. Pour ce que j'en ai à battre !

Elle ne sait pas s'il l'a entendue. Il a déjà filé, le long du couloir, derrière le tournant. Il est parti.

Si elle veut y arriver, elle doit s'empêcher de penser à Milo, à la proviseur, à tout le monde. Elle va juste devoir se frayer son chemin. Et ça, Sarah sait faire.

CHAPITRE 27

Abby a traité la question de sa feuille de notes de biologie comme elle traite toujours ses problèmes : en faisant l'autruche jusqu'à la dernière minute. C'est pourquoi elle se retrouve assise dans les toilettes des filles après les cours, à attendre que le silence s'installe dans les couloirs.

C'est sa faute, elle est idiote. Elle aurait dû montrer la feuille à ses parents hier soir et implorer leur clémence. Mais Fern était tout le temps dans les parages et Abby aurait eu trop honte d'avouer devant sa sœur : d'abord, à quel point le bal comptait pour elle, et ensuite, qu'elle n'avait pas la moyenne. Connaissant Fern, elle s'en serait mêlée, elle aurait parlé de la liste à ses parents et ils l'auraient sermonnée sur son sens déplorable des priorités et sur l'absurdité de s'enorgueillir de cette histoire de liste.

Mais il n'y avait pas que ça. Abby avait peur. Peur d'avoir des ennuis, peur d'être punie, peur des regards déçus que ses parents ne manqueraient pas de lui lancer.

Et c'est encore par peur de décevoir qu'elle évite Lisa. Elles avaient rendez-vous à la voiture de Bridget après les cours pour aller regarder les robes au centre commercial. Au lieu de quoi Abby se terre dans les toilettes en espérant que Bridget perdra patience, et qu'elle décidera Lisa à partir sans elle. Lisa sera furieuse, mais Abby n'a pas le cœur d'aller s'acheter sa robe parfaite sans avoir la certitude de pouvoir aller au bal. Ce serait trop horrible de la laisser dans son armoire ou, pire, de devoir la rapporter au magasin. Elle préfère encore ne pas l'acheter.

Abby entend la porte des toilettes s'ouvrir et décolle ses pieds du sol.

Quelqu'un entre dans le cabinet d'à côté. Après quelques secondes de silence, Abby entend une toux sèche, suivie de haut-le-cœur étouffés. La personne ne vomit pas, mais Abby se demande si elle n'est pas en train de s'étouffer.

— Hé, dit Abby en descendant de son perchoir. Ça va ?

Les bruits cessent.

— Abby ?

Abby sort du cabinet. La porte d'à côté s'ouvre et la tête de Bridget apparaît, toute pâle.

— Oh là là, dit Bridget d'un ton léger, c'est super gênant !

— Tu veux que j'aille chercher l'infirmière ?

— Non, ça va, répond Bridget en repoussant les cheveux de son visage. J'ai mangé un truc qui ne m'a pas réussi. Je devrais peut-être rentrer me coucher, mais

Lisa a tellement hâte qu'on aille faire du shopping... et on n'a plus beaucoup de temps. Je ne vais pas la laisser tomber.

Une fois de plus, Abby compare Bridget à Fern, et ce n'est pas à l'avantage de sa sœur.

Bridget va se laver les mains.

— Tu viens toujours avec nous ? J'espère que je ne t'ai pas fait peur. Je t'assure que ce n'est pas contagieux. S'il te plaît, n'en parle pas à Lisa. Je ne veux pas qu'elle s'inquiète. S'il te plaît.

Il y a un truc qui cloche. C'est peut-être la vitesse d'élocution de Bridget. Ou le fait qu'elle lui demande de cacher quelque chose à Lisa. Mais Abby lui sourit.

— Pas de problème, je ne dirai rien.
— Merci. T'es la meilleure.

Bridget prend une serviette au distributeur et Abby remarque que sa main tremble.

En sortant, Abby va retrouver Lisa, assise sur le capot de la voiture de sa sœur.

— Salut ! Où t'étais passée ?
— J'étais aux toilettes. J'ai vu ta sœur... dans le couloir. Elle sera là dans deux minutes.

Ça lui fait bizarre de mentir à Lisa, mais elle a promis à Bridget.

— Bon... OK.

D'une main, Lisa l'aide à s'asseoir sur le capot.

— Écoute l'idée géniale que je viens d'avoir ! dit-elle. Je pense qu'on devrait toutes les deux acheter une robe de bal plus une autre tenue chouette à mettre à la fête d'Andrew.

— Ouais.

— Enfin, sauf si tu veux garder ta robe toute la soirée. Mais on serait plus à l'aise en jean.

Lisa se mord la lèvre.

— Pourvu que Candace et sa bande de secondes ne se pointent pas, poursuit-elle. Je les vois d'ici jouer les salopes avec nous par trouille qu'on leur pique leurs mecs. En plus, il paraît que Candace est prête à tuer toutes les jolies filles de la liste tellement elle est jalouse !

— Oh...

Lisa claque des doigts sous le nez d'Abby.

— Hé, je blaguais !

Abby inspire à fond.

— Écoute, je ne peux pas aller faire du shopping avec vous.

— Quoi ? Mais pourquoi ?

Abby triture la fermeture éclair de son sac de cours.

— Allez, tu peux me dire. Je suis ton amie.

Abby ouvre son sac et tend à Lisa le rectangle de carton bleu. Lisa ne le reconnaît pas tout de suite, et sourit comme s'il s'agissait d'un de ces petits mots qu'elles s'échangent. Abby se rend compte alors qu'elle n'a jamais dû recevoir de feuille de notes.

— Je dois faire signer ça pour demain, lui explique-t-elle. Mes parents vont me tuer.

Lisa reste bouche bée.

— Mince ! Bon, OK, tu vas sûrement te faire engueuler. Tu ne pourras peut-être pas venir au match ou à la fête d'Andrew. Mais tes parents sont forcés de te laisser aller au bal !

— Sauf qu'ils ne voudront jamais ! Ils s'en fichent, du bal. Pour eux, il n'y a que les notes qui comptent. Et ils m'ont prévenue avant la rentrée que je n'avais plus droit à aucune feuille de notes.

— Abby, je ne veux pas aller au bal sans toi !

Abby ne le veut pas non plus. Toutes sortes de pensées tourbillonnent dans sa tête.

— Je pourrais… je pourrais le signer moi-même. À la place de ma mère.

— Génial ! Mr Timmet ne se rendrait compte de rien ! Comment il pourrait faire la différence ?

Il ne pourrait pas.

— Et ensuite, je travaille à mort pendant tout le semestre, précise Abby. Je pourrais même demander à Fern de m'aider.

Sans blague ; elle est vraiment décidée.

— Ouais, super plan, l'exhorte Lisa. Au point où tu en es, qu'est-ce que tu as à perdre ?

C'est cool d'avoir une amie qui tient absolument à ce qu'elle aille au bal, presque autant qu'elle le veut elle-même. Lisa n'est pas du tout jalouse qu'elle soit la plus jolie troisième. Elle voit ça comme un truc chouette, et elle est fière pour elle.

Abby prend l'un des stylos de Lisa, parce que les siens sont tous roses ou mauves. Après s'être entraînée à faire une signature qui ne ressemble pas à la sienne, elle signe du nom de sa mère sur la ligne de pointillés avec une petite boucle.

— Je me sens déjà mieux! déclare-t-elle.

— Moi aussi, dit Lisa en lui frottant le dos. Tu veux qu'on aille la déposer maintenant sur le bureau de Mr Timmet? Il doit être parti. Comme ça, tu n'auras plus à y penser, et on pourra aller faire notre shopping tranquilles!

— Génial.

Elles entrent en courant dans le bâtiment, où leurs pas et leurs rires résonnent dans les couloirs vides. Abby se sent infiniment plus légère; mais elle est résolue à faire le nécessaire pour s'en sortir en biologie. Le signal d'alarme a fonctionné.

La porte de la salle de biologie est ouverte. Les filles entrent en pensant la trouver vide. Mais Mr Timmet est encore là, en train de mettre son manteau.

Et, près de la fenêtre, Fern, assise sur un bureau, balance ses jambes dans le vide. Abby remarque aussitôt qu'elle a copié sa coiffure du début de la semaine, avec un chignon et une tresse ramenée autour du front. Le résultat est maladroit, plein de bosses et d'irrégularités, mais Fern a clairement essayé de l'imiter.

— Je… heu… bredouille Abby.

Mr Timmet lui fait signe d'entrer.

— Tu as failli me rater, Abby.

Puis il remarque la fiche bleue qu'elle tient à la main.

— Tu as fait signer ta feuille ?

Abby doit faire un effort pour déglutir. Elle hoche la tête sous le regard fixe de sa sœur.

— Parfait. Je ne tenais pas à devoir appeler tes parents. Et j'espère que tu n'as pas été punie comme tu le craignais.

Il s'approche pour lui prendre la fiche des mains et se retourne vers Fern pour lui dire :

— Je dois y aller. Incroyable, on a parlé pendant une demi-heure. Mais merci pour l'article. J'ai hâte de le lire.

Abby regarde Mr Timmet glisser le numéro de *Popular Science* de son père dans son cartable.

Fern se lève et se dirige vers la porte en hochant la tête et en souriant.

— Tant mieux. Heu, c'est… chouette.

Abby sort de la salle à reculons, maladroitement. Lisa l'attend le dos collé à un casier, pétrifiée.

Abby lui indique par gestes qu'elle l'appellera plus tard. Lisa articule en silence le mot « désolée » avant de disparaître dans un escalier.

Après avoir dit au revoir au prof, Fern rejoint sa sœur dans le couloir. Elle passe devant elle en disant :

— Tu n'as pas la moyenne en biologie, Abby ? On n'en est qu'à la quatrième semaine de cours.

— Tais-toi, Fern, dit Abby en la suivant d'un pas traînant.

— Qui a signé ta feuille de notes ?

— Maman, répond Abby en tâchant de ne pas se démonter.

Fern éclate de rire, et Abby est ébranlée. Puis, en poussant la lourde porte d'entrée, sa sœur lui lance :

— Ah ouais ? On va lui demander !

Mrs Warner les attend déjà dans sa voiture devant le lycée. Elle leur fait signe. Un peu plus loin, la voiture de Bridget s'éloigne en direction du centre commercial.

— S'il te plaît, ne le dis pas à maman, implore Abby.

— Et pourquoi ?

— Parce qu'ils ne me laisseraient pas aller au bal.

Abby essuie une larme avec sa manche. Elle sait que Fern va la mépriser de pleurer juste à cause d'une fête. Mais elle a peut-être une chance de l'apitoyer.

— Évidemment que je vais le dire. De toute façon, si tu coules, ils finiront par le découvrir.

— S'il te plaît, Fern ! Tu ne peux pas me rendre un service ? Allez !

Elle la supplie. Sans honte, elle implore la pitié de sa sœur.

— S'il te plaît. Je ne te demande jamais rien.

— Pourquoi je devrais mentir pour toi ?

— Parce que tu es ma sœur. Les sœurs ne se font pas ça entre elles.

Abby tremble tellement qu'elle a du mal à parler.

D'un geste brusque, Fern ôte l'élastique qui retient ses cheveux et défait sa tresse.

— Personne n'arrive à croire qu'on soit de la même famille. Et surtout pas moi.

CHAPITRE 28

Pendant le cours d'histoire en dernière heure, une secrétaire frappe à la porte de la classe pour remettre une note au professeur. Après l'avoir lue, celui-ci vient la déposer sur la table de Lauren.

Mrs Colby veut la voir tout de suite après les cours.

Lauren regarde le professeur d'un air interrogateur, mais il se contente de hausser les épaules d'un air indifférent. Ça doit encore être à propos de la liste. Ses amies lui ont dit que la proviseur était sur le sentier de la guerre pour en découvrir l'auteur. Est-ce qu'elle la soupçonnerait ?

Lauren envisage de se défiler, en prétendant ne jamais avoir reçu la note. D'ailleurs, sa mère va l'attendre à la sortie. Mais elle ne peut pas poser un lapin à la proviseur, au risque de paraître davantage coupable. Ou que Mrs Colby appelle chez elle. Elle n'a pas le choix. Alors, à la fin de l'heure, elle dit au revoir à ses copines et se rend à contrecœur au bureau de la proviseur.

Dans le couloir, elle tombe sur sa mère assise sur un banc. Mrs Finn porte le même chemisier crème et la même jupe en laine que lundi pour son entretien d'embauche.

— Maman ? Qu'est-ce que tu fais là ? Tu ne devrais pas être à ton travail ?

Soudain, Lauren a un nœud dans la gorge. La proviseur a-t-elle l'intention de parler de la liste à sa mère ? Elle s'assoit à côté d'elle et décide rapidement que si c'est le cas, elle fera l'idiote. Elle soutiendra qu'elle n'est au courant de rien.

Mais Mrs Finn lui répond :

— Je suis partie plus tôt pour venir parler à Mrs Colby de ton professeur d'anglais.

Elle consulte sa montre et fronce les sourcils.

— Puisque tu n'as pas eu le temps de le faire.

D'un couloir proche leur parvient la voix légère de Mrs Colby qui dit gaiement « à demain » à quelqu'un, sans doute un professeur.

— C'est elle ? chuchote Mrs Finn.

Lauren fait signe que oui, les lèvres serrées.

— Elle a une voix… jeune !

La proviseur apparaît au bout du couloir, vêtue d'une robe en laine noire, avec des talons hauts et un sautoir de toutes petites perles noué au niveau de sa poitrine. Ses cheveux sont attachés bas sur sa nuque et sa frange est retenue par une paire de lunettes en écaille. Lauren sent sa mère se raidir.

— Bonjour ! lance Mrs Colby en pressant le pas

pour les rejoindre. Vous devez être la mère de Lauren. C'est un plaisir de…

— Bonjour, Miss Colby, l'interrompt sa mère.

Elle se lève en ignorant la main qu'on lui tend.

La proviseur rougit, clairement prise de court.

— Désolée de vous avoir fait attendre toutes les deux. La journée a été… bien remplie.

Sa mère emboîte le pas à Mrs Colby pour entrer dans son bureau. Lauren est à la traîne, la bouche sèche.

La proviseur s'assoit derrière son bureau et pose sur Lauren un regard un peu inquiet.

— Donc, il s'agit du cours d'anglais, c'est bien cela ? Lauren, tu as des difficultés pour suivre ?

Les chaussures de sa mère. Voilà sur quoi Lauren va se concentrer. Elles sont plus vieilles qu'elle, et sans doute aussi que Mrs Colby, bien qu'elles aient l'air de n'avoir jamais été portées. En cuir beige avec des petits talons carrés.

Mrs Finn rit sèchement.

— Miss Colby, lorsqu'il est devenu évident que je ne pouvais pas continuer à être l'enseignante principale de Lauren, j'ai rencontré ses professeurs, à qui j'ai fourni des copies de mes plans de cours pour que tous soient informés de ce nous avions déjà abordé. Je suppose que vous les avez lus ?

— Je… il me semble les avoir vus, oui.

Mrs Finn soupire longuement.

— Alors, vous devez savoir que Lauren a déjà étudié presque tous les livres de la liste de lecture de seconde. Les cours ont commencé il y a bientôt quatre semaines et son professeur n'a fait aucun aménagement pour elle. Je pense que vous comprendrez à quel point c'est frustrant pour moi d'imaginer Lauren en train de s'ennuyer à mourir jour après jour.

Lauren se fait toute petite. C'est mot pour mot la phrase qu'elle a elle-même prononcée la veille, à la différence qu'elle sonne bien plus violente aujourd'hui. Elle voulait seulement remonter le moral de sa mère, qui semblait tendue quand elle est rentrée de sa séance de préparatifs du cortège des Braves. Elle avait passé un super après-midi avec les filles, à peindre des sommets enneigés sur leurs montagnes en carton, et elle avait perdu la notion du temps. Quand elle est arrivée chez elle, Mrs Finn avait déjà mangé sa part du dîner chinois qu'elle avait cuisiné. Elle a tenu compagnie à Lauren sans ouvrir la bouche pendant que celle-ci dînait à son tour. Jusqu'à ce que Lauren se plaigne de ce que son prof d'anglais était nul, surtout comparé à sa mère. Sur le coup, ça lui avait paru un compliment inoffensif.

La proviseur déplace quelques papiers sur son bureau. Lauren ne l'a jamais vue aussi agitée.

— Je ne sais pas quoi vous dire, Mrs Finn. Enfin... vous vous doutez bien que les professeurs ne peuvent pas modifier le programme dans le seul intérêt de Lauren.

— C'est tout à fait clair, dit Mrs Finn d'un ton de confirmation amère, comme s'il était entendu entre elles que c'était un gâchis absurde.

— Néanmoins, reprend la proviseur, je suggérerai au professeur de préparer une autre liste de lecture pour Lauren. Je sais que c'est une élève brillante, et la laisser gaspiller ses capacités irait à l'encontre de tous les principes qui m'ont amenée à travailler dans l'enseignement.

Lauren regarde sa mère en s'attendant à la voir soulagée, mais Mrs Finn se montre à peine satisfaite :

— Je suppose qu'on ne peut pas non plus en demander trop.

Sur quoi elle se lève, imitée avec un peu plus d'empressement par la proviseur, qui conclut :

— Au fait, Mrs Finn, je dois dire que Lauren a fait son petit effet au lycée.

Lauren la fixe plus intensément qu'elle n'a jamais fixé personne. « Ne faites pas ça, crie-t-elle en silence. S'il vous plaît, ne parlez pas de la liste à ma mère ! »

Mrs Colby semble comprendre et s'en sort en marmonnant :

— Je... Je la vois toujours entourée d'un groupe de filles. Elle a l'air de s'être fait beaucoup d'amies ici.

Lauren s'effondre intérieurement. C'est presque pire.

Mrs Finn a sorti ses tenues de bureau de leurs housses. Elle les essaie toutes, se dressant à chaque fois nerveusement sur la pointe des pieds pour se voir dans le miroir craquelé posé sur le bureau en chêne.

À plat ventre sur le lit de sa mère, les jambes repliées, Lauren l'observe.

Chaque article est propre et bien conservé, mais d'une coupe démodée qui trahit son âge. Il n'y a pas d'argent pour en acheter des neufs, pas encore. Et Lauren, qui s'est donné pour mission de remonter le moral de sa mère, ne lui fait que des compliments. Sur la manière dont la veste bleu marine fait ressortir le bleu de ses yeux. Sur le caractère indémodable d'une jupe à chevrons.

Tandis que Mrs Finn s'observe dans le miroir vêtue d'une énième tenue, Lauren prend son courage à deux mains et déclare :

— Il y a le bal de la rentrée samedi soir.

Elle s'arrête pour laisser à sa mère l'occasion de réagir, mais celle-ci est trop occupée à ôter une peluche sur son pantalon.

— J'aimerais bien y aller.

Une bonne minute de silence s'écoule avant que Mrs Finn ne réponde au miroir :

— On est un peu serrées côté budget, Lauren.

— Les tickets ne coûtent que dix dollars, et je les ai. Je n'aurais pas besoin d'une nouvelle robe ni rien. Je crois que la plupart des filles seront en jean.

C'est faux, bien sûr. Ses amies ne parlent que de leurs robes. Lauren sait qu'elle devra faire sans, et se contenter d'un jean et d'un joli chemisier. Sinon, il y a la robe noire qu'elle a portée à l'enterrement de son grand-père. Et elle a toujours la possibilité qu'une des filles lui prête quelque chose.

Mrs Finn hausse un sourcil.

— Et tu comptes y aller en groupe ? Avec les amies dont parlait Mrs Colby ?

— C'est juste des filles de ma classe. On va au match de football américain ensemble et après…

— Le match de football américain ?

Sa mère secoue la tête comme si elle n'arrivait plus à suivre.

— Tu ne m'as jamais parlé de ça, Lauren.

Sa fille inspire à fond. Elle s'efforce de rester patiente, mais pourquoi sa mère est-elle si cassante avec elle ? Elles n'avaient rien prévu ensemble ce soir-là.

— Oui. Un match de football et ensuite un bal. J'aimerais bien aller aux deux, s'il te plaît.

Le fait de demander la permission lui donne l'impression d'être une gamine, elle qui s'est toujours sentie adulte dans ses relations avec sa mère.

— On se retrouve chez une fille après le match, et on va au bal à pied toutes ensemble.

Sa mère s'assoit sur le lit.

— Ça ne te manque pas, notre vie d'avant ? Quand on n'était que toutes les deux ?

Lauren se raidit. À entendre sa mère, elle fait quelque chose de mal.

— Si, bien sûr. Mais j'essaie de m'intégrer.

— Tu dois faire attention, Lauren. Tu ne connais pas très bien ces filles.

— Elles sont sympas. C'est mes amies.

— Cette fête, qui est-ce qui l'organise ?

— Une fille qui s'appelle Candace Kincaid.

— Et si tu l'invitais à dîner demain soir, que je puisse la rencontrer ?

De toutes les filles, c'est Candace que sa mère veut rencontrer ? Ça ne marchera pas.

— M'man, s'il te plaît !

— Quoi, je dois te laisser décider de tout, maintenant que tu es au lycée ? réplique Mrs Finn en secouant la tête. J'ai le droit de savoir qui tu fréquentes.

Lauren se sert du téléphone du salon pendant que Mrs Finn prend sa douche. Elle a noté les numéros de ses amies au dos de la liste, et en appelle une pour lui demander celui de Candace. La fille semble un peu interloquée et cherche à savoir ce qu'elle veut en faire, mais Lauren parvient à l'obtenir sans fournir trop d'explications gênantes.

Lauren a de gros doutes sur la réponse de Candace. En fait, celle-ci ne l'a invitée à sa fête qu'à cause des autres, par politesse. Et si Candace ne vient pas dîner, la mère de Lauren risque fort de ne même pas la laisser aller au bal.

Cela dit, dans ce cas, les filles n'iraient plus à la fête de Candace.

Celle-ci paraît étonnée qu'elle l'appelle.

Lauren lui expose la situation. Et s'étonne de la rapidité avec laquelle Candace accepte.

Elle en est même plutôt effrayée.

CHAPITRE 29

Danielle s'apprête à sauter dans le bassin avec les autres nageuses de troisième quand Tracy, l'entraîneur, lui fait signe de la rejoindre dans son bureau.

— Tu as tes vêtements de sport avec toi ? lui demande-t-elle.

— Oui.

— Change-toi et va en salle de musculation, lui intime Tracy en ramassant des papiers.

— D'accord, répond Danielle, intriguée.

La salle de musculation du lycée se situe juste en face du gymnase. Ce sont deux anciennes salles de classe dont on a abattu la cloison. Les tableaux noirs ont été remplacés par des miroirs, et la salle a été équipée d'haltères, de bancs de musculation, de vélos d'entraînement et de tapis de course. Une vieille radio réglée en permanence sur une station de rock des années 70 fournit une bande-son à base de Led Zeppelin, de Pink Floyd et de Steve Miller Band.

Danielle entre dans la salle en pantalon de survêtement et débardeur blanc, passé sur sa brassière de sport rouge préférée. Elle est nerveuse, un peu parce qu'elle n'a jamais fait de musculation, mais surtout parce que l'équipe de natation du lycée est là presque au complet, garçons et filles mélangés, en train de bavarder. La pratique de la natation sépare les deux sexes et ces moments de mixité sont assez rares dans l'équipe. Mais leur complicité est palpable. Ils semblent tous proches les uns des autres. Comme des amis.

Danielle en connaît certains de nom, et deux ou trois la saluent d'un hochement de tête, avec l'air de savoir qui elle est.

Ici, personne ne la dévisage comme le font les autres dans les couloirs depuis la parution de la liste; on lui sourit et on la reconnaît comme une bonne nageuse.

— Bien, dit l'entraîneur en entrant avec une pile de feuilles. Aujourd'hui, les filles se concentrent sur les bras et les garçons sur les jambes. Formez des binômes et exécutez deux fois le circuit des haltères. Et pour ceux qui ne la connaissent pas, je vous présente Danielle.

Tracy sourit à Danielle, en clin d'œil à leur petit échange autour du bassin.

— Elle rejoint notre équipe de relais sur quatre cents mètres nage libre pour la rencontre de samedi.

Danielle ressent une poussée d'adrénaline. Elle va faire partie de l'équipe du lycée! C'est la première bonne nouvelle de la semaine, et elle la savoure.

Elle songe à demander la permission d'aller aux toilettes. Pas parce qu'elle en a besoin, mais pour essayer de trouver Andrew et lui annoncer la nouvelle. Mais avant qu'elle ait pu réagir, elle se retrouve en binôme avec une fille de terminale, une certaine Jane. Leur premier exercice est un développé couché.

— Tu veux commencer ? lui demande la fille.

— Non. Je… en fait, je ne l'ai jamais fait. Il vaut mieux que tu passes en premier.

Jane leste la barre de deux poids de 4,5 kg et s'allonge sur le banc.

— OK, Danielle. Place-toi derrière moi et pose les doigts sous la barre, sans appuyer. Je ne tiens pas à ce que ce truc m'écrabouille en tombant.

— Compris.

Jane abaisse la barre jusqu'à ce qu'elle repose presque sur sa poitrine, puis la remonte et la rabaisse huit fois. Au fur et à mesure de l'exercice, ses bras se mettent à trembler et elle devient écarlate. La huitième fois, Danielle doit l'aider à soulever la barre. Pas beaucoup, mais un peu.

Jane se redresse, légèrement essoufflée.

— Bon, à ton tour.

Danielle s'allonge sur le banc et prend une grande inspiration juste avant de soulever les poids. Son rythme cardiaque est déjà élevé, principalement à cause du stress. Elle pousse et décolle la barre de ses supports. C'est moins lourd qu'elle ne l'aurait cru. Puis, à sa propre surprise, elle la remonte huit fois sans trop de difficulté.

— Attends ! s'exclame Jane, l'air étonné. C'était

bien trop facile pour toi. Elle glisse un autre poids à chaque bout de la barre.

— Tu peux y aller.

Danielle obéit. C'est un peu plus dur que la première fois, mais ça reste faisable.

— Tracy! appelle Jane. Venez voir une minute. Danielle fait exploser ce banc!

L'entraîneur les rejoint, suivie de quelques filles de l'équipe. Jane leste la barre de poids supplémentaires. Danielle exécute huit nouveaux levers et les filles poussent des cris d'acclamation.

Quand Danielle regarde autour d'elle, elle voit que deux garçons se sont approchés pour suivre la scène. Ils lui lancent des coups d'œil admiratifs quoiqu'un peu réticents. Comme les garçons cet été au lac Clover, quand ils ont dû admettre la supériorité d'une fille.

De nouveaux poids sont ajoutés et Danielle doit vraiment forcer pour soulever la barre. Tracy a remplacé Jane et le reste de l'équipe s'est rassemblé pour l'encourager. Quand elle abaisse la barre juste avant le dernier lever, Danielle a l'impression que ses bras sont en caoutchouc. Mais les encouragements de ses nouveaux équipiers lui donnent un dernier sursaut d'énergie et elle remonte la barre de toutes ses forces avec un rugissement. Ses bras tremblent et elle lâche la barre, qui retombe violemment sur son support. Tout le monde pousse un cri.

Danielle s'assoit, prise d'un léger vertige. Des gouttes de sueur coulent le long de ses tempes. Et quand le petit groupe se sépare, elle voit quelques garçons de l'équipe de football américain qui traînent près de la porte.

Dont Andrew.

Chuck est mort de rire.

— Hé, mec, Dan the Man te fait ça, à toi aussi ?

Comme Andrew ne lui répond pas, Chuck se tourne vers les autres et ricane :

— Je parie qu'ils s'y prennent aussi comme ça pour les préliminaires. Elle soulève Andrew et elle le fait monter et descendre une paire de fois.

Andrew reste totalement immobile, le front barré de plis profonds. Il a l'air en colère. Mais elle ne sait pas s'il en veut à Chuck de dire des trucs aussi débiles, ou à elle de les avoir provoqués.

Chuck balance son poing sur le bras d'Andrew.

— Hé, encore heureux que Dan ne se mette pas au football américain, ou tu te retrouverais chez les juniors ! C'est sûr qu'elle te piquerait ta position d'ailier rapproché.

Danielle voudrait se lever et sortir, mais elle ne peut pas bouger. Elle n'arrive même pas à essuyer la sueur qui coule sur ses tempes et sous son menton.

— La ferme, dit Andrew.

Mais sa voix est noyée par les moqueries de ses copains.

— Sortez d'ici, messieurs, leur lance l'entraîneur. Vous distrayez les nageurs.

Et elle repousse la porte de la salle derrière eux.

Le cœur battant, les muscles tétanisés, Danielle regarde Andrew se retourner et partir.

CHAPITRE 30

— J'aurais dû prendre une salade, dit Lisa en fronçant les sourcils devant son assiette.

Bridget est assise en face d'elle dans la pizzeria du centre commercial. Bien qu'elle ait dû débarrasser les assiettes des clients précédents, elle a choisi une table près de la baie vitrée, pour détourner son attention de la nourriture en regardant dehors. Devant un kiosque, un homme fait voler des avions fabriqués avec des élastiques, et elle observe les passants qui font des embardées pour les éviter.

— Ne dis pas de bêtises, Lisa. Tu adores les pizzas de ce restau. Alors… mange et on y va.

Bridget plante sa fourchette dans une feuille de laitue flétrie de la salade qu'elle s'est sentie obligée de commander pour ne pas éveiller les soupçons. Elle a beau être affamée, cette salade lui coupe l'appétit.

C'était bien l'idée, non ? En fait, elle est en colère d'avoir laissé tomber sa détox. Si elle avait continué, elle n'aurait pas faim, et si elle n'avait pas faim, elle n'aurait pas dérapé comme elle l'a fait aujourd'hui.

Lisa secoue la tête.

— Je devrais arrêter de me goinfrer comme ça,

déclare-t-elle. Surtout que je ne fais pas de sport. Je vais finir par exploser.

Bridget pose sa fourchette et observe sa sœur d'un œil suspicieux.

— Qu'est-ce qui t'arrive, tout à coup ?

Elle se demande si Abby n'aurait pas vendu la mèche sur l'épisode des toilettes. Elle a essayé de vomir, mais elle n'a pas pu. Et il a fallu qu'elle se fasse surprendre à ce moment-là. Après s'être décidée à avaler deux brioches achetées au distributeur. Des brioches ! N'importe quoi ! Elle ne pouvait pas prendre des fruits secs ou une barre de céréales ?

Lisa hausse les épaules.

— Je ne sais pas. En tout cas, ça n'est pas du tout de la jalousie par rapport à Abby ni rien. Elle le mérite à fond. Mais l'an prochain, ce serait sympa que ce soit moi.

— C'est pas vrai, c'est ça qui t'inquiète ? répond Bridget. Tu as les gènes de papa. Il peut manger tout ce qu'il veut sans prendre un gramme. Alors que moi, je suis comme maman. De toute façon, ce n'est pas une pizza qui fera la différence.

— Tu n'en manges plus jamais, observe Lisa.

Bridget plante sa fourchette dans son assiette en polystyrène. En plus, elle n'aime pas cette pizzeria. C'est Lisa qui a insisté. Et maintenant, elle se plaint ?

— Donne, s'énerve-t-elle en prenant l'assiette de sa sœur.

Mange une bouchée.
Mange une grosse bouchée.
Elle arrêtera son numéro.

Au lieu de ça, elle prend des serviettes en papier.

— Si ça t'angoisse à ce point, fais ça.

Bridget plaque quelques serviettes à plat sur le fromage et appuie doucement avec ses doigts, qui deviennent orange vif.

— Ça te fait gagner, disons, cent calories. Sinon, tu peux enlever le fromage et ne manger que la pâte.

Joignant le geste à la parole, elle dépose le fromage en tas au bord de l'assiette.

— Mais le fromage, c'est ce qu'il y a de meilleur! geint Lisa.

En l'ignorant, Bridget prend une autre serviette pour essuyer la sauce.

— En plus, il n'y a pas pire pour la santé. C'est bourré de sucre.

Enfin, Bridget arrache la croûte.

— Laisse tomber la croûte, aussi. Ça ralentit le transit.

Sourcils froncés, Lisa reprend sa pizza disséquée, réduite à un bout de pain blanchâtre et détrempé.

— Je te remercie!

Bridget a les doigts tout poisseux. Son premier réflexe est de les lécher pour les nettoyer; mais elle les essuie sur une serviette avec tant de force que le papier se désagrège. Elle s'en veut d'avoir impliqué sa sœur dans son délire, et d'avoir massacré une pizza qui ne lui avait rien fait. Elle a hâte que ce stupide bal soit passé pour pouvoir redevenir quelqu'un de normal.

— Je t'en repaye une, d'accord ? Je voulais juste te montrer que c'était idiot.

— C'est bon, murmure Lisa. Je sais que tu voulais m'aider.

Elle mange le tas de fromage et déclare :

— On peut y aller, maintenant.

Bridget inspire à fond et se lève en ébouriffant les cheveux de sa sœur. Elle devrait s'expliquer, mais elle est surtout pressée de sortir de cette pizzeria.

Une demi-heure plus tard, dans le grand magasin, Bridget repère au premier coup d'œil la robe de bal de ses rêves. Rouge à bustier. Féminine, ravissante. En tournant autour du mannequin, elle s'aperçoit que le vêtement a été resserré par des épingles dans le dos. Aussitôt, elle revoit les brioches, imagine les épingles qui sautent sous la pression de son ventre et déchirent le tissu.

— Tu vas être trop belle là-dedans, lui dit sa sœur derrière elle, en passant les bras autour de ses épaules.

— Ouais, je sais pas.

— Essaie-la ! s'exclame Lisa en bondissant vers un autre portant.

Bridget trouve sa taille, la même que celle du bikini de cet été, et place la robe devant elle. Elle paraît trop ample, avec trop de tissu. On dirait un chapiteau rouge. Et malgré cela, elle n'est même pas sûre d'entrer dedans.

Dans la cabine d'essayage, elle se regarde dans le miroir, le front plissé. Elle a pu entrer dans la robe et remonter la fermeture éclair jusqu'en haut. Elle devrait être contente ; elle a perdu tout le poids repris après la plage. Et le rouge va bien avec ses cheveux bruns. Mais ses hanches saillent et cassent la silhouette. Son ventre aussi dessine un renflement, lui faisant comme une petite poche de kangourou devant. En plus, elle a de gros genoux.

— C'est horrible, ce qui arrive à Abby, dit sa sœur dans la cabine d'à côté. Dire qu'elle risque de ne pas pouvoir aller au bal, tout ça à cause de Fern !

— C'est nul, confirme Bridget au bout de quelques secondes.

Se voir dans la glace lui donne envie de pleurer.

Si seulement tu faisais une taille de moins…

Elle repense au bikini. À la façon dont elle en a fait un objectif, qu'il lui a fallu atteindre après l'avoir acheté.

Avec deux jours devant elle, si elle achetait la robe, est-ce qu'elle y arriverait ?

— Je peux voir ? demande Lisa.

— Je me suis déjà rhabillée. On se retrouve à la caisse.

Pendant que Lisa remet ses vêtements, Bridget fonce prendre la robe rouge une taille en dessous. Elle va se mettre à l'épreuve une dernière fois.

Vendredi

Vendredi

CHAPITRE 31

C'est une maladie, une maladie qui l'a entièrement contaminée. Il n'y a plus de différence entre la crasse et la peau de Sarah. Elles ont fusionné.

Quand son réveil sonne, elle garde les yeux fermés pour ne pas sentir le crissement de la saleté dans le pli de ses paupières.

Elle a dormi toute nue. Ou plutôt, elle n'a pas dormi. Elle est juste restée allongée, à lutter contre les démangeaisons.

Ses vêtements forment un tas poisseux par terre. Elle triche en mettant ses sous-vêtements à l'envers. Ça ne l'aide pas beaucoup. Elle doit faire appel à toute sa détermination pour enfiler le reste.

Pendant tout le trajet à vélo jusqu'au lycée, elle imagine une conversation entre Milo et Annie sur leur dispute d'hier dans le couloir. Annie lui conseillerait de prendre ses distances. Trouverait que Sarah a l'air d'être un peu dérangée. Milo dirait à Annie qu'elle lui manque. Qu'il est triste d'avoir dû déménager.

Comme pour confirmer ses pires craintes, il n'est pas sur leur banc.

Par chance, il gèle. Sa peau se contracte et s'engourdit sous l'effet du froid, jusqu'à devenir presque insensible, ce qui l'arrange. Elle s'assoit sur le banc et elle attend, figée dans sa crasse, jusqu'à ce que la deuxième sonnerie l'informe qu'elle est officiellement en retard.

Aucun signe de Milo.

Ce vendredi est radicalement l'inverse du lundi. Personne ne l'ignore ; impossible. Maintenant, tous ceux de sa classe la dévisagent avec horreur. Sarah s'affale à sa place. Des pieds de chaises grincent tandis que ses voisins essaient de s'écarter d'elle. Même ce geste ne peut pas l'atteindre à travers le blindage de sa crasse. Dessous, elle ne sent rien.

À chacun de ses pas, au moindre de ses mouvements, son odeur s'échappe, une odeur rance, acide, violente. Les garçons remontent leur col sur leur nez. Les filles collent leurs poignets parfumés sur leur visage.

C'est grandiose.

Si ce n'est que, visiblement, ils n'en attendaient pas moins d'elle. Ils ne se montrent ni choqués, ni impressionnés. Pour eux, ce n'est que la logique d'un destin qui s'accomplit.

CHAPITRE 32

Danielle se tient à la porte du bureau de la piscine, une main crispée sur son épaule.

— Tracy ? dit-elle en serrant les dents.

L'entraîneur fait pivoter son fauteuil à roulettes et prend un air inquiet.

— Danielle ? Il y a un problème ? Pourquoi tu n'es pas en maillot ?

— Je crois que je me suis fait mal à l'épaule hier à la musculation. J'ai dû trop pousser sur les levers.

Danielle sursaute en voyant Tracy s'approcher.

— Je… Je n'aurais pas dû essayer de frimer. Je me dis que je ferais mieux de ne pas nager aujourd'hui, vous savez, pour ne pas prendre de risques avant l'épreuve de demain.

Tracy appuie doucement le pouce dans le muscle de l'épaule de Danielle, qui étouffe un cri de douleur au moment opportun.

— C'est embêtant. Tu as besoin de t'entraîner avec ton équipe pour assimiler le timing d'ici demain. Et on n'a pas résolu ton problème de culbute.

Elle appuie sur deux autres points de son bras et Danielle fait la grimace quand elle le juge approprié.

— Je vais devoir prendre quelqu'un d'autre pour te remplacer.

— Je suis sûre que ça ira mieux demain. Je vous assure. Et je vais assister à l'entraînement d'aujourd'hui pour ne rien rater. Mais je ne voudrais pas me blesser. Un jour sans nage et ce sera passé, c'est certain.

Tracy continue à lui tâter l'épaule, mais ses gestes ont changé. Il s'agit moins d'établir un diagnostic que d'entretenir la comédie.

— Si tu estimes que tu en as besoin, je ne vais pas discuter avec toi. Mais je ne peux pas compter sur le fait que tu seras opérationnelle demain.

Danielle a mal en s'éloignant du bureau. Mais pas à l'épaule. Depuis ce matin, elle a un poids sur la poitrine. Elle ne peut pas nager aujourd'hui. Pas après tout le temps qu'elle a mis pour se coiffer ce matin. Pas quand elle a des projets pour après l'entraînement, où elle doit absolument paraître au top.

Elle s'assoit dans les gradins et regarde plonger les membres de l'équipe, ainsi que Hope, que Tracy vient de choisir pour la remplacer.

Deux heures plus tard, Danielle, assise dans les vestiaires, attend que Hope ait fini de se changer.

— Tu es sûre que tu veux aller manger une pizza ? lui demande son amie. Tu ne préfères pas rentrer chez toi reposer ton épaule ?

— Ce n'est pas une pizza qui va me faire mal à l'épaule, répond Danielle en repliant la serviette mouillée de Hope.

— Mais si Tracy te voit avec les gars ? Elle pourrait te virer de l'équipe du lycée.

Danielle remarque que Hope lui parle parfois plus comme une petite sœur que comme une amie. Elle en a aussi un peu l'apparence, avec ses pantalons de survêtement trop grands, ses tee-shirts informes et son sweat à capuche noué autour de la taille. En sortant de la douche, elle a attaché ses cheveux encore mouillés en chignon. Hope a vraiment de beaux cheveux, quand elle prend la peine de les sécher. Danielle se dit qu'elle devrait l'inciter à se coiffer. Mais elle ne veut pas faire attendre Andrew et ses copains. Et de toute façon, Hope, elle, n'a pas besoin de leur prouver quoi que ce soit.

— Que veux-tu qu'elle dise ? J'ai bien le droit de manger. Pas de quoi en faire un plat.

Elle ajoute, de crainte d'avoir été un peu sèche :

— C'est cool que tu viennes avec moi.

La présence de Hope est une idée d'Andrew.

Il ne l'a pas appelée depuis l'incident de la salle de muscu et n'a pas non plus répondu à ses textos. Il a dû avoir peur qu'elle soit en colère à cause de la manière dont il avait réagi.

Or elle ne cherchait pas à le joindre pour l'engueuler. Elle voulait lui annoncer qu'elle faisait partie de l'équipe du lycée. Bon, ça n'avait rien à voir avec le fait d'être jolie ou moche et elle n'allait pas tout à coup être reine du bal. Mais elle savait qu'Andrew et même ses crétins de copains avaient du respect pour ce genre de choses.

Et, plus que du respect, elle voulait qu'il retrouve un sentiment de fierté. Qu'il soit de nouveau fier d'elle, fier d'être avec elle.

Alors ce matin, elle s'est réveillée en avance pour avoir plus de temps pour se préparer. Elle a mis de l'après-shampooing, en se disant qu'elle devrait en utiliser plus souvent. Elle s'est maquillée et a remplacé sa brassière de sport habituelle par un soutien-gorge rembourré. Enfin, elle a mis la seule robe d'été qu'elle avait emportée au lac Clover, celle dont Andrew a dit une fois qu'elle rendait dingues les garçons de sa chambre. Comme elle est trop légère pour la saison, elle a ajouté un gilet et un legging.

Puis elle a attendu Andrew devant son casier avant le début des cours.

— Salut, a-t-il dit d'un air fatigué.

— Devine quoi, lui a-t-elle déclaré. J'ai une nouvelle à t'annoncer.

Elle a attendu qu'il la regarde. Il a fouillé dans son casier pour prendre ses livres, le visage caché derrière la porte.

Et tout à coup, elle ne s'est plus sentie qu'en position de demande vis-à-vis de lui, toute fierté envolée.

— Je me trompe, ou tes parents ne sont toujours pas rentrés ? Je me suis dit que je pourrais venir chez toi après les cours, comme l'autre jour.

Elle ne savait toujours pas trop quoi penser de ce qu'ils avaient fait mercredi, mais ça ne l'empêchait pas d'être prête à recommencer.

— En fait, je vais manger une pizza avec les potes après l'entraînement.

— Oh.

Ça l'a étonnée elle-même qu'un si petit son puisse contenir autant de désespoir.

— Où ça ? Chez Miméo ou au Tripoli ?

— Sans doute au Tripoli. Je ne suis pas sûr.

— J'adore le Tripoli. C'est la meilleure pizzeria de la ville.

Andrew a fermé son casier et elle a soudain eu l'impression de le dépasser d'une tête.

— C'est marrant, j'avais justement envie de pizza ce soir.

— Tu... Tu veux venir ?

— Tu as envie que je vienne ?

Il a haussé les épaules.

— En ce qui me concerne, tu peux manger ce que tu veux !

Ce n'était pas tout à fait l'invitation dont elle aurait rêvé ; mais elle savait que pour que ça marche entre eux, il fallait qu'elle arrive à s'entendre avec ses copains.

Il ne suffisait pas qu'Andrew la trouve jolie. Encore fallait-il que Chuck et les autres soient du même avis.

— Mais tu devrais peut-être inviter Hope, pour ne pas être la seule fille. Sinon, ça risque de te faire bizarre. Et comme ça, tu auras quelqu'un à qui parler.

— C'est pas ton boulot ? En tant que petit ami ?

Il l'a regardée de travers et elle a fait machine arrière. Elle ne voulait pas qu'il revienne sur l'invitation qu'elle avait déjà dû lui arracher.

— OK, je lui proposerai. On se retrouve à la sortie après l'entraînement.

Danielle et Hope attendent à l'entrée du parking depuis vingt minutes, tout en guettant la jeep de Tracy. Ne voyant toujours pas arriver Andrew et ses copains, Danielle se demande si leur entraînement s'est prolongé. Les deux filles vont voir au terrain de football.

Il est désert.

Hope soupire.

— Tu n'avais pas dit qu'Andrew… ?

— Il a dû oublier. Il est totalement focalisé sur le match de demain. Il ne parle plus que de ça.

Hope ne fait plus de commentaires pendant les cinq minutes que dure le trajet, mais Danielle lui en veut. Son amie faillit déjà à sa fonction : celle de lui rendre les choses moins embarrassantes.

Danielle profite d'un trou dans le flux de la circulation pour traverser en flèche. Elle sait que Hope l'a suivie. Une voiture klaxonne, mais elle continue, les yeux rivés sur la pizzeria Tripoli.

Les garçons sont là; Andrew, Chuck et un paquet d'autres. Leurs assiettes sont déjà bien entamées. Ils font du bruit, ils rigolent. Mais ils se taisent en voyant Danielle franchir la porte, Hope sur les talons.

Danielle va droit à leur table.

— Dan the Man! s'exclame Chuck.

— Mon nom, c'est Danielle.

Chuck regarde les autres en écarquillant les yeux.

— Oh, pardon, Danielle. Et ravi de te voir, mec!

Les garçons s'esclaffent, à part Andrew, qui fixe la table.

— Je croyais qu'on se retrouvait à la sortie du lycée, lui murmure-t-elle.

Il gratte le fromage collé sur son assiette en carton.

— C'est vrai, désolé. Les gars m'ont pratiquement traîné ici directement après l'entraînement. Ils avaient la dalle. Et l'entraîneur nous a lâchés en avance.

Les autres baissent le nez, et elle ne parvient pas à voir s'il ment ou pas. Au moment où elle s'aperçoit qu'aucun d'eux n'a bougé pour leur faire de la place, elle sent une main sur son épaule.

— Viens, dit Hope en la tirant en arrière. Je nous ai trouvé une table.

Danielle tremble. Elle n'a jamais été aussi humiliée. Mais à quoi pouvait-elle s'attendre? Elle a pratiquement forcé Andrew à l'inviter. Si seulement elle pouvait remonter le temps ! Maintenant, elle n'a plus de solution de repli. Il ne lui reste plus qu'à la jouer cool pour ne pas achever de se ridiculiser.

Danielle va au comptoir leur chercher une pizza et un Coca chacune. Quand elle s'assoit, les garçons ont repris leur conversation. Elle mâche le plus silencieusement possible pour entendre ce qu'ils disent.

— Ces filles peuvent dire ce qu'elles veulent, elles peuvent courir pour que je vote pour Jennifer Briggis, dit Chuck. C'est du délire. Une meuf qui a été nommée la plus moche de son année n'a pas le droit de gagner. Point final.

Danielle sent le regard de Chuck peser sur elle, mais elle ne peut pas se résoudre à le lui retourner.

— Et vous avez senti l'odeur de Sarah Singer ? Un vrai camion-poubelle. À croire que tous les thons du lycée sont de mèche pour fiche en l'air le bal !

Chuck finit son soda, écrase sa canette dans sa main et pousse l'aluminium froissé vers Andrew.

— Autre nouvelle pourrie, il paraît qu'Abby ne peut pas venir à ta fête, mec. Elle est privée de sortie.

Il y a des frottements de pieds sous la table et l'un des garçons manque s'étouffer de rire.

Danielle se raidit. Une fête chez Andrew ? Après le bal ? Pourquoi ne lui a-t-il rien dit ?

— Ta gueule, Chuck, siffle-t-il.

— Heu, ouais, grogne Chuck. Comme je disais, Abby est super sexy. Pas vrai, Andrew ?

Danielle n'arrive plus à respirer.

— N'importe quoi, réplique Andrew.

Chuck se lève et le pointe du doigt d'un air triomphal.

— Menteur! Tu m'as dit que t'étais super excité l'autre soir en pensant à elle!

Andrew lui balance une croûte de pizza à la figure. Les autres se mettent à brailler.

Hope se lève, si vite qu'elle renverse son Coca dans son assiette.

— On y va, dit-elle.

Danielle reste tétanisée par la honte.

— Allez, viens!

Hope la force à se lever.

— T'es qu'un connard, Andrew, dit-elle en poussant Danielle vers la porte.

Et elle l'entraîne à toute vitesse sur le trottoir. Mais Danielle ne veut pas partir; elle veut laisser à Andrew une chance de s'expliquer. Elle tente de se dégager.

— Hope...

— Qu'est-ce qui t'arrive, Danielle? Depuis quand tu te laisses marcher dessus comme ça?

Hope a les larmes aux yeux, et pour Danielle, c'est encore plus douloureux que le reste.

Andrew sort de la pizzeria et les rejoint au trot.

— Écoute, ne le prends pas mal...

Hope ouvre la bouche pour l'insulter, mais cette

fois, Danielle se place devant elle. Elle ravale ses larmes et dit :

— Le prendre mal ? Tu rigoles ? Tu fais une fête après le bal et je ne suis pas invitée ?

— C'est même pas une fête ! C'est juste deux ou trois copains qui parlent de passer à la maison. Moi, je ne veux pas que tout le monde débarque chez moi. Si mes parents l'apprennent, je me ferai tuer. Mais c'est Chuck qui… Écoute, je ne pensais pas que tu voudrais venir. Je ne voulais pas t'obliger à passer la soirée avec lui, avec toutes les conneries qu'il sort sur toi.

— Bien sûr, quelle délicatesse ! fait Danielle en croisant les bras. Au fait, juste une question, tu as dit quelque chose pour me défendre ? Ne serait-ce qu'une fois ?

Andrew regarde ses chaussures.

— Mes amis comptent pour moi. Et ce qu'ils pensent aussi.

— Moi pareil. C'est pour ça que j'ai passé toute la semaine à répéter à Hope que tu étais quelqu'un de bien. Même si tu n'as pas levé le petit doigt pour me rendre les choses moins pénibles.

Andrew lève les mains, paumes vers l'extérieur.

— Tu ne peux pas m'en vouloir de ne pas savoir quoi te dire. Je ne peux pas me mettre à ta place.

Il n'a sans doute pas tort. Mais depuis que Danielle le connaît, Andrew se comporte comme s'il avait quelque chose à prouver. Il a toujours peur de ne pas être à la hauteur de Chuck et des autres. Que ça concerne le sport, les vêtements ou l'apparence physique...

En cherchant, il aurait pu la comprendre. En creusant un peu.

— J'ai tout fait pour te renvoyer une bonne image de toi, Andrew. Quand est-ce que tu l'as fait pour moi ?

Une vague de chaleur monte en elle et lui donne du courage.

— Et c'est comme ça que tu romps avec moi ? En m'humiliant devant tes amis ?

Il se décide enfin à la regarder.

— Je n'ai pas rompu avec toi, marmonne-t-il.

Elle met une seconde à enregistrer ses paroles.

Il veut toujours sortir avec elle ?

Elle cherche à retrouver sur son visage le Andrew qu'elle connaissait jusqu'à lundi dernier. Celui qui était fier d'elle, qui lui a couru après pendant des semaines cet été. Comment les choses peuvent-elles changer autant en moins de huit jours ? Non seulement Danielle ne sait plus qui elle est, mais Andrew est devenu un étranger.

Elle distingue des traces de tristesse au coin de ses yeux et de sa bouche. « Il a gardé sa killer attitude », réalise-t-elle. Un masque pour cacher qu'il a honte de son comportement et de la façon dont il l'a traitée.

Et sous ce masque luit un petit signe qui montre qu'il regrette.

C'est une mince consolation.

Rien de plus.

Parce qu'elle a ôté son propre masque. Elle a eu le courage de se montrer à nu, sans rien lui cacher. Le joli, le moche, tout. Elle attend de lui qu'il en fasse autant. Qu'il soit vrai avec elle, pour une fois. Qu'il admette que, oui, ça craint que sa petite amie soit sur la liste. C'est la honte. Mais il ne devrait pas laisser ses copains la traiter comme ça. Il devrait prendre sa défense. Reconnaître que sa killer attitude est une preuve de lâcheté et non de force.

— Va rejoindre tes copains. Je ne peux pas continuer.

Elle est étonnée. Sincèrement. Par elle-même, d'avoir été à l'initiative de la rupture, et par Andrew, de s'éloigner aussi rapidement.

CHAPITRE 33

C'est Bridget qui a eu l'idée de ratisser le jardin après le dîner. Elle a dit à ses parents que c'était pour l'argent, mais c'est faux. Elle le fait parce qu'elle s'est à peine dépensée en jouant au badminton au gymnase.

La tâche répétitive l'apaise : ratisser les feuilles avec les longs doigts d'araignée en métal, fermer les sacs-poubelles et les traîner sur la pelouse jusqu'au trottoir. Elle accélère l'allure pour augmenter son rythme cardiaque et brûler plus de calories.

Bridget entend une fenêtre s'ouvrir. Elle lève les yeux vers le premier étage et voit Lisa qui passe la tête dehors.

— Tu as besoin d'aide ? lui demande sa sœur.

— T'inquiète pas pour ça !

Bridget s'appuie sur le râteau. Elle a un petit vertige.

— Ça ne me gêne pas ! Je m'ennuie.

Ne la laisse pas t'aider.

Il t'en restera moins à faire.

Moins de calories à brûler.

— Je ne partage pas le fric, répond-elle sèchement.

Mais Lisa a déjà refermé la fenêtre. Quelques minutes plus tard, elle est dehors avec un deuxième râteau.

Bridget déteste Lisa, quelquefois.

Restant près du garage, elle dit à sa sœur de ratisser du côté de la clôture, à l'autre bout du jardin. Mais cela n'empêche pas Lisa de continuer à lui faire la conversation.

— Il paraît qu'il y a une fête chez Margo ce soir.
— Ah bon ?
— Tu n'y vas pas ?

Les amies de Bridget y vont.

— Je ne crois pas.
— Pourquoi ? C'est à cause de cette histoire de vote pour Jennifer ? Moi, je vote pour Margo, même si, bon... les gens racontent que c'est elle qui a rédigé la liste.

Bridget est au courant de cette rumeur. Elle a cherché quels liens pouvaient exister entre elles et quelles raisons auraient pu pousser Margo à la nommer la plus jolie des premières. La seule qu'elle ait trouvée, c'est qu'elles ont toutes les deux embrassé Bry Tate.

— Je ne crois pas que ce soit Margo, déclare-t-elle.
— Moi, ça ne me paraît pas totalement absurde. Si j'avais fait la liste, je me mettrais dessus, non ?

Les deux sœurs finissent de ratisser le jardin et rentrent à la maison. Mrs Honeycutt inspecte leur travail par la fenêtre de la cuisine. En plus de l'argent promis à Bridget, elle leur donne à toutes les deux de quoi s'acheter les ingrédients pour faire des sundaes.

— Je n'ai pas envie de glace, dit Bridget à sa mère.

— Tu n'as jamais envie de manger, réplique Lisa, boudeuse.

Elle plonge le doigt dans le reste de purée qui correspond à la part de Bridget, qui n'a pas encore été mis au frigo.

Bridget tuerait volontiers sa sœur. Elle se contente de remercier sa mère en prenant les clés de la voiture.

— On prend quel parfum ? demande Lisa en ouvrant la porte en verre d'un des congélateurs dans l'allée du magasin.

Un nuage de froid les assaille.

— Ça m'est égal, Lisa.

— Pépites de chocolat à la menthe ?

Bridget secoue la tête.

— C'est pas bon. Prends de la vanille simple.

Le mot roule dans sa bouche, qu'il tapisse d'un goût de sucre imaginaire.

— C'est sans intérêt, la vanille, objecte sa sœur.

Bridget croise les bras sur sa poitrine pour se réchauffer.

— Pourquoi tu me demandes, alors ?

— Hé, désolée !

Tandis que Lisa continue à hésiter sur les parfums, Bridget va chercher le reste des ingrédients : vermicelles, chantilly, coulis au chocolat, et un bocal de cerises au sirop. Une chance que tout soit emballé dans des boîtes ou des pots opaques. À la caisse, elle retrouve Lisa, qui s'est finalement décidée pour la vanille.

— Zut, fait Lisa. On a oublié les bananes.

Bridget pose leurs achats sur le tapis roulant pendant que sa sœur repart en courant. La caissière est une dame d'un certain âge vêtue d'une blouse, qui scanne les produits sans même lui accorder un coup d'œil. Biip… biip… biip…

Pendant que les articles défilent sur le tapis, Bridget évite de poser les yeux sur la ribambelle de femmes parfaites qui la fixent depuis leurs couvertures de magazines, une dizaine de titres rangés dans leurs porte-revues en métal. Leurs sourires sont assez sympas, mais Bridget sait que c'est un piège. Si elle se laisse aller à les observer, elle se mettra à comparer avec les siennes la blancheur de leurs dents, la circonférence de leurs bras. À lire les accroches des couvertures qui lui jetteront à la figure tout ce qui ne va pas dans son physique. C'est une offensive de front, un chant des sirènes irrésistible, qui lui promettent de lui livrer leurs secrets pour le prix d'un magazine.

Le garçon chargé de remplir les sacs doit avoir quelques années de plus qu'elle. Elle ne l'a pas regardé d'assez près pour en être sûre. Elle lui a juste signifié d'un hochement de tête qu'elle préfère les sacs en papier à ceux en plastique.

C'est là qu'elle s'aperçoit qu'il la détaille.

Elle sent ses yeux la découper en tronçons, comme le boucher au tablier taché de sang au fond du supermarché.

Une paire de seins, une tranche de fesses, une portion de cuisses. La dernière chose à laquelle il s'intéresse, c'est son visage.

Les mannequins sur les magazines assistent à la scène sans ciller, un sourire approbateur aux lèvres.

Bridget prend la chose de haut, faisant semblant de ne rien voir. Mais ça la rend malade. Elle déteste ce genre d'attention. Elle n'a pas envie qu'il la regarde. Elle en a les mains moites.

— Ça y est, annonce Lisa en revenant. On a tout.

On dirait qu'elle sent ce qui se passe, parce qu'elle jette des petits coups d'œil intimidés vers le garçon en restant derrière sa sœur. De plus en plus mal à l'aise, Bridget se dépêche de récupérer sa monnaie et de prendre ses sacs.

Elle est toujours écarlate en arrivant à la voiture.

— Ce mec n'arrêtait pas de te mater, dit Lisa.

— N'importe quoi.

— Mais si, insiste Lisa en inspectant d'un air sombre le contenu de son sac de courses. J'aimerais bien qu'on me mate comme ça.

— C'est quoi, cette nouvelle manie ? réplique sèchement Bridget. Au centre commercial, et maintenant ici avec ce mec, à croire que tout ce qui t'intéresse, c'est de te faire remarquer. Ce qui, au passage, n'est absolument pas sexy.

Elle voit la lèvre de sa sœur trembler, mais fait semblant de ne s'être aperçue de rien. Elle monte en voiture et claque la portière. Au lieu de la rejoindre, Lisa reste dehors, sur le parking, adossée à la vitre du passager.

— Allez, Lisa ! Ta précieuse glace est en train de fondre ! lui crie Bridget.

Lisa se décide à monter. Elles ne parlent pas de tout le trajet, mais Bridget sent bien que sa sœur va dire quelque chose. Elle va la mettre au pied du mur.

En s'arrêtant devant la maison, Bridget compose le numéro d'une amie. Son portable collé à l'oreille, elle fait signe à Lisa de porter les sacs à l'intérieur. Puis elle file droit à sa chambre, en faisant croire qu'elle envisage d'aller à la soirée de Margo. Alors qu'elle ne cherche qu'un prétexte pour ne pas manger de glace.

Tandis que la conversation touche à sa fin, elle entend les pas de Lisa dans l'escalier.

Son amie a raccroché, mais elle garde le portable à l'oreille.

Lisa ouvre la porte. Elle a préparé un sundae, un gros, avec deux cuillers.

— Je suis au téléphone, articule Bridget.

Lisa s'assoit, le front plissé.

Bridget continue à dire « hm... hm » dans son portable. Lisa pose la glace et se dirige vers la robe suspendue au fond du placard.

Il ne faut pas qu'elle voie la taille sur l'étiquette. Bridget dit « au revoir » à toute allure et referme son téléphone d'un coup sec.

— Je t'ai dit que je ne voulais pas de glace.

— Je sais, répond calmement Lisa en se rasseyant sur le lit. Mais je voudrais que tu la manges avec moi.

Bridget ne supporte pas le chagrin qui se peint sur le visage de sa sœur. La supplication.

Elle se lève, ramasse son sac de cours par terre et fouille dedans à la recherche d'un livre.

— En fait, j'ai du boulot. Alors...

— Bridget, juste une bouchée.

— Je suis sérieuse, Lisa. Laisse-moi travailler.

Lisa paraît sur le point de fondre en larmes. Comme quand elle était petite et que Bridget l'empêchait de toucher aux meubles de sa maison de poupée.

— Tu ne manges rien. Je sais que tu ne manges rien. Comme cet été.

Bridget soupire.

— Je veux être nickel dans ma robe de bal, OK ?

— Mais tu as quand même besoin de manger.

Puis, d'un ton de profonde déception, Lisa ajoute :

— Ça allait tellement mieux quand on est rentrés de vacances, Bridget.

Bridget déteste le fait que sa sœur ait compris, qu'elle n'ait pas réussi à cacher son jeu.

— Je vais manger, Lisa, promis. Après le bal.

Une larme coule sur le visage de sa sœur.

— Je ne te crois pas.

Bridget se met à pleurer aussi.

— Je t'assure. Après le bal de la rentrée, je remangerai. Tout redeviendra normal. Juré. Regarde comme tu parles tout le temps de la liste, en disant que tu voudrais être dessus un jour ? Eh bien, mets-toi à ma place. C'est beaucoup de pression.

Lisa pleure toujours, comme si elle n'avait rien entendu de ce que Bridget vient de lui dire.

— Je culpabilise, maintenant, à cause de toi. Chaque fois que je mange, je culpabilise. Je n'étais pas comme ça, avant.

— Lisa…

— Si tu ne te remets pas à manger, je le dis à papa et maman.

Lisa essuie ses joues sur sa manche et sort de la chambre, en laissant la glace fondre dans son bol.

Pour Bridget, Lisa ne pouvait rien faire de plus méchant.

CHAPITRE 34

Seule dans sa chambre, Abby fixe son reflet dans l'écran de la télévision, comme dans un miroir sale. Quand les odeurs de cuisine s'infiltrent dans la pièce, elle descend. Personne ne l'a appelée.

Sa famille est déjà à table. Les portions ont été réparties dans les assiettes, à part le steak d'Abby, sa pomme de terre au four et sa part de salade, qui l'attendent sur le comptoir. Elle n'apprécie pas beaucoup cette manière tacite de lui signifier son retard, mais elle se sert sans faire de commentaire.

Ses parents sortent les journaux de leurs enveloppes de cellophane et se partagent les pages. Fern cale son livre entre son verre de lait et le poivrier pour le maintenir ouvert et attaque son steak. Elle est en train de relire le premier tome de *Blix Effect* avant d'aller voir le film, pour avoir chaque détail bien en tête. La jaquette de couverture est usée et déchirée, et presque toutes les pages sont cornées.

Abby va s'asseoir en poussant la chaise de Fern sans s'excuser, et mange sa pomme de terre sans crème fraîche pour ne pas avoir à la demander à sa sœur.

Elle ne lui a pas parlé, ne l'a pas regardée et ignore même jusqu'à son existence depuis que Fern a cafté auprès de sa mère qu'elle avait imité sa signature.

Sous cette apparence de mépris glacial, elle sent la colère brûler en elle comme un charbon ardent, sans donner le moindre signe de s'éteindre.

Sur le comptoir de la cuisine, la radio réglée en sourdine sur une station d'information donne l'impression qu'ils ont invité un cinquième hôte pour leur fournir des sujets de conversation. Le plus souvent, Fern et ses parents lèvent le nez de leur lecture pour émettre un avis sur les conflits internationaux, le cours de la bourse ou les derniers progrès scientifiques. Abby n'intervient jamais. Pour elle, cette voix est un bruit de fond, au même titre que les moteurs des voitures qui se garent chez les voisins, l'avion qui survole les toits en direction de la ville. En mode typiquement ado, elle mange avec son portable sur les genoux, pour le sentir vibrer si une amie lui envoie un message.

Ce soir, elle essaie vraiment de suivre les bribes de conversation qui passent comme des ballons au-dessus de sa tête, semblant la défier de les attraper. Elle prend la parole, sans exprimer d'opinion, juste pour confirmer ce que disent ses parents. Chaque fois qu'elle ouvre la bouche, ceux-ci semblent agréablement surpris. Fern ne dit pas un mot.

Quand tout le monde a fini de manger, Abby se propose poliment pour débarrasser et faire la vaisselle.

Ses parents froncent les sourcils au-dessus de leurs assiettes sales et de leurs journaux froissés.

— Ça ne changera pas notre décision, Abby, lui signale Mrs Warner.

— Tu nous as menti et tu as menti à ton professeur. Par conséquent, tu n'iras pas au bal, ajoute Mr Warner en la regardant par-dessus ses lunettes.

Fern s'essuie la bouche avec une serviette en papier qu'elle laisse tomber dans son assiette. Le papier rougit instantanément en absorbant le jus de la viande.

— Je sais, marmonne Abby.

Elle s'en veut de s'être laissée bercer d'illusions par Lisa, qui s'est précipitée à son casier après les cours pour lui suggérer que sa punition serait peut-être allégée si elle se conduisait comme une fille modèle.

L'ampleur du châtiment s'abat soudain sur elle dans toute sa dureté. Elle ne portera pas la robe de ses rêves. Elle ne sera pas invitée à danser par des garçons plus âgés. Elle n'ira pas à la fête d'Andrew. C'est comme si cette soirée, ce merveilleux souvenir qu'elle aurait gardé pour toujours, avait déjà été arraché des pages de son journal intime.

Par la faute de sa sœur.

— Fern, dit Mr Warner, quand on a parlé avec Mr Timmet tout à l'heure, il a dit qu'Abby avait un contrôle la semaine prochaine.

— On voudrait que tu l'aides à réviser ce week-end, complète leur mère.

Abby se lève avec une boule dans la gorge, comme si un gros bout de steak tout dur y était resté coincé. C'est humiliant de les entendre parler d'elle comme si elle n'était pas là. Elle se demande ce qu'ils disent quand elle est effectivement absente. Des trucs du genre : « Pauvre Abby, elle est vraiment stupide. » Ou : « Pourquoi Abby ne peut-elle pas te ressembler, Fern ? »

— En fait, Mr Timmet m'en a parlé, dit Fern en se reculant sur sa chaise pour qu'Abby puisse prendre son assiette. Mais je vais voir *Blix Effect* ce soir. Et après, tout le monde va boire un café. Du coup... je ne peux pas.

— Eh bien, ça vous laisse samedi et dimanche toute la journée, réplique Mrs Warner.

Alors que Fern ouvre la bouche pour répondre, son père ajoute :

— Qu'est-ce qui prime, Fern ? Aider ta sœur ou aller au cinéma ?

Comme elle ne dit rien, il poursuit :

— Tu lui donnes un cours pendant au moins deux heures demain, ou pas de *Blix Effect*.

Abby prend le verre de lait de Fern et le livre de sa sœur, n'étant plus maintenu, tombe à plat.

— Au fait, Fern, pourquoi tu traînes tous les jours dans la salle de cours de Mr Timmet ? demande-t-elle. Tu craques pour lui ?

Elle triomphe en la voyant devenir écarlate.

— Tu sais qu'il est marié? Il a la photo de sa femme sur son bureau. Super sexy.

— Abby! la reprend sa mère. Ne sois pas aussi grossière!

— Ben quoi? Vous ne trouvez pas ça bizarre que Fern soit, genre, obsédée par Mr Timmet? Qu'elle coure le voir tous les soirs alors qu'il n'est même plus son prof? Alors que je ne l'ai jamais vue parler à un garçon de sa classe.

Abby place les mains en porte-voix autour de sa bouche et lance dans un « murmure » parfaitement audible:

— Je crois qu'elle préfère les hommes plus âgés.

Fern jaillit de sa chaise. Abby sourit en entendant son pas lourd dans les marches de l'escalier et tout le long du couloir.

— Abby, s'il te plaît, laisse ta sœur tranquille.

— On sait que Fern n'est pas aussi extravertie que toi. Elle est plus à l'aise avec les adultes.

— C'est parce qu'elle est asociale! lance Abby en espérant que sa voix porte jusqu'à l'étage.

Après avoir prolongé d'une journée son interdiction de sortie, ses parents regagnent leurs bureaux respectifs.

Abby prend son temps pour charger le lave-vaisselle, en plaçant soigneusement chaque assiette dans son encoche. Elle essuie le comptoir et la table avant de passer le balai. Quand la cuisine luit comme un sou neuf, elle éteint les lumières et la radio, puis monte l'escalier, le moral dans les chaussettes.

Elle s'arrête à la porte de leur chambre et regarde sa sœur s'habiller pour aller au cinéma. C'est tout juste si on dirait une fille, avec son tee-shirt trop grand.

Abby pourrait l'aider. Elle pourrait lui apprendre à se lisser les cheveux, à choisir des vêtements plus jolis. Ça donnerait à Fern une chance de rencontrer un intello sympa ce soir au cinéma, un autre fan de sa série débile.

Mais Abby ne l'aidera pas. Plus jamais, après ce qu'elle lui a fait.

En ce qui la concerne, elles ne sont plus sœurs.

CHAPITRE 35

Candace arrive devant chez Lauren quelques minutes en avance.

Elle sort de sa voiture et regarde la vieille maison, la peinture blanche des planches de bois qui s'écaille, les buissons non taillés qui ont perdu leur forme, la pelouse jonchée de feuilles mortes. « Voilà où habite la fille qui m'a piqué toutes mes amies », songe-t-elle avec une certaine ironie.

Elle prend le bouquet posé sur la banquette arrière et ôte les pétales un peu fanés.

Sa mère a l'habitude d'arriver avec un petit cadeau quand elle est invitée. Ça n'est jamais venu à l'idée de Candace, bien qu'elle ait dîné un millier de fois chez ses amies. Mais cette fois, c'est différent. Elle a une mission à accomplir.

« Ma mère voudrait te rencontrer, lui a dit Lauren hier au téléphone. Tu peux venir dîner demain soir? S'il te plaît? »

— Pourquoi veut-elle me rencontrer, moi?
— Elle...

Candace a quasiment entendu tourner les rouages du cerveau de Lauren tandis qu'elle choisissait ses mots.

— Elle est très protectrice.

Lauren a soupiré dans le combiné, produisant un bruit de friture.

— Et elle ne me laissera pas venir à ta fête sans t'avoir rencontrée.

Candace s'est mordu la lèvre. Elle n'était pas vraiment certaine d'avoir envie que Lauren soit là. D'accord, elle était sympa, mais ce qu'elle voulait surtout, c'était faire la paix avec les autres.

— Et en quoi ça me concerne ?

— Si je ne viens pas, les autres ne viendront pas non plus, a répondu Lauren d'un ton neutre. Alors, tu viens dîner ? Demain soir ?

Candace s'est frotté les yeux. À certains moments, Lauren pouvait être aussi paumée que si elle avait grandi dans la jungle. Alors qu'à d'autres, elle semblait parfaitement saisir ce qui se passait.

— Un vendredi soir ? J'ai prévu de sortir ! a gémi Candace, qui n'avait rien de prévu mais tenait à faire mesurer à Lauren l'ampleur de son sacrifice. Bon, c'est d'accord. Je pourrai toujours sortir après.

Après avoir raccroché, Candace, étrangement, s'est sentie flattée. Bien que Lauren l'ait invitée par obligation, elle s'adressait encore à elle comme si elle représentait le groupe, malgré la liste et toutes les vacheries que les filles devaient balancer sur elle.

Alors elle a décidé de jouer le jeu. Elle mettrait une jolie jupe et un gilet. Elle apporterait des fleurs.

En plus, Candace était curieuse de savoir comment vivait Lauren, et c'était l'occasion de le découvrir. Elle se demandait encore vaguement si cette fille ne faisait pas partie d'une secte religieuse bizarre. Et elle avait beau faire, elle n'arrivait pas à voir ce qui rendait ses amies aussi dingues de Crin de Cheval.

À dix-huit heures cinquante-neuf précises, Candace sonne à la porte.

Lauren s'illumine en découvrant les fleurs. C'est mignon.

— Elles ne sont pas pour toi, précise Candace en les ramenant contre elle.

Elle jette un rapide coup d'œil au salon derrière Lauren : un canapé à fleurs avec un creux dans chaque coussin, une lourde table basse en chêne, une lampe au pied doré dont Candace décrète qu'elle n'en a jamais vu d'aussi laide. Il n'y a ni photos, ni bougies, ni jolis petits vases comme sur la cheminée de Candace. Il flotte dans l'air une odeur acide, un peu citronnée, une odeur de produit ménager. Les rideaux sont ouverts mais les vieilles fenêtres sont bouchées par du film plastique qui empêche l'air de se renouveler.

Mrs Finn sort de la cuisine. C'est une version encore plus pâle de Lauren. Tout en elle dénote la fatigue, de ses cheveux plats à son pantalon terne, de son chemisier passé à ses orteils barrés par la pointe plus sombre de ses collants.

Elle est l'opposé de Mrs Kincaid : sans maquillage et habillée comme une grand-mère. Cela dit, Candace déteste quand sa mère lui pique un haut pour sortir avec Bill. Mais au moins, elle fait des efforts. Si elle en faisait aussi, Mrs Finn pourrait peut-être être jolie. Mais elle semble avoir renoncé à prendre soin d'elle depuis longtemps. Son dernier rendez-vous galant doit remonter à de nombreuses années.

— Bonjour, Mrs Finn, dit-elle en lui tendant les fleurs. Tenez, c'est pour vous.

Lauren a un sourire jusqu'aux oreilles, et Candace tente de la rabrouer d'un petit regard. Elle est déjà assez nerveuse comme ça.

Mrs Finn hoche la tête et fait signe à sa fille de s'occuper du bouquet.

— J'ai pris un peu de retard en cuisine, annonce-t-elle. Je viens de commencer un nouveau travail et, bon…

— On s'est laissé dépasser par le temps, complète Lauren. Je sais que tu as prévu quelque chose ce soir. Ça va aller ?

Candace ne tient pas à s'attarder plus longtemps que nécessaire. Mais elle sourit :

— Pas de problème.

Dans la salle à manger, la table est mise comme pour un dîner du dimanche, avec des verres en cristal remplis d'eau du robinet. Ne trouvant pas de vase, Lauren met les fleurs dans un vieux bocal de sauce tomate qu'elle dispose au milieu de la table.

— Je vais aider ma mère, lui dit-elle. Je reviens tout de suite.

— D'accord.

Candace reste assise seule au salon pendant ce qui lui semble durer une éternité. Ce dîner était censé permettre à Mrs Finn de la connaître et elle se retrouve toute seule dans une pièce sombre.

Enfin, Mrs Finn apporte un plat de spaghettis. Lauren fait le service avec un sourire mécanique de maîtresse de maison.

— Je crois que vous avez grandi ici, Mrs Finn? demande Candace pour lancer la conversation.

— Oui.

— Alors vous êtes allée au lycée de Mount Washington?

— En effet. Mais ça a beaucoup changé, depuis.

— Je suis sûre que beaucoup de choses sont restées les mêmes, observe Candace en pensant aux banquettes moisies du CDI, aux vieilles vitrines poussiéreuses et aux chaises dures comme du bois de la salle de réunion.

— Certainement, dit Mrs Finn.

Une bouchée suffit à Candace pour s'apercevoir que les spaghettis ne sont pas cuits. Elle repose sa fourchette et se rabat sur le pain à l'ail.

— Mais parle-moi un peu de toi, Candace.

Candace boit une gorgée d'eau et croise les mains sur ses genoux.

— Eh bien, je suis en seconde, comme Lauren. J'habite à Elwood Lane, de l'autre côté de la ville, avec ma mère.

— Que fait-elle comme métier ?

Candace s'anime. Elle adore parler du travail de sa mère. Aux dames, surtout. Elles insistent toujours pour connaître des secrets de maquillage.

— Elle est maquilleuse. Pour la télévision locale.

Mrs Finn a l'air surprise, mais pas particulièrement impressionnée.

— Eh bien ! Ce n'est pas un métier très courant !

— Avant, elle travaillait au rayon maquillage du grand magasin de la ville, précise Candace. Un jour, elle a donné des conseils à l'une des présentatrices. Elle lui a fait une sorte de relooking. La cliente a adoré et elle a recommandé ma mère pour le poste.

— Tant mieux, dit Mrs Finn.

Et avant que Candace ait pu reprendre sa fourchette, elle lui demande :

— Et quel genre de livres aimes-tu lire ?

— Pardon ?

— Quel genre de livres aimes-tu lire ? Lauren adore la lecture.

— C'est vrai, confirme sa fille en hochant la tête.

Candace n'a pas lu depuis des mois.

Même pas *Ethan Frome*, le titre que leur a donné à lire le prof d'anglais.

— *Ethan Frome*, répond-elle.

— J'adore *Ethan Frome* ! s'exclame Lauren. C'est tellement triste et romantique ! Franchement, tu t'imagines être obligée de vivre avec ta femme et ta maîtresse, après l'avoir rendue infirme par accident ?

Candace se force à sourire.

— Pas trop, non.

— Qu'as-tu lu d'autre, ces derniers temps ? insiste Mrs Finn. Pour le plaisir.

Candace boit une nouvelle gorgée d'eau tiède du robinet et repose son verre.

— Heu… fait-elle en laissant traîner le son le plus longtemps possible.

— Maman, souffle Lauren. Tu ne vas pas lui faire subir un interrogatoire.

— Je dirais que je lis surtout des magazines. Plus que des livres.

Candace baisse les yeux.

— Je sais, ce n'est pas bien.

— Mais si, la soutient Lauren. C'est super, les magazines. J'adore les magazines.

— Lauren me dit que tu as beaucoup d'amies dans ta classe. À ton avis, qu'est-ce qui les attire, chez toi ?

En ce moment, rien du tout.

— C'est difficile à dire. Peut-être l'honnêteté, la sincérité.

— La sincérité. C'est important. Tant mieux, parce que j'ai une question à te poser et je voudrais que tu y répondes sincèrement. Je ne te demanderai pas si tu apprécies le repas, la réponse est clairement non.

Mrs Finn rit. Les filles échangent un regard nerveux.

— J'aimerais savoir pourquoi, selon toi, tout le monde se met soudain à graviter autour de ma fille.

La réponse de Candace l'étonne elle-même. Au lieu de dire que Lauren est jolie, elle déclare :

— Parce que c'est quelqu'un de bien.

— Merci beaucoup, chuchote Lauren en raccompagnant Candace à la porte. J'espère que ça n'a pas été trop horrible.

Elle a l'air épuisée, comme si ça avait été une épreuve pour elle aussi.

— Pas du tout, répond Candace, bien qu'elle se sente totalement humiliée.

Mrs Finn se fichait bien de faire sa connaissance. Elle voulait juste prouver à Candace qu'elle n'était pas digne d'être l'amie de sa fille.

« Ne vous en faites pas ! a envie de lui crier Candace par-dessus l'épaule de Lauren. On n'est pas amies, loin de là. »

Lauren pose une main légère sur son épaule.

— Je sais que la semaine n'a pas été facile pour toi, mais les filles vont se calmer. Je leur parlerai.

— Merci, dit Candace.

Et elle est sincère, bien que cela lui coûte de l'admettre.

En descendant l'allée du jardin, elle a une idée et ralentit. Elle pourrait proposer à Lauren de passer la soirée avec elle. D'abord, ça ne lui ferait pas de mal de passer deux ou trois heures sans sa mère. Et puis, Candace éprouve tout à coup une violente envie de lui parler. Elle voudrait lui montrer qu'elle n'est pas méchante. Elle voudrait s'excuser de son attitude mardi dans les toilettes, quand Lauren a essayé d'être sympa. Elle voudrait revenir en arrière, reprendre le dîner au début et faire meilleure impression à Mrs Finn.

Mais quand elle se retourne, Lauren a déjà commencé à refermer la porte. Au dernier moment, elle lui lance :

— Amuse-toi bien ce soir, Candace.

C'est vrai, elle est censée sortir.

— Je vais essayer, répond-elle tout en sachant qu'il n'en sera rien.

CHAPITRE 36

Jennifer compte cinquante-huit, cinquante-neuf, soixante longues secondes, puis sonne une deuxième fois à la porte. Et on ne lui ouvre toujours pas.

Elle n'est pas venue chez Margo depuis quatre ans. Du moins pas officiellement. Elle est régulièrement passée dans sa rue en voiture, juste histoire de vérifier que la maison tenait toujours debout. Jennifer se penche sur le côté en prenant appui sur la balustrade du perron pour regarder vers la fenêtre de la chambre de Margo. Le verre sombre ne reflète que les branches nues d'un arbre du jardin et les fils électriques suspendus entre deux poteaux.

L'oreille collée sur la porte, Jennifer sonne pour la troisième fois. Elle guette le bruit de la sonnette, mais celle-ci est soit cassée, soit noyée par la musique et les rires. Elle frappe. Puis cogne à coups de poing. Des ombres se déplacent derrière les voilages des fenêtres.

Autrefois, Margo oubliait tout le temps sa clé, se retrouvait à la porte et arrivait chez Jennifer quelques minutes après l'avoir quittée au coin de la rue. Elles regardaient des dessins animés ou des talk-shows jusqu'à ce que quelqu'un soit rentré chez elle pour lui ouvrir. C'était en quatrième, avant que les choses se gâtent. Margo a fini par convaincre sa mère de laisser la clé sous le paillasson. Elle n'est presque plus jamais venue après ça.

Jennifer s'accroupit pour soulever le paillasson en herbe artificielle, mais elle ne trouve dessous que de la poussière et des fragments de feuilles mortes. Une fourgonnette passe dans la rue sombre. Le conducteur lui jette un coup d'œil avant de tourner dans une allée privée.

Jennifer frissonne. Et si un voisin la prenait pour une rôdeuse ?

Elle cherche son portable dans son sac. À peine a-t-elle posé la main dessus qu'elle se rend compte qu'elle a oublié le numéro de Margo. Ni Dana ni Rachel n'ont songé à lui donner le leur. Jennifer avait pour seules instructions de se présenter à vingt heures.

L'invitée d'honneur lâche un profond soupir.

Était-ce une vraie invitation, ou l'ont-elles juste prise en pitié ?

Et qu'est-ce que ça change ?

Cela dit, il est vingt heures quarante-cinq ; elle est en retard. Elles ont pu croire qu'elle avait changé d'avis. C'est ce que Margo devait espérer.

Jennifer a mis plus de temps que prévu à se coiffer, en attachant ses mèches du dessus sur le haut du crâne pour les faire retomber en gros rouleaux souples. Elle a refait exactement la coiffure qu'elle a sur sa photo la plus réussie, prise quand elle avait neuf ans à l'anniversaire de mariage de ses grands-parents. Margo y était aussi, et quand quelqu'un a apporté le gâteau sur une table roulante, elles ont chanté ensemble, devant tout le monde, une strophe de leur chanson de mariage. Elles avaient répété tout l'été. Sur la photo, elles sont toutes les deux en robe d'été, la bouche ouverte, debout sur l'estrade de la salle des fêtes. Elle a gardé la photo sur la cheminée de son salon, même après la fin de leur amitié. Jennifer y tient, car elle prouve qu'elle a un jour été jolie. À une époque où l'apparence ne comptait pas.

Jennifer avait une bien plus belle voix que Margo, tout le monde l'avait dit au mariage. Pas seulement ses grands-parents.

En tout cas, en demandant à ses parents si elle pouvait prendre la voiture pour la soirée, Jennifer s'est sentie fière. Elle avait passé l'après-midi au centre commercial à essayer des piles de vêtements, avant de se décider pour un pull noir et une jupe crayon mauve que Rachel et Dana lui avaient conseillé d'acheter.

— Où a lieu la fête ? a demandé sa mère.
— Chez Margo.

Ses parents ont levé la tête tous les deux, mais Jennifer les a rassurés d'un geste.

— Tout va bien. On a fait la paix.
— C'est bien, ma fille.

En lui disant au revoir, ils n'ont pas remarqué la bouteille de vodka fourrée dans son sac.

Malgré son problème de timing, elle est encore tout excitée à l'idée des heures merveilleuses que lui réserve peut-être cette soirée. Peu importe qu'elle ait passé quatre ans sur la liste des moches, si ça a fini par l'amener ici. Elle est là, et elle va tâcher d'en profiter au maximum.

Ne serait-ce que pour prouver à Margo qu'elle a eu tort.

Elle entend le gravier crisser derrière elle, fait volte-face et se retrouve face à une paire de phares. Le moteur s'arrête et les phares s'éteignent quelques secondes plus tard, lui laissant deux étoiles blanches dans les yeux. Quand celles-ci disparaissent, Jennifer voit Margo.

Ses cheveux mouillés indiquent qu'elle sort de la douche. Et son jean, son tee-shirt ajusté de cheerleader, son gilet et ses baskets n'ont rien d'une tenue de soirée. Elle prend deux sacs en plastique sur le siège arrière.

— Qu'est-ce que tu attends pour entrer ? demande-t-elle à Jennifer.

Elle rit froidement, comme le font souvent les grandes sœurs quand elles veulent signifier qu'elles ont l'avantage de l'expérience. Sans lui laisser le temps de répondre, elle passe devant Jennifer et tourne la poignée. La porte n'était pas fermée à clé.

Jennifer entre. Il fait chaud et un peu moite à l'intérieur, et elle sent ses doigts rougir et picoter. Il y a plus de lumière qu'elle ne s'y serait attendue pour une fête, autant que dans une salle de classe. Pas d'éclairage tamisé ni de bougies pour l'ambiance. Elle jette un coup d'œil derrière le portemanteau en direction du salon. Il n'a pas changé, avec ses murs gris aux plinthes blanches, ses canapés jumeaux qui se font face devant la cheminée et son tapis oriental à franges. Elle regarde de nouveau. Non, ce n'est plus le même tapis. Il y a plein d'ados installés sur les canapés, par terre, perchés sur les tables basses, ou adossés contre les bibliothèques.

La porte d'entrée se referme derrière Jennifer et tous ceux qui ont remarqué son arrivée lui disent bonjour. Mais contrairement à ce qu'avaient promis Dana et Rachel, personne n'est campé à la porte pour vérifier que les invités ont bien voté pour Jennifer au dos de leur ticket de bal.

Jennifer suit Margo dans la cuisine. Assises sur le comptoir, Dana et Rachel boivent de la sangria dans des coupes en plastique en se passant une cigarette.

— Margo! s'écrient-elles. Tu as apporté des trucs à manger?

— Ouais.

Margo vide le contenu d'un sac qu'elle range dans un placard. Jennifer se rappelle que c'est celui des céréales.

— On planque ça pour empêcher les garçons de mettre la main dessus. De vrais morfals.

— Salut, Jennifer ! lance Rachel, presque comme si elle avait oublié qu'elles l'avaient invitée. C'est cool que tu aies pu venir !

— Tu veux boire quelque chose ? lui propose Dana, dont la lèvre supérieure est teintée de rouge. On a inventé un truc qui s'appelle le Punchy Punch. Un peu sucré, mais toujours meilleur que ces bières à deux balles qu'achètent les mecs. Et ça soûle plus vite. Tiens, Margo, passes-en à Jennifer.

Margo se sert un verre avant d'en donner un à moitié plein à Jennifer. Elle le lui tend sans croiser son regard.

— Oh, j'ai apporté ça, annonce Jennifer en sortant la bouteille de son sac. Je ne sais pas ce que ça vaut, ajoute-t-elle timidement.

Dana prend la bouteille et examine l'étiquette.

— Pas mal ! Super, même.

Elle sourit.

— Merci, Jennifer.

Margo se met à parler de cheerleading – un changement de chorégraphie de dernière minute ou quelque chose dans le genre – et Dana et Rachel se laissent entraîner dans une discussion sur le sujet. Elles n'excluent pas vraiment Jennifer, mais il est évident que celle-ci ne peut pas participer. C'est certainement délibéré de la part de Margo, pour qu'elle se sente de trop et qu'elle finisse par s'en aller. Eh bien, ça ne marchera pas. Jennifer suspend sa veste au dossier d'une chaise et reste là, souriante, à vider son verre de Punchy Punch. Tant qu'elle y est, elle demande un deuxième verre à Margo. Elle n'arrivera pas à la déstabiliser, même si elle est chez elle, en position de force.

Et d'abord, avant, Jennifer était tout le temps fourrée ici.

— La salle de bains est toujours en haut? demande-t-elle en reposant le verre qu'elle vient de vider.

— Ouais, fait Margo d'un ton qui sous-entend: « Quelle question! »

Jennifer monte lentement l'escalier. Les murs sont tapissés de photos de Margo et de Maureen. Jennifer a toujours su que Maureen ne l'aimait pas. Cela la mettait mal à l'aise quand elle venait, surtout à la fin. En particulier parce que Margo admirait sa sœur, qui n'était pourtant pas si sympa que ça avec elle.

En atteignant le palier, Jennifer fixe les portes fermées qui s'alignent le long du couloir. Elle ne sait plus quelle est celle de la salle de bains. Elle en ouvre une au hasard et tombe sur la chambre de Mr et Mrs Gable. Ils sont là, allongés sur leur lit, en train de regarder la télévision. Mrs Gable reste littéralement bouche bée en voyant Jennifer, et manque renverser son grand verre de vin rouge sur la couette blanche.

— Oh, excusez-moi, dit Jennifer en reculant vivement. Je ne savais pas que vous étiez là.

— On est en quarantaine, plaisante Mr Gable.

— Il vaut mieux qu'on reste dans les parages, au cas où ça dégénérerait, ajoute Mrs Gable.

Elle pose son verre sur la table de chevet et fait signe à Jennifer d'avancer.

— Comment vas-tu, ma puce ? Ça fait si longtemps ! Tu nous as manqué. Tu vas bien ? Et tes parents ?

— Très bien. Et comment va Maureen ? Ça lui plaît, la fac ?

— Impossible de savoir, avec elle. Elle n'appelle jamais.

Les yeux de Mrs Gable inspectent la pièce et s'arrêtent sur une méridienne couverte de vêtements.

— Tu ne veux pas t'asseoir et bavarder un peu ?

Elle se mord la lèvre avant d'ajouter :

— Je demande toujours de tes nouvelles à Margo. Comment tu vas, tout ça.

Jennifer sent sa gorge se serrer. Les parents de Margo ont toujours été gentils avec elle. Ils lui manquent. Et elle est touchée de voir qu'elle leur manque aussi. C'est moche, la façon dont les choses ont tourné.

Jennifer voit Mr Gable presser discrètement la cuisse de sa femme.

— Jennifer doit avoir envie de retourner à la fête, fait-il remarquer.

— Oui, bien sûr.

— En fait, je cherchais la salle de bains, précise Jennifer. Je ne me souviens pas quelle porte c'était.

Mrs Gable semble attristée qu'elle l'ait oublié.

— Troisième à gauche, juste en face de la chambre de Margo. Ça m'a fait très plaisir de te voir, Jennifer. Passe nous voir, de temps en temps

Jennifer promet et ressort. Elle essuie ses paumes moites sur sa jupe avant de suivre le couloir jusqu'à la salle de bains. La main sur la poignée de la porte, elle suspend son geste et se retourne vers la porte de la chambre de Margo.

Elle est envahie par l'envie de la revoir.

Elle tend l'oreille pour s'assurer que personne ne vient; il n'y a pas d'autre bruit que celui de la fête au rez-de-chaussée.

Elle fait un pas. Un deuxième. Elle ouvre la porte et se glisse à l'intérieur.

Jennifer a toujours adoré la chambre de Margo, et elle est exactement comme dans son souvenir. Une vraie chambre de princesse: lit à baldaquin, armoire géante, des coussins sur le bord de la fenêtre où elles s'asseyaient pour parler pendant des heures. Il y a des peluches adossées aux oreillers.

Même si Jennifer n'a rien à faire là, même si Margo et elle ne sont plus amies, cela lui fait du bien de se retrouver dans cette chambre. La quatrième est à des années-lumière, et Margo soutiendrait sans doute toujours le contraire, mais elles ont été amies.

La tenue de pom-pom girl de Margo est suspendue à une colonne du lit dans sa housse de pressing, prête pour le match de demain. Et par la porte de l'armoire entrouverte, Jennifer croit apercevoir la robe de bal de Margo.

Elle avance sur la pointe des pieds sur l'épaisse moquette ivoire.

Après avoir fixé la robe une minute, elle en frotte l'ourlet du bout des doigts. Elle n'aurait pas pensé que Margo choisirait ce style de robe pour le bal de rentrée. Elle aurait imaginé quelque chose de plus original, de plus sexy, de plus léger. Avec un jupon qui tourbillonnerait quand Margo tournerait sur elle-même sur la piste. Cette robe-ci est près du corps, sombre, sophistiquée. Et, de l'avis de Jennifer, pas du tout adaptée à un bal de rentrée.

Ce vert va sûrement très bien au teint de Margo. Mais la robe ? C'est comme si elle avait quelque chose à prouver. Comme si elle voulait montrer que ces histoires de reine du bal et toutes ces gamineries de lycéennes ne la concernaient pas. Qu'elle était au-dessus de ça.

Mais Jennifer, elle, connaît la vérité. Ou la connaissait. Margo n'est pas indifférente à ce qu'on pense d'elle.

Sans prendre le temps de réfléchir, Jennifer ouvre l'armoire. Les façades intérieures des portes sont couvertes d'autocollants : arcs-en-ciel, chevaux, étoiles phosphorescentes. Il y a des vêtements suspendus à la tringle et d'autres empilés en vrac. Jennifer n'arrive pas à voir dans le fond, là où Margo cachait autrefois ce qu'elle ne voulait pas qu'on trouve.

Elle plonge la main en avant et tâtonne tout au fond.

— C'est pas vrai…

Jennifer se retourne dans un sursaut et voit Margo dans l'embrasure de la porte.

— Qu'est-ce que tu fous dans ma chambre ?

Jennifer n'arrive plus à respirer.

— Rien. Je…

— C'est pas vrai, répète Margo, avec moins de surprise et plus de colère dans la voix que la première fois.

Elle se jette sur l'armoire pour refermer les portes et manque de coincer les doigts de Jennifer au passage.

— Tu sais que tu as du bol, toi ? poursuit Margo, tremblante de rage, en secouant les mains comme pour évacuer sa colère. S'il n'y avait pas tout ce monde en bas…

Elle n'achève pas sa phrase, mais Jennifer la voit serrer les poings.

— Tu ferais mieux de redescendre, reprend Margo d'une voix sourde. Si je te revois dans ma chambre, les autres peuvent penser ce qu'ils veulent, je te fous dehors en te traînant par les cheveux.

Jennifer passe devant elle comme une flèche et descend l'escalier quatre à quatre. Dana et Rachel sont toujours dans la cuisine. C'est sûrement là que Margo va revenir, histoire de rapporter l'incident.

Jennifer ne sait pas où aller.

— Hé! Il nous faut un Trouduc par ici!

Suivant la voix, Jennifer arrive dans la salle à manger, où des garçons de terminale sont assis autour d'une grande table envahie de canettes de bière vides.

— Je joue, annonce-t-elle en s'asseyant à la hâte.

Le cœur battant, elle n'arrête pas de jeter des coups d'œil vers la cuisine pendant qu'on lui donne ses cartes. Elle craint que Margo ne déboule pour mettre sa menace à exécution.

Jennifer regarde rapidement son jeu, comme si ça pouvait lui donner les règles. Justin les rappelle pendant qu'il bat les cartes puis les distribue pour la partie suivante, mais Jennifer ne l'écoute que d'une oreille. Elle retient juste qu'elle doit se débarrasser de ses cartes le plus vite possible.

— Le Trouduc doit être assis à gauche du Président, précise Justin.

Jennifer se lève avec des jambes en coton et change de place avec Matthew Goulding. Tel un joueur de poker aguerri, Matthew examine sa main d'un air impassible, sa casquette de base-ball rabattue sur ses yeux.

Margo est amoureuse de lui depuis toujours. Du moins, elle l'était du temps de Jennifer. Celle-ci passe en revue les rumeurs des quatre dernières années. Est-ce qu'ils sont sortis ensemble ?

A priori, non.

Plusieurs séries passent, qui l'obligent à chaque fois à échanger ses deux meilleures cartes contre les deux plus mauvaises du Président. Le jeu est conçu de telle sorte qu'il est quasi impossible de remonter une fois qu'on est au fond.

Jennifer fait n'importe quoi avec ses cartes fortes. Du peu qu'elle a retenu, elle sait que ce sont les deux et les as. Mais au lieu de les protéger, elle rapproche sa chaise de celle de Matthew et lui laisse voir tout son jeu, lui permettant de choisir quand il pioche dedans.

Elle entend les bruits de la fête dans les autres pièces : des garçons qui jouent à des jeux vidéo, des filles qui se disputent sur le choix de la musique, la baie vitrée de la terrasse qui s'ouvre et se referme. Mais elle est bien là où elle est.

Une heure plus tard, elle a perdu toutes les parties. Elle est celle qui se retrouve avec le plus grand nombre de cartes. Ça ne la dérange pas. La dernière fois que Matthew a gagné, il lui a donné un deux, la carte la plus forte. Et l'atmosphère est plutôt détendue.

Ted, un autre garçon de terminale qui joue avec eux, a visiblement trop bu. Il a renversé sa bière deux fois et, pendant la dernière partie, s'est penché trop loin en arrière. Sa chaise a basculé et il s'est cogné la tête contre la huche à pain en bois. Il n'a pas l'air de s'être fait mal. Il a juste un fou rire.

— Bon, ça devient lassant, déclare gentiment Matthew après une nouvelle victoire.

Il tend à Jennifer le deux qui lui reste et lui donne des conseils jusqu'à la fin de la partie. Ils forment une équipe, maintenant. Elle lui montre ses cartes et il lui indique lesquelles jouer. Elle reste aux aguets, espérant que Margo va entrer et les voir. Autour d'elle, les autres continuent à gagner, mais elle réussit à terminer deuxième.

— Je n'ai pas perdu !
— Félicitations !

Matthew se lève.

— Maintenant, te voilà Vice-Trouduc !

Jennifer le regarde partir d'un air morne.

— On est à court de bières ! signale Justin.

Il la regarde avant d'ajouter :

— C'est le boulot du Vice-Trouduc d'aller en chercher. Il y a un frigo au sous-sol.

Et il lui désigne une porte au fond de la cuisine.

— Je sais, merci, marmonne-t-elle.

Elle se faufile derrière les chaises des autres joueurs et va à la cuisine. Au passage, par la baie vitrée, elle voit Matthew qui s'assoit d'un bond sur le coin de la table de la terrasse. Il parle à Margo, il sourit.

Chaque pas de Jennifer fait un bruit mat dans l'escalier du sous-sol sombre et frais. En bas, il y a le lave-linge, les outils de Mr Gable et un vieux frigo jaune que les parents de Margo ont remisé quand ils ont fait refaire la cuisine. Jennifer et Margo jouaient à la maîtresse ici quand elles étaient petites. Mais les tableaux de leçons et les faux contrôles ne sont plus sur les murs.

Jennifer ouvre le frigo en se demandant comment remonter un maximum de canettes en une fois. La porte du haut s'ouvre et se referme.

— Salut, lui lance Ted d'une voix vaseuse.

Il descend lentement d'un pas mal assuré, en s'agrippant à la rampe.

— Salut.

Ted arrive derrière elle et croise les bras sur le haut de la porte du frigo.

— Tu prends des bières ?

— C'est mon boulot ! répond-elle.

Elle regrette aussitôt son ton enjoué. Les gens ne sont pas censés se réjouir d'avoir un boulot de Vice-Trouduc.

— Attends, dit Ted comme s'il allait lui proposer de l'aide.

Mais au lieu de s'emparer des canettes, il l'entraîne vers la machine à laver. La porte du frigo se referme, les laissant dans le noir.

Ted ferme ses yeux vitreux, se penche en avant, et après un petit cafouillage, sa bouche atterrit sur celle de Jennifer. Elle est chaude et humide, avec un léger goût acide. Il glisse les bras autour de sa taille et l'attire à lui.

Jennifer ferme les yeux à son tour. C'est son premier baiser. Elle sait que Ted est soûl, mais ça ne fait rien. L'an dernier, il a jeté un hot-dog sur elle. Maintenant, il l'embrasse.

Et si Ted est prêt à l'embrasser, ça pourrait amener d'autres garçons à s'intéresser à elle.

Tout à coup, le baiser de Jennifer se fait plus inspiré. Elle pense à ce qu'elle a vu à la télé, à la façon dont les femmes passent les doigts dans les cheveux des hommes, et elle fait pareil. Ted l'embrasse avec fougue, apparemment pris dans le feu de l'action. Elle sent l'air chaud qui sort de ses narines et ses muscles qui se tendent.

La porte du sous-sol s'ouvre et se referme de nouveau. Puis se rouvre. À chaque fois, un rai de lumière se pose sur Ted et Jennifer.

Elle sait qu'on les a vus. Elle glisse ses bras autour des épaules de Ted et écarte les jambes autant que le lui permet sa jupe crayon, le laissant glisser sa jambe à lui entre les siennes. Ils sont emboîtés.

Un garçon rit. On dirait Justin. Il lance d'une voix forte à ceux d'en haut :

— Wouah ! Ted doit vraiment être beurré. Il roule un patin à Jennifer Briggis !

Ted détache ses lèvres de celles de Jennifer.

— Ta gueule, crétin ! lance-t-il.

Mais il n'a pas l'air en colère. Plutôt de trouver ça drôle.

La porte se referme et ils sont à nouveau plongés dans le noir.

— Fais pas attention, dit-il en repoussant une mèche de cheveux de Jennifer. J'ai pas bu tant que ça. Sérieux.

Elle le regarde, cherchant dans ses yeux vitreux et embués une étincelle de sincérité. Puis, renonçant à la trouver, elle referme les yeux et recommence à l'embrasser.

CHAPITRE 37

Margo et ses amies ne fument que quand elles boivent. Elles ne s'achètent jamais de paquet et se contentent de taper les vrais fumeurs. Margo sait pourtant qu'elle doit se méfier. Honnêtement, elle est à deux doigts de la dépendance.

Mais après l'incident avec Jennifer, elle meurt d'envie d'une cigarette. Elle sort sur la terrasse et en fume quatre d'affilée dans son coin. Enfin… elle les laisse surtout se consumer, ne tirant que des bouffées occasionnelles.

Elle est trop furieuse, trop oppressée pour inhaler.

Elle se repasse la scène en boucle, se revoit monter les escaliers, trouver Jennifer en train de fouiller dans ses affaires. La paranoïa la gagne. Ses mains se mettent à trembler et la fumée de sa cigarette s'élève vers le ciel dans un tourbillon haché. Depuis combien de temps Jennifer était-elle dans sa chambre ? Qu'espérait-elle y trouver ?

La vérité la frappe brutalement.

La pince à gaufrer de Mount Washington.

En la trouvant, Jennifer aurait tenu son ultime vengeance. Elle serait redescendue en la brandissant au-dessus de sa tête pour que tout le monde la voie. Et elle aurait été assurée d'être élue reine du bal. En prime, Margo aurait passé son année de terminale sans un ami, tenu à l'écart, comme Jennifer pendant son année de troisième. Le cycle complet du karma.

A-t-elle vraiment mérité ça ?

De toute évidence, Jennifer la considère comme quelqu'un d'horrible. Mais Margo ne peut pas croire qu'elle a pu sincèrement la soupçonner d'avoir rédigé la liste. C'est peut-être une pensée idiote, après tout ce qu'elle a fait à Jennifer, mais celle-ci devrait la connaître mieux que ça.

Margo se retourne en entendant la porte en verre s'ouvrir. C'est Matthew.

Il s'arrête, un pied dedans, un pied dehors.

— Salut. Je venais prendre un peu l'air. Mais… t'as l'air d'avoir envie de rester seule.

— Non, pas de problème, répond-elle en se tournant de nouveau vers le jardin.

Elle s'apprête à éteindre sa cigarette, parce qu'elle sait qu'il n'aime pas ça, mais au point où elle en est, à quoi bon… De toute façon, tout le monde semble déjà la prendre pour une salope.

Margo est quand même soulagée de voir Matthew. Ça lui donnera l'occasion de ne plus penser à Jennifer. Or c'est justement d'elle qu'il lui parle.

— Jennifer Briggis me déprime à mort, déclare-t-il en s'asseyant d'un bond sur la table de la terrasse.

Je n'ai jamais vu quelqu'un se démener autant pour se faire apprécier.

« Moi aussi, je suis comme ça », songe Margo en fixant l'obscurité.

— Plus de la moitié de ceux qui sont là pensent que c'est moi, l'auteur de la liste. Ils croient que c'est moi qui ai mis Jennifer dessus.

— Ouais, fait Matthew en balançant les jambes. Je sais.

Cette confirmation lui donne le vertige et elle doit s'agripper à la rambarde.

— Elle aussi, c'est ce qu'elle croit. Je ne peux pas lui reprocher.

Les yeux de Margo s'embuent.

— Elle a toutes les raisons de me détester, poursuit-elle.

Elle se retourne pour faire face à Matthew.

— J'ai été horrible avec elle.

C'est la première fois qu'elle le dit, sans se chercher d'excuse ni rejeter la faute sur quelqu'un d'autre. Elle se met à pleurer.

Matthew descend de la table pour s'approcher d'elle.

— Ça va ?

Elle s'essuie les joues sur la manche de son gilet.

— Tu dois me trouver complètement idiote de pleurer pour ce genre de truc.

Elle est soulagée de le voir secouer la tête.

— Non, répond-il. En fait, ça m'a épaté que tu aies

le cran de dire à Dana et Rachel ce que tu pensais de toute cette histoire de vote pour Jennifer.

Il lui frotte l'épaule.

— Et pour info, je trouve aussi que c'est une très mauvaise idée.

— Elles croient bien faire, dit Margo.

Mais pourrait-elle en dire autant d'elle-même ? Elle en est moins sûre.

— Oui, sans doute. Mais c'est assez dingue que Jennifer les suive là-dessus, ajoute Matthew.

— C'est parfaitement normal. Elle a envie de se sentir belle, comme toutes les filles que je connais. C'est bien pour ça qu'on fait tout un plat de la liste et du bal de la rentrée.

Margo a l'air de prendre la défense de Jennifer, alors qu'en réalité, elle parle pour elle. Elle se justifie d'attacher de l'importance à la liste, de tenir à être élue reine du bal.

— Je ne crois pas que ce soit ça, objecte Matthew. Vous, les filles, vous voulez que tout le monde vous trouve belles.

— Possible, concède-t-elle.

Elle sait qu'il a raison ; mais ça paraît si pitoyable !

— Je ne crois pas que tu aies rédigé la liste, Margo. Si ça peut te consoler.

— J'avoue que je préfère ça, dit Margo.

Elle laisse échapper encore deux larmes et rougit.

— Je ferais mieux de rentrer.

Puis elle écrase sa cigarette et le regarde.

— Ça se voit que j'ai pleuré ?

Il tend la main pour essuyer la dernière larme sur sa joue.

— Non.

— Merci pour ce que tu m'as dit, et pour m'avoir écoutée.

Et elle se dirige vers la porte le cœur battant.

— Je danserai avec toi demain soir, même si tu ne gagnes pas, lance-t-il dans son dos.

Une danse avec le garçon qu'elle a toujours aimé. C'est merveilleux de pouvoir attendre quelque chose qui n'ait rien à voir avec la liste ni avec l'élection de la reine de la rentrée, quelque chose qui ne soit ni tristesse ni culpabilité.

Qui ne soit que du positif.

La fête commence à se tasser aux alentours de minuit. Chaque fois que Margo a sorti des sacs-poubelles, elle a essayé de repérer Jennifer. Pas vraiment pour s'excuser. Parce que dans le fond, Jennifer n'avait rien à faire dans sa chambre. Mais elle aurait peut-être pu lui sourire, manifester un signe de bonne volonté, pour pacifier un peu leur relation. Mais elle ne l'a pas vue depuis des heures.

Dana et Rachel l'aident à nettoyer. Les trois amies sont dans la cuisine, occupée à vider les canettes de bière pour les jeter dans des sacs de recyclage, quand elles entendent grincer la porte du sous-sol. Jennifer et Ted émergent de l'obscurité.

Les boucles des cheveux de Jennifer sont toutes aplaties et forment un paquet de nœuds derrière sa tête. Ted, tout rouge, cligne des yeux à la lumière.

— Merde, soupire-t-il.

Et il s'éloigne d'un pas chancelant.

Dana, Rachel et Margo évitent de se regarder.

— Quelle heure est-il ? demande Jennifer avant d'émettre un drôle de bruit de gorge.

— Heu, il est plus de minuit, répond Dana. Vous êtes restés combien de temps en bas ?

— Je dois y aller.

Jennifer essaie de faire un pas, mais elle n'a pas l'air de savoir par quel pied commencer. Elle vacille sur les talons de ses bottines sans avancer d'un centimètre.

Margo est gagnée par une sensation nauséeuse, comme si elle avait bu trop de Punchy Punch.

— Tu ne peux pas conduire, déclare Dana. Où est passé Ted ?

Rachel regarde par la fenêtre.

— Je crois qu'il vient de partir.

— Quel crétin, commente Dana en se dépêchant de s'essuyer les mains sur un torchon. Je te ramène chez toi, Jennifer. Tu n'as qu'à laisser ta voiture ici et venir la rechercher demain. T'es prête, Rachel ?

— Prête. À demain, Margo. Merci pour tout.

Jennifer passe en titubant devant Margo sans croiser son regard.

— Ouais. Merci. Pour tout.

Samedi

CHAPITRE 38

On ne peut pas dormir avec le cœur brisé.

Chaque fois que Danielle se retourne dans son lit, on dirait que des échardes lui déchirent les flancs, lui infligeant une nouvelle blessure.

À six heures et demie du matin, elle renonce et enlève son pyjama pour enfiler son maillot de bain et le survêtement aux couleurs de son équipe.

Mrs DeMarco la conduit au lycée après avoir jeté son manteau sur son peignoir bleu en polaire.

Le parking est désert.

— Tu t'es peut-être trompée d'heure ?

— Possible, ment Danielle en détachant sa ceinture. Mais ne t'en fais pas, ils vont bientôt arriver. Retourne te coucher.

Elle attend à l'entrée du parking en se frottant les mains pour se réchauffer.

Dès qu'elle voit apparaître la jeep de l'entraîneur, Danielle court derrière sur le parking. Elle colle le visage à la vitre côté conducteur alors que le moteur tourne encore.

— Bonjour, Tracy.

Son haleine dépose de la buée sur la vitre. Elle l'essuie avec la manche de son sweat-shirt et ouvre la portière comme un groom.

Si l'entraîneur est étonnée de la voir, elle n'en laisse rien paraître.

— Qu'est-ce que tu fais là ? se contente-t-elle de lui demander.

— Mon épaule allait beaucoup mieux quand je me suis réveillée ce matin. Tout à fait bien, même.

Elle se tourne parallèlement à la jeep, penche le buste à l'horizontale et se lance dans une simulation énergique de nage papillon.

— Alors je voulais vous dire que j'étais prête à nager le relais, si vous avez besoin de moi.

— C'est ce qu'on appelle un prompt rétablissement, ironise Tracy. Mais quelqu'un a pris ta place, je t'avais prévenue.

— Oui.

Danielle se redresse et prend une inspiration avant de déclarer :

— J'ai voulu venir quand même pour vous montrer que je suis consciente de la chance que vous m'avez donnée. Et pour vous promettre que je ne manquerai plus un seul entraînement cette saison.

Elle hésite.

— ... Et aussi pour m'excuser pour hier.

Danielle espérait qu'en reconnaissant ce qu'elles semblaient savoir toutes les deux, elle aurait droit à une seconde chance. Mais alors qu'elle s'attendait à ce que le visage de l'entraîneur se radoucisse, elle le voit au contraire se durcir.

— Je fais tout ce que je peux pour ne pas prendre ce que tu as fait comme une insulte personnelle, Danielle. Mais autant que tu le saches, je trouve le fait de simuler une blessure particulièrement offensant.

Les yeux de Tracy se plissent et lancent des éclairs.

— À cause de ce que moi, j'ai eu aux épaules, je ne pourrai plus jamais nager comme avant. J'ai raté ma chance d'aller aux jeux Olympiques. Pire, j'ai perdu toute une partie de mon identité, celle qui faisait que j'étais quelqu'un. Tu imagines ce que je peux ressentir ?

Danielle baisse le nez. Elle a envie de tout avouer, la liste, la façon dont on s'est moqué d'elle toute la semaine, sa rupture avec Andrew. Elle essaie de parler, mais sa voix reste coincée dans sa gorge. De toute façon, Tracy n'a pas fini, et continue sans la laisser intervenir :

— Tu n'étais visiblement pas prête à assumer la responsabilité et l'honneur de faire partie de l'équipe de natation du lycée. Mais maintenant que tu es là, tu n'as qu'à prendre les serviettes à l'arrière et les charger dans le car. Avec les bouteilles d'eau. Si tu veux te rendre utile, fais en sorte qu'elles restent pleines jusqu'à la fin de la rencontre.

Danielle ne sait pas trop si elle doit se réjouir ou déprimer. Mais elle fait ce qu'on lui demande avant de monter dans le car qui doit emmener l'équipe sur le lieu de la compétition. Les autres montent à leur tour. La plupart ont rabattu la capuche de leur sweat-shirt sur leurs yeux et fourré leurs écouteurs dans leurs oreilles.

Personne ne prend de nouvelles de sa blessure à l'épaule. Et Danielle s'abstient de les informer qu'elle a été déchue de la position de membre de l'équipe à celle de responsable du matériel.

Quand elle monte dans le car, Hope a l'air agréablement surprise de voir Danielle. Celle-ci essaie de ne pas éprouver de jalousie à l'idée que sa meilleure amie ait pris sa place. Après tout, elle est la seule fautive.

— Ça ne te dérange pas si je m'assois à côté de toi ? lui demande Hope.

Danielle se pousse. Mais elle a du mal à la regarder en face. Elle n'a pas totalement digéré l'humiliation de s'être comportée comme une lavette avec Andrew.

— Comment tu te sens, Danielle ?

— Moyen.

— Tracy t'a dit que tu pouvais nager ? s'enquiert Hope à voix basse.

— Non.

— Je suis désolée.

Danielle rabat sa capuche comme les autres.

— Ouais, moi aussi.

Le suspense se prolonge tout au long de la compétition. L'issue reste incertaine, chaque école prenant l'avantage dans un relais pour le perdre dans l'épreuve suivante. Assise dans les gradins, Danielle passe l'eau et les serviettes aux membres de l'équipe et rappelle régulièrement à Hope de faire des sauts et des écarts pour s'échauffer, comme elle a vu Andrew le faire sur le banc de touche.

Dès que la pensée d'Andrew s'insinue dans son esprit, elle fait tout pour la rejeter. Ça l'attriste de se dire qu'elle va devoir intégrer ce nouveau réflexe. Malgré le soupçon de regret manifesté par Andrew, elle ne pourra jamais lui pardonner ce qu'il a fait, la façon dont il l'a humiliée, plus gravement que ne pouvait le faire une liste ou un surnom idiot. Aussi forte soit-elle, elle ne sait pas si elle arrivera à oublier Andrew.

Quand arrive le 4 x 100 mètres nage libre, Mount Washington a pris une légère avance grâce à l'épreuve de nage libre individuelle masculine, où les garçons ont arraché les première, deuxième et quatrième places. En se battant dans la dernière épreuve, les filles ont encore une chance de transformer leur avantage en victoire. L'entraîneur vient leur parler.

— Hope, je te sors de cette course pour te mettre dans le 200 mètres nage libre de la prochaine compétition.

Puis, se tournant vers Danielle :

— Vas-y. Tu prends la dernière position, celle de la plus rapide. Ne me le fais pas regretter, ajoute-t-elle avant de fourrer son sifflet dans sa bouche.

Une décharge d'adrénaline traverse Danielle. Elle a envie de pleurer, de remercier Tracy, mais il sera toujours temps plus tard. Une fois qu'elle aura fait ses preuves.

Danielle se hâte d'enlever son survêtement. Elle n'a jamais été aussi tendue avant de nager ; chacun de ses muscles tressaille. Hope la serre contre elle pour lui souhaiter bonne chance et rentre une mèche de ses cheveux sous son bonnet.

Danielle suit les autres filles jusqu'à leur couloir. Elle va nager avec deux seniors, Andrea et Jane – celle avec qui elle a fait équipe en salle de musculation – et une junior, Charice. Elle sait que ce sont les trois meilleures nageuses de l'école, et elle ne peut pas s'empêcher de se demander si elle est au niveau.

Danielle, Andrea et Charice entourent Jane, qui leur dit à chacune quelques mots d'encouragement. Danielle n'écoute pas ; elle regarde les autres filles dans leurs maillots. Elles ont les mêmes muscles, la même carrure qu'elle. Et elle a tout à coup le sentiment de se trouver parfaitement à sa place.

Après le départ de la troisième, Danielle met ses lunettes de plongée, grimpe sur le plot et se place en position. Leur équipe a une ou deux secondes de retard sur l'autre lycée.

Danielle plonge. À peine est-elle remontée à la surface de l'eau que sa tête se vide. À coups de battements de bras et de jambes, elle expulse toute sa peine. En nageant, elle oublie tout le reste.

Danielle et Hope montent dans le car et s'assoient côte à côte à l'avant. L'atmosphère n'a plus rien à voir avec celle du matin. Toute l'équipe est d'humeur festive, frappe du pied et tape des mains. Tous entonnent à tue-tête le chant de combat de Mount Washington pendant que deux garçons dansent dans l'allée centrale.

L'équipe de relais de Danielle est arrivée en tête et elle a battu le record individuel de vitesse de l'école. Elle sait que son exploit a allumé au fond d'elle une petite étincelle de joie, mais elle est trop épuisée pour l'atteindre. Elle a donné tout ce qu'elle avait. Elle se sent vidée, sans aucune force pour fêter la victoire. Elle ne rêve que d'aller se coucher et de dormir tout le week-end.

Jane, assise derrière elle, se penche par-dessus son dossier.

— Danielle! Notre championne!

Elle désigne le fond du car d'un coup de pouce par-dessus son épaule.

— Vous connaissez Will Hardy, les filles? Il habite dans la maison en briques rouges derrière le parking du lycée. Toute l'équipe va chez lui pour une petite fête avant le bal, on prendra des photos, et ensuite, on ira tous ensemble au gymnase. Vous devriez venir, toutes les deux.

— Génial, merci! s'exclame Hope avec un grand sourire, avant de lancer un coup d'œil complice à Danielle. On y sera!

Danielle rentre les mains dans les manches de son sweat-shirt.

— En fait, je crois que je ne vais pas sortir ce soir. Mais merci de m'avoir invitée.

Jane reste bouche bée.

— Quoi? Pourquoi tu ne vas pas au bal?

— Je suis vannée. Je n'ai pas dû dormir plus de cinq minutes la nuit dernière.

Jane fait la moue.

— Si ce n'est que ça, tu n'as qu'à faire la sieste! Le bal, c'est dans huit heures.

— Ouais. Je ne me sens pas trop d'attaque.

Danielle se rend bien compte que Jane ne comprend pas et qu'elle s'attend à une explication un peu plus convaincante. Mais elle n'est pas prête à raconter ce qui lui arrive. C'est encore bien trop à vif.

Hope soupire.

— Elle a rompu avec son mec, signale-t-elle à Jane. Il s'est comporté comme un crétin avec elle à cause de la liste. Hier, il l'a invitée à aller manger une pizza et sur place, il a laissé tous ses potes la mettre en boîte sans broncher.

— Hope! proteste Danielle.

— C'est qui, ce connard?

— Andrew Reynolds, dit Danielle.

Jane hausse les épaules en signe d'ignorance.

— Il est en seconde.

— Ben il s'en est tiré à bon compte, ton Andrew, parce qu'il mériterait un coup de pied dans le cul, oui.

Jane se retourne vivement vers le fond du bus.

— Andrea! Charice! Venez m'aider à convaincre Danielle qu'elle doit venir au bal!

Aussitôt, les deux filles viennent s'asseoir sur les sièges vides de l'autre côté de l'allée.

— Quoi? Pourquoi elle ne vient pas au bal? s'étonne Charice.

— À cause de son ex. Andrew Reynolds, explique Jane.

— C'est qui? demande Andrea.

— Il est à Mount Washington? enchaîne Charice.

— Oui, répond Danielle, étonnée qu'elles ne le connaissent pas.

Mais, bon, c'est logique. Andrew n'est qu'en seconde.

— Il est dans l'équipe de football américain, précise-t-elle.

— Mais il ne joue pas, ajoute Hope. Il est assez petit. Et il a les yeux super rapprochés. Comme si on lui écrasait les joues.

Le visage d'Andrea s'illumine.

— Ah, le petit maigrichon couvert de boutons ?

Danielle secoue la tête.

— Faut pas exagérer. C'est à cause du casque.

Cela dit, elle se rappelle soudain qu'il a aussi de l'acné dans le dos. Elle n'y a jamais prêté attention, après le jour où elle l'a remarqué la première fois qu'ils sont allés nager dans le lac Clover. Ça ne l'avait pas gênée. Elle l'appréciait pour ce qu'il était.

Et si elle est touchée par ce que les filles essaient de faire, elle a une raison sérieuse de ne pas vouloir aller au bal. Prenant une inspiration, elle avoue :

— Je ne sais pas si je pourrais supporter de le voir danser avec une autre fille.

Ils ont dansé ensemble il y a six semaines, le dernier soir de la colo. La terrasse qui s'étendait derrière la salle commune avait été décorée avec des guirlandes d'ampoules blanches. Ça ne rivalisait pas avec les étoiles dans le ciel, mais ça mettait quand même un peu d'ambiance.

Le directeur a fait le DJ, avec des enceintes de location et la stéréo de son bureau. Il a passé des classiques du rock, des chansons pop et des airs idiots de clubs de vacances. Seules les filles ont dansé, en couple ou par petits groupes. De temps en temps, un garçon faisait la poule ou un mouvement de hip-hop pour rigoler, mais les autres se contentaient de regarder.

Andrew n'était pas un grand danseur et, à vrai dire, Danielle non plus. De toute façon, c'était la soirée des enfants, pas celle des moniteurs, et ils sont restés tous les deux derrière le buffet, à servir des verres de soda, à empêcher les gamins de se balancer de la nourriture et à calmer les filles qui tournoyaient comme des toupies.

Les autres moniteurs, les anciens, restaient appuyés à la rambarde, à déprimer parce que cette fête sonnait le glas du meilleur moment des vacances.

Jusqu'à cette dernière soirée, Danielle ne savait pas trop ce qu'allait devenir sa relation avec Andrew. Depuis qu'ils sortaient ensemble, ses sentiments pour lui avaient évolué rapidement. Enfin, peut-être pas tant que ça, compte tenu du temps qu'ils avaient passé ensemble : une bonne part des activités collectives et trois repas par jour. Ils avaient regardé toutes les vidéos de la colo jusqu'à la lettre W, et Andrew avait pris en photo celles qui restaient en disant qu'ils pourraient les louer et les visionner ensemble à Mount Washington. C'était plutôt bon signe. Mais Danielle savait que les choses ne seraient plus pareilles. Chacun serait pris par son travail scolaire, ses amis, ses activités sportives.

Elle se disait que, dans un sens ou dans l'autre, ça lui conviendrait. Elle se le répétait beaucoup les derniers jours, dans l'espoir de finir par se convaincre.

Et puis, sans crier gare, Andrew s'est penché vers elle pour murmurer :

— Je suis content qu'on n'ait pas à se quitter ce soir.

— Moi aussi, a-t-elle murmuré en retour.

Et la soirée a pris soudain une autre tournure. C'était la dernière pour les gamins, pour les anciens, pour tout le monde sauf pour eux deux. Le lendemain matin, ils n'auraient pas à monter dans deux cars qui les conduiraient dans des directions opposées. Ils rentreraient au même endroit.

Ce n'était pas une fin, mais le début d'autre chose.

Le directeur a annoncé la dernière danse au micro. Avant que Danielle ait pu réagir, Andrew a pris sa main et l'a entraînée sur la piste. Quelques gamins les ont montrés du doigt en gloussant. Mais ça n'a pas empêché Andrew de poser ses mains sur la taille de Danielle en glissant les doigts dans les passants de son short. Elle a mis ses mains sur ses épaules.

— Tu es magnifique, a-t-il murmuré.

Rétrospectivement, ces paroles ont perdu leur sens aux yeux de Danielle, maintenant que la réalité est venue assombrir toutes les promesses d'alors.

L'a-t-il vraiment trouvée belle, ce soir-là ?

Elle s'est sentie belle, en tout cas, malgré ses piqûres de moustiques, le vernis violet écaillé sur ses ongles de pied et les horribles marques de bronzage de son gilet de sauvetage.

Elle s'est sentie belle tout l'été. Mais ça paraît si loin.

Vers la fin de la chanson, Andrew lui a écrasé les pieds. Ça lui a fait un peu mal, mais toujours moins que de le voir marcher sur les orteils d'une autre.

Jane claque des doigts.

— Hé ho, Danielle ! C'est lui qui va être jaloux, quand il te verra danser avec des mecs de terminale !

Danielle rit.

— Je ne connais pas de mecs de terminale.

— Oh mais si !

Jane se retourne pour appeler Will.

— Will, tu danses avec Danielle ce soir ?

— Pas de problème ! répond Will avec un grand sourire, révélant des dents d'une régularité et d'une blancheur parfaites. Je connais des mouvements. Plein de mouvements.

Il remonte l'allée et retourne s'asseoir tout en dansant le hip-hop.

— J'ai vu qu'il te matait, pendant le relais, chuchote Andrea.

— Ouais, c'est ça.

Charice se penche pour pincer la joue de Danielle.

— T'es super sexy ! Pourquoi tu te prends la tête ?

— C'est décidé, fait Jane en croisant les bras. On passe vous chercher à sept heures ce soir.

— Je n'ai rien à me mettre ! proteste Danielle en riant.

— Mais si, lui rappelle Hope en lui donnant un coup de coude. La robe rose que tu t'es achetée.

Danielle l'a essayée hier, dans le cadre de sa séance d'auto-apitoiement après sa rupture avec Andrew. On ne peut pas dire que cette robe lui aille. Ce n'est pas du tout elle.

— Pas question que je mette ce truc, dit-elle.

Jane désigne Andrea.

— Elle a des robes jusqu'au plafond.

Andrea rejette ses cheveux en arrière avant de confirmer :

— Exact. Je suis officiellement une dingue des fringues.

— Merci, dit Danielle, qui commence à se prendre au jeu.

Elle a remarqué qu'en effet, Andrea a un don pour s'habiller.

— Alors ?

— Alors, c'est OK, répond Danielle en souriant.

CHAPITRE 39

Margo mange un bol de céréales en vitesse, debout près de l'évier. Plus que quelques heures avant le match. Elle a mis son uniforme de pom-pom girl et s'est attaché les cheveux avec un ruban blanc. La cuisine est aussi impeccable que si la femme de ménage venait de passer. Les seules traces de la fête d'hier sont l'odeur de bière éventée qui remonte de l'évier, les trois sacs de recyclage pleins à ras bord sur la terrasse, qui s'affalent progressivement contre la baie vitrée, et la légère brume de fumée de cigarette qui flotte dans l'air.

Rachel et Dana devraient arriver d'une minute à l'autre.

Margo va à la fenêtre de devant et écarte les rideaux. La voiture de Jennifer est toujours garée dans l'allée. Margo prie pour ne pas être là quand elle viendra la récupérer.

Le téléphone sonne. Margo se dit que c'est peut-être une des filles qui appelle pour dire qu'elle sera en retard. Mais c'est Maureen.

— Salut, dit sa sœur après une pause un peu gênée, due au fait qu'elle n'a pas cherché à lui parler depuis un mois. Maman est là ? Elle ne décroche pas son téléphone.

— Elle est partie faire des courses avec papa. Après ça, ils vont au match de la rentrée.

— Ah, c'est vrai, dit platement Maureen. Comment ça se passe ?

Margo hésite, mais par certains côtés, Maureen est mieux placée que n'importe qui pour comprendre le problème.

— Honnêtement, pas génial. Il y a tout un mouvement pour faire élire Jennifer reine du bal.

Maureen lâche un soupir exaspéré.

— Tu ne trouves pas ça moche, Margo ? Vous trouvez qu'elle n'a pas assez morflé ?

Margo n'apprécie pas du tout le ton de sa sœur, compte tenu de la manière dont elle parlait de Jennifer il n'y a pas si longtemps.

— Je n'ai rien à voir là-dedans, rectifie-t-elle. Je fais même partie des rares personnes dans ce cas, même si tout le monde au lycée pense que c'est moi qui ai rédigé la liste cette année.

— Attends, quelle liste ?

— Ça ne fait pas quatre mois que tu as quitté le lycée et tu as déjà oublié la liste ?

Margo consulte sa montre. Les pom-pom girls ont rendez-vous au lycée dans cinq minutes pour monter dans le car avec les joueurs et prendre la tête du cortège des Braves.

— Je n'ai pas oublié, réplique sèchement Maureen. Mais en principe, il ne devait plus y en avoir cette année.

La main de Margo se crispe sur le combiné.

— Comment tu le sais ?

Maureen tarde à répondre. Et pendant ce long silence, un mauvais pressentiment oblige Margo à s'asseoir lentement sur l'accoudoir du canapé. Enfin, Maureen inspire à fond et annonce :

— C'est moi qui ai fait la liste l'an dernier.

Un coup de klaxon retentit dehors. C'est Dana et Rachel, qui viennent la chercher.

— Comment ça, tu as fait la liste l'an dernier ? dit Margo, prise par le temps. Mais tu étais sur la liste.

— Oui…

Margo entend sa sœur passer le récepteur d'une oreille à l'autre.

— … je me suis inscrite dessus.

— Mais…

Nouveau coup de klaxon. Margo jure entre ses dents.

— Tu peux attendre une seconde ? Ne raccroche pas !

Elle pose le téléphone sur le canapé et ouvre la porte à la volée.

— Je vous retrouve au lycée ! crie-t-elle aux filles.

— Quoi ? Pourquoi ? braille Dana à son tour.

— Tu vas rater le cortège des Braves ! ajoute Rachel.

— Alors on se retrouve au stade ! répond Margo.

Dana et Rachel ne voient pas du tout quelle raison elle peut bien avoir de manquer le cortège des Braves, mais elle n'a pas le temps de leur expliquer.

— Je vous raconterai plus tard! leur lance-t-elle.

Après un signe de la main, elle claque la porte et retourne en courant prendre le téléphone.

— Maureen, tu es toujours là?

— Ouais, répond sa sœur d'un ton las.

Margo va regarder par la fenêtre. Dana et Rachel sont parties.

— Alors, dit-elle en s'asseyant en tailleur au milieu du tapis oriental. Qu'est-ce qui s'est passé?

Elle n'ajoute pas un mot. Elle ne respire même plus.

— C'était en fin de première, commence Maureen. En vidant mon casier, je suis tombée sur un sac en plastique qui pesait super lourd. Dedans, il y avait un truc emballé dans du papier kraft. C'était la pince à gaufrer de Mount Washington. Il n'y avait pas de mot. Aucune instruction, aucun indice sur qui avait pu la mettre là. J'ai fouillé la corbeille dans laquelle je venais de jeter tous mes vieux papiers, au cas où j'aurais jeté la lettre avec. Je ne sais pas du tout depuis combien de temps c'était là. Mais ce qui était clair, c'est que ça m'ouvrait des possibilités. J'ai passé l'été à me demander qui j'allais mettre sur la liste. Ce genre de truc, ça te donne un vrai sentiment de pouvoir. Je ne pouvais pas m'empêcher d'évaluer toutes les filles que je voyais. Mes amies, tes amies, les petites troisièmes le jour de l'orientation. C'était comme un énorme concours de beauté secret, avec un seul juge : moi. À vrai dire, je réfléchissais uniquement aux jolies. Les moches, c'était juste... je n'y ai pensé qu'après. À part Jennifer. Elle, j'avais décidé pratiquement dès le début qu'elle serait sur la liste.

— Pourquoi ?

— Parce que c'est ce que tout le monde attendait.

Margo médite cette remarque tandis que sa sœur poursuit :

— J'ai pensé à toi pour la plus jolie première, Margo. Mais j'ai choisi Rachel pour ne pas éveiller les soupçons. Tu imagines, toi et moi, nommées toutes les deux la même année !

— Tu aurais pu me prendre, moi, plutôt que toi, signale Margo.

— Hmm. Oui, c'est vrai. Mais j'ai trouvé que je l'avais mérité.

C'est drôle, Margo a eu le même sentiment. Elle n'a jamais remis en cause la nomination de sa sœur, ni son élection comme reine du bal de la rentrée. Mais le fait de savoir que c'est Maureen elle-même qui est derrière tout ça modifie un peu la perspective.

— L'intérêt d'être la plus jolie terminale, ça a dû durer une heure, continue sa sœur. Mes amies étaient jalouses. Elles se comportaient bizarrement avec moi. Elles pensaient qu'elles auraient mérité le titre plus que moi. Et elles avaient peut-être raison, mais j'ai commencé à me demander si c'étaient de vraies amies. Et je m'en voulais chaque fois que je voyais Jennifer qui essayait de prendre ça cool dans les couloirs. Tu connais l'histoire d'Allan Poe, celle du cœur qui bat sous le parquet? Ma vie, c'était ça. C'est ce qui m'a donné l'idée. Celle de tout avouer.

Après les examens, je suis allée voir Jennifer. Je lui ai dit ce que j'avais fait et je lui ai promis de m'arranger pour qu'elle ne soit pas dessus l'année d'après. Qu'elle ne subirait pas ça quatre ans de suite. Qu'il n'y aurait plus de liste.

J'ai tenu à jeter la pince à gaufrer à la poubelle devant elle. Je me suis excusée, et j'ai dit que je comprendrais qu'elle me dénonce.

— Wouah. C'est… wouah. Au fait, sinon, à qui tu aurais donné la pince?

— Bah, sans doute à toi.

Puis, après une pause :

— Mais je ne t'aurais jamais dit qu'elle venait de moi.

Les pensées tourbillonnent dans la tête de Margo. Qui aurait-elle mis sur la liste si elle en avait eu la possibilité? Malgré toute son envie d'être la reine du bal, aurait-elle été capable de s'inscrire dessus elle-même?

Question intéressante, certes, mais sans importance. Ce qui compte, c'est que Margo est innocente.

Et qu'elle a désormais la preuve de la culpabilité de Jennifer.

— Ça veut dire qu'après ton départ, Jennifer a dû reprendre la pince dans la poubelle, dit-elle. Et qu'elle s'est nommée elle-même la plus moche des terminales.

Mais pourquoi Jennifer ferait-elle une chose pareille ?

— Oui, confirme Maureen. Et qu'elle t'a nommée la plus jolie.

Bien que le cortège des Braves ait sûrement déjà amorcé son retour vers la montagne et le match, Margo, elle, prend sa voiture pour aller chez Jennifer. Elle ne peut pas laisser la situation telle quelle une minute de plus.

Dire que pendant tout ce temps, Jennifer savait. Elle savait que les gens soupçonnaient Margo d'être derrière la liste, et elle n'a jamais levé le petit doigt, jamais dit un mot pour sa défense. Ça l'a bien arrangée que Margo soit l'accusée, que sa réputation soit coulée, que ses amies et des tas de gens qu'elle ne connaissait même pas la prennent pour une garce.

Margo est furieuse d'avoir pu éprouver de la pitié pour Jennifer. Elle voudrait pouvoir revenir en arrière et effacer sa conversation avec Matthew. Pas la fin, bien sûr, mais sans hésitation, les éléments où elle s'est présentée sous son mauvais jour. Elle a hâte de mettre Jennifer au pied du mur, de la forcer à avouer. Ensuite, elle n'aura plus qu'à lancer à tous ceux qui la croyaient coupable : « Je vous l'avais bien dit. »

Tandis qu'elle se gare devant chez Jennifer, elle se sent nerveuse, tout à coup. Elles vont enfin avoir une explication, celle qu'elles auraient dû avoir en quatrième. Si ce n'est qu'à présent, ça va être bien plus pénible et plus violent.

Mrs Briggis vient ouvrir. Margo ne l'a pas revue depuis le jour de la rupture. Elle s'attend à un accueil glacial ; à tort.

— Margo ! Quelle bonne surprise !

Mrs Briggis jette un coup d'œil derrière elle.

— Jennifer est encore au lit. Je crois qu'elle ne se sent pas très bien.

— Vous pensez que je pourrais monter lui parler, juste une minute ? C'est à propos de ce soir.

— Bien sûr. Elle vraiment hâte d'aller au bal. C'était adorable de votre part de l'emmener faire du shopping. Si elle n'était jamais allée à un seul bal du lycée, je suis sûre qu'elle l'aurait regretté toute sa vie.

— C'est sûr, marmonne Margo en regardant ses pieds.

Elle monte l'escalier quatre à quatre et entre dans la chambre sans frapper. Jennifer dort. Ses vêtements, ceux qu'elle portait à la fête d'hier soir, sont jetés en tas par terre.

Les murs sont peints en jaune citron très vif. Margo ne se rappelle pas cette couleur, mais elle n'arrive pas non plus à se souvenir de celle d'avant. Les lits superposés ont disparu, remplacés par un lit à armature métallique dont les montants sont surmontés de sphères en verre rose. Margo ne distingue de Jennifer que la masse de sa silhouette sous la couverture en patchwork, faite à la main par sa grand-mère pour ses onze ans. Margo adorait cette couverture. Ses carrés préférés étaient les roses avec les dessins de fraises. Ceux de Jennifer étaient les trèfles.

Margo, qui n'a pas pensé à la grand-mère de Jennifer depuis trois ans, songe soudain qu'elle doit être morte. Elle était très malade pendant leur année de quatrième, et son état ne faisait que s'aggraver. Jennifer l'appelait à la maison de repos et lui chantait des chansons au téléphone.

Margo s'approche du lit.

— Jennifer! murmure-t-elle. Jennifer, réveille-toi.

Jennifer s'extirpe des couvertures en se tortillant et regarde Margo, les yeux plissés.

— Qu'est-ce que tu fais là?

— Je sais que c'est toi qui as fait la liste, Jennifer. Ma sœur m'a tout raconté.

Margo croise les bras et attend. Elle attend de voir naître sur le visage de Jennifer cet air du coupable qui se dit « oh-ho... » en se voyant démasqué.

Jennifer se tourne sur le côté avec une grimace de douleur. Sûrement l'effet de l'alcool de la veille. Il y a un verre d'eau sur sa table de chevet. Elle en boit quelques gorgées et dit :

— Oh.

Pas « oh-ho ». Juste « Oh ».

Margo cherche du regard la pince à gaufrer de Mount Washington. Pour avoir un élément de preuve à emporter et à montrer à tout le monde. Mais la chambre est en pagaille. Jennifer a dû la cacher. Margo se retourne vers elle.

— Pourquoi tu t'es choisie comme la plus moche des terminales ? C'était pour me piéger ? Ou tu voulais juste te faire plaindre ?

— Pourquoi je n'aurais pas le droit de me faire plaindre ?

Il n'y a aucune trace de sarcasme dans sa voix. Sa question est sincère.

— Heu, parce que c'est de ta faute si tu es sur la liste ? Tu t'es fait ça toute seule !

Jennifer secoue la tête comme si Margo ne saisissait pas.

— Ouais, cette année. Mais les trois autres ? Maureen m'a dit qu'elle m'avait mise sur la liste parce que les gens auraient été déçus que ce soit quelqu'un d'autre. Et tu sais quoi ? Elle avait raison. Si j'avais inscrit un autre nom, tout le monde aurait pensé : « Ça aurait dû être Jennifer. »

Elle ferme les yeux et s'assoit avec une grimace.

— Écoute, je ne pouvais pas prévoir toute cette histoire de « Votez Jennifer ». Ça m'a autant étonnée que toi.

— Mais alors, pourquoi tu t'es mise dessus ?

— Parce que tant que j'y reste, je suis quelqu'un. Les autres me connaissent. Je ne comprends pas ce qui te gêne à ce point. Je t'ai nommée la plus jolie, non ?

Margo laisse échapper un rire. Lundi dernier, elle pouvait se dire que tout le lycée la trouvait jolie. Que c'était une réalité. Mais non. C'était juste un coup de Jennifer.

— Tu es la plus jolie, Margo, reprend Jennifer. Et je n'ai jamais cherché à te voler quoi que ce soit. Mais quand Dana et Rachel ont commencé à être sympas avec moi, j'ai pensé que… je ne sais pas… qu'on pourrait redevenir amies, si je prouvais que j'arrivais à m'intégrer dans le groupe.

Elle ferme les yeux de nouveau et secoue tristement la tête.

— Mais clairement, ça ne t'intéressait pas.

« Là-dessus, elle avait raison », songe Margo.

Mais pourquoi Jennifer voulait-elle renouer ? Elle aurait dû la détester, au contraire !

Soudain, Margo se souvient. De la scène de la veille dans la chambre.

— Qu'est-ce que tu faisais dans ma chambre hier soir ? Qu'est-ce que tu cherchais ? Puisque c'est toi qui as rédigé la liste, la pince à gaufrer ne pouvait pas se trouver dans mes affaires. Qu'est-ce que tu espérais trouver ?

Enfin, elle lit sur le visage de Jennifer l'expression qu'elle attendait depuis le début. Les coins de sa bouche retombent. Elle est gênée. Elle a honte.

Jennifer baisse la tête.

— Ton journal intime.

Margo, sous le choc, recule jusqu'à se cogner dans la porte.

— Tu lisais mon journal ?

— Pas tout le temps, quand même. Seulement quand tu as commencé à être bizarre avec moi. Je voulais comprendre ce qui se passait, et toi, tu ne m'expliquais rien.

Cette fois, tout se met en place dans la tête de Margo.

— Tu savais toujours exactement quoi me dire pour que je me sente mal. Maintenant, je comprends pourquoi.

Elle était toujours frappée par le don qu'avait Jennifer de mettre le doigt pile sur les secrets qu'elle venait de confier aux pages de son journal. Comme quand elle se plaignait que ses seins étaient trop petits. Ou qu'elle parlait de ce qu'elle faisait en douce avec Rachel et Dana, de ses sentiments pour Matthew Goulding, de la peur que lui inspirait parfois Maureen… Et elle se tourmentait des pages entières sur le fait de rompre ou pas avec Jennifer.

Jennifer devait se douter de ce qui l'attendait avant même que Margo ait pris sa décision. Elle savait que ce n'était pas juste l'histoire de la jolie fille qui largue la moche. Elle savait que Margo avait mauvaise conscience à l'idée de la blesser. Margo prend une grande inspiration. Si elle avait su tout cela, au lieu de croire que Jennifer était tombée des nues, elle n'aurait pas culpabilisé autant toutes ces années.

— Je me suis dit que si je te faisais descendre de ton piédestal, ça t'empêcherait de me lâcher pour Dana et Rachel. Mais ça n'a pas marché.

Margo se rend compte que la Jennifer de terminale a gardé la même logique tordue que celle de quatrième. Elle veut quitter cette chambre tout de suite ; quitter cette maison, quitter Jennifer, comme autrefois. La seule différence est que la petite Margo de quatorze ans n'était pas entièrement sûre de ses motivations. Celle de dix-huit ans sait parfaitement pourquoi elle veut partir. Et elle l'assume à cent pour cent.

Il lui reste une chose à régler avant. Elle avale sa salive.

— Je veux cette pince à gaufrer.

— Tu vas dire à tout le monde que c'est moi ? C'est ça, ton plan : m'empêcher de gagner ?

— Il ne s'agit pas de l'élection de la reine du bal, Jennifer ! Enfin ! Évidemment, je vais dire que c'est toi. Tout le monde croit que c'est moi !

— Oh, pauvre Margo, ironise Jennifer. Tu as ta conscience pour toi. Qu'est-ce que tu en as à faire de ce que pensent les autres ?

Puis, d'un air un peu moqueur :

— Pardon, j'oubliais. Tu n'as pas changé. Tu te préoccupes toujours de ce qu'ils pensent.

— Donne-moi cette pince, Jennifer. Ma sœur m'a dit qu'elle voulait que cette liste s'arrête.

Jennifer serre les lèvres et se cale contre son oreiller.

— OK. Tu veux la pince ? Tu veux mettre fin à la liste ? Très bien, je te la donne ce soir après le bal.

— Pas question.

— Alors, pas de pince.

— Parfait, réplique Margo, les poings sur les hanches. Je n'en ai pas besoin. Je vais le dire. Je vais le dire à tout le monde.

— Tu ne pourras pas le prouver. Et je nierai.

Jennifer se retourne vers le mur.

— Et je la transmettrai pour l'an prochain, menace-t-elle. Je sais déjà à qui. Tu ne pourras pas m'en empêcher.

Margo réfléchit.

— Tu serais vraiment prête à faire ça ? Et les autres filles ? Et celles que tu as étiquetées comme les plus moches ? Ça ne te gêne pas de leur faire subir ce que tu as subi ?

— J'avais de bonnes raisons pour les choisir, Margo.

Toutes. Et avoir été nommées une fois, ça ne les empêchera pas de survivre. J'ai bien survécu, moi.

Jennifer soupire.

— Donne-moi jusqu'à ce soir, Margo. Un soir, une chance de ne pas être la moche. S'il te plaît. Et je te donnerai la pince. Sinon… bah, tu peux toujours essayer de me griller. Mais je te rappelle que Maureen en prendrait un coup aussi.

Margo sait qu'elle ne doit aucune faveur à Jennifer. Plus maintenant. Mais elle ne se voit pas lui arracher la pince des mains, ni divulguer une vérité qui éclabousserait Maureen.

Cette affaire ne se limite pas à elles deux. C'est l'intérêt général qui est en jeu. L'occasion de mettre fin à la liste une fois pour toutes. Et soudain, pour Margo, c'est tout ce qui compte. Pas d'être élue reine, ni de se blanchir auprès de ses camarades, mais de faire en sorte que personne n'ait plus jamais à subir ça.

— Ce soir, dit-elle à Jennifer. Je te laisse ce soir. Après, c'est fini.

CHAPITRE 40

Abby n'a jamais vécu un samedi aussi horrible.

Lisa lui envoie des SMS pendant tout le match de football américain pour la tenir au courant du score. C'est sympa de sa part, mais ça rend les choses encore plus pénibles pour Abby, de devoir suivre l'action à distance sur un écran minuscule alors qu'elle aurait dû y assister.

Le match démarre mal. Au point que l'entraîneur, en désespoir de cause, fait entrer des remplaçants sur le terrain. Mount Washington réussit à remonter, mais au dernier moment, Andrew manque une passe qui leur aurait permis de gagner. Lisa le voit un peu plus tard, visiblement boudé par ses camarades.

Abby ne peut pas s'empêcher de se réjouir que l'équipe ait perdu.

Avec un peu de chance, par dépit, Andrew va annuler la soirée chez lui. Ou Margo et Jennifer vont se crêper le chignon au sujet de la couronne et Mrs Colby décidera de supprimer le bal. Ou l'odeur de Sarah sera déclarée risque environnemental et le gymnase sera fermé.

Il y a toujours de l'espoir.

Le reste de l'après-midi se traîne avec une lenteur insupportable. Abby ne sait pas quoi faire d'elle-même. Alors, quand arrive l'heure où elle aurait dû se préparer pour le bal, c'est exactement ce qu'elle fait.

Elle se douche longuement et se rase les jambes. Elle se sèche les cheveux et donne un peu de ressort à ses pointes avec son fer à friser, comme Bridget l'a fait pour Lisa et elle pendant les vacances.

Puis elle se maquille les yeux. Un léger trait d'eye-liner, un peu d'ombre au creux des paupières. Elle dépose du blush rose pétale sur ses pommettes. C'est la teinte qui aurait été la mieux assortie à sa robe, celle qu'elle n'a pas achetée. Elle dessine le contour de ses lèvres au crayon avant de les teinter d'une fine couche de rouge.

Abby envoie quelques SMS à Lisa pour lui réclamer une photo d'elle dans sa robe. Lisa ne répond pas. Soit parce qu'elle est trop survoltée, soit parce que Bridget est en train de la coiffer... Abby réussit à rédiger un dernier texto qui lui donne envie de pleurer toutes les larmes de son corps :

« Amuse-toi bien ! »

Puis elle éteint son téléphone. Elle envisage de prendre un médicament homéopathique pour dormir. Elle ne veut pas passer la nuit les yeux rivés sur le réveil, à imaginer la fête qui se déroule sans elle.

Elle sort de la salle de bains pour aller dans sa chambre. Fern est à son bureau, avec *Blix Effect* et un cahier.

— Bon, tu es prête ou quoi ? s'impatiente-t-elle.

— Tu as déjà lu ce livre une dizaine de fois, tu as vu le film hier et tu retournes le voir. Tu n'as pas encore retenu l'histoire ?

— Hé ! Je te signale que je m'occupe en attendant que tu aies fini de te faire belle dans la salle de bains.

Fern achève de gribouiller quelques mots dans son cahier, lève les yeux et regarde Abby avec surprise.

— Heu, tu n'as pas oublié que tu n'allais pas au bal ?

Abby sent une tornade bouillonner en elle.

— Ferme-la.

Elle s'installe dans son lit et remonte la couverture au-dessus de sa tête.

— Sympa, super sympa, grommelle Fern.

À travers un petit interstice, Abby la voit regarder tout son bazar d'un air dégoûté. Fern soupire comme le ferait leur mère, mais plus légèrement, comme une petite fille qui jouerait à la grande. Puis elle se lève et déplace une pile de livres de son bureau sur son lit, fait au carré.

— Assieds-toi là, lui dit-elle en lui désignant son siège. Et tu devrais peut-être profiter du fait que tu ne peux pas sortir pour, disons, ranger un peu. C'est vraiment immonde.

Abby rejette sa couverture et va s'asseoir d'un pas lourd. Fern s'accroupit par terre à côté d'elle. Abby ouvre son cahier et en sort son devoir incomplet de lundi. Il est tout froissé, ce qui a l'air de déplaire à

Fern; ce qui, du coup, réjouit Abby. Cela dit, elle préférerait encore ne pas avoir la moyenne que de subir cette épreuve.

Abby suit les yeux de sa sœur qui volent sur la page, en espérant qu'elle ne va pas tout retenir. Mais Fern déclare au bout de quelques secondes :

— Bon. Donc, tu dois calculer le taux d'expansion des fonds marins.

Abby regarde la carte imprimée dans son livre. Il y a une étoile sur l'Amérique du Nord, une autre sur l'Afrique et un fond bleu pour représenter l'océan Atlantique.

— Les fonds marins s'étendaient sur environ deux mille deux cents kilomètres entre l'Amérique du Nord et l'Afrique il y a quatre-vingt-quatre millions d'années et font quatre mille cinq cent cinquante kilomètres aujourd'hui.

Abby commence à noter, mais Fern l'interrompt :

— Pas la peine d'écrire ça, Abby, c'est déjà sur ta feuille.

— Bien, dit Abby, qui croise les chevilles et les frotte l'une contre l'autre.

Après quelques secondes interminables, Fern demande :

— Alors, c'est quoi, la première étape ?

Abby fixe l'océan. Le bleu a l'air plus sombre à l'endroit de la reliure.

— Une soustraction ?

— Heu... oui. Mais on te donne des chiffres en kilomètres et tu dois répondre en pouces[1].

— Pourquoi il faut que ce soit en pouces ?

— Parce que les fonds marins s'étendent si lentement que le résultat en kilomètres serait infinitésimal. Et aussi parce qu'on ne parle pas en kilomètres chez nous.

Fern a un ton professoral, sûr de lui, qui donne à chaque mot un côté pointu et crissant, comme la mine d'un crayon fraîchement taillée.

— Si le résultat est aussi infinitésimal, répète Abby en articulant le mot laborieusement, pourquoi on s'embête avec ?

Fern la regarde bouche bée.

— Parce que le mouvement des plaques provoque des éruptions volcaniques, des tsunamis. Tu te rends compte que l'Everest grandit d'un pouce par an ?

— Un pouce ? Ça, c'est dingue.

Fern ne l'écoute pas.

— Un kilomètre égale zéro virgule soixante-deux mile. Il y a cinq mille deux cent quatre-vingts pieds dans un mile et douze pouces dans un pied.

— Tu sais tout ça par cœur ?

Abby rit à gorge déployée, même s'il n'y a rien de drôle. Mais avec Fern, elle aime bien renverser la situation à son avantage.

---

1. 1 pouce = 2,54 centimètres.

— Ce sont des conversions de base, réplique sa sœur. Pour résoudre ton problème, tu dois faire une règle de trois.

Fern se lève et va s'affaler sur son lit comme si elle était épuisée.

Abby s'empare de son stylo et note « règle de trois » dans son cahier, en espérant que le fait de lire les mots va lui rafraîchir la mémoire.

Ça ne marche pas.

Fern rouvre *Blix Effect* comme pour se replonger dedans, mais Abby sent son regard braqué sur elle.

— Quand tu as converti en pouces, tu appliques une règle de trois avec un multiplicateur de un, Abby.

Fern fait une grimace.

— C'est du niveau quatrième.

— Et alors, je te rappelle que j'étais déjà nulle l'an dernier, lance sa sœur en se levant.

— Tu n'es pas nulle.

— C'est ça, fait Abby en allant s'allonger sur son lit. De toute façon, je sais que tu ne veux pas m'aider. Laisse tomber.

Fern se campe devant elle, les poings sur les hanches.

— Tu sais que t'es pénible ? J'ai des tonnes de devoirs à faire, je passe du temps à essayer de t'aider et c'est comme ça que tu me remercies !

— Ouais, ben moi, je rate le bal !

— C'est une blague ? On se réveille ! Si tu es aussi mauvaise dans les autres matières, tu risques de redoubler, Abby. Tu as envie de te retrouver en troisième l'an prochain ? Quel impact ça aurait sur ton précieux statut social, tu crois ?

Fern s'humecte les lèvres et repart de plus belle :

— Oh, c'est vrai, tu pourrais de nouveau être la plus jolie troisième ! Super cool !

Abby se tourne vers le mur. Redoubler est sa pire crainte. Fern le sait. Et elle lui balance en pleine figure.

— Tu es une sœur horrible ! hurle Abby à pleins poumons.

Fern sursaute et recule.

— Quoi ? J'étais juste en train de t'aid…

Abby se redresse sur les genoux plusieurs fois et la pointe du doigt avec une telle violence que le matelas rebondit en même temps.

— Et tu ne t'en veux pas une seconde de m'avoir dénoncée à papa et maman ?

— C'est pour ça que tu as parlé de Mr Timmet ? Pour te venger ?

Fern secoue la tête.

— Désolée de t'annoncer ça, Abby, mais c'est entièrement de ta faute. Alors arrête de t'apitoyer sur ton sort et de t'en prendre à moi.

— Tu essaies juste de me punir pour la liste ! Parce que tu es jalouse !

Le visage de Fern se fige.

— C'est pitoyable.

Abby a l'impression d'être arrivée en haut d'une pente abrupte et d'être précipitée dans la descente sans pouvoir ralentir.

— Bien sûr que si. Tu es jalouse parce que je suis jolie et que tu es moche et que tout le monde le sait.

L'espace d'une seconde, elle se sent mieux. D'avoir dit ce qu'elle pensait, et ce qui pouvait faire le plus mal à Fern. Mais la seconde d'après, elle n'arrive plus à respirer.

Tout se passe très vite. Fern blêmit, puis les larmes se mettent à couler, comme si elles s'étaient accumulées là longtemps, n'attendant que l'occasion de se déverser.

— Merci, Abby, je sais que je suis moche. Moi aussi, j'étais sur la liste.

Abby est choquée d'entendre sa sœur parler ainsi ; se traiter elle-même de moche.

— Mais non. La liste n'a pas mentionné ton nom. En plus, tu l'as dit toi-même, personne ne fait le lien entre nous.

Fern s'essuie les yeux, ce qui n'arrange pas grand-chose.

— Je ne te parle pas de la liste de cette année.

La honte lui fait détourner les yeux.

— J'étais sur celle de l'an dernier. J'étais la plus moche des premières.

— Qu'est-ce que tu racontes ? s'exclame Abby.

Mais en fouillant dans sa mémoire, ça lui revient. Un soir de l'an dernier, elle a entendu Fern parler dans la cuisine avec ses parents. Elle était bouleversée parce que quelqu'un l'avait traitée de moche.

Abby comprend soudain que ce « quelqu'un » était en fait tout le lycée. En tout cas, une personne parlant au nom de l'ensemble.

Leurs parents ont aussitôt apporté leur soutien à Fern : le physique n'avait pas d'importance ; Fern était plus intelligente que la majorité de ses camarades et c'était ce qui comptait ; et un millier d'autres compliments qu'Abby ne recevait jamais. Ils ont voulu se plaindre au lycée, mais Fern le leur a interdit.

Pas étonnant que Fern ait été aussi désagréable avec elle toute la semaine. Abby s'en veut ; mais Fern aurait dû lui en parler.

— Comment je pouvais le savoir ? demande-t-elle. Et tu as dit que la liste ne changeait rien.

— C'est vrai, confirme Fern d'une voix plate qui contraste étrangement avec ses larmes. Je n'ai pas besoin d'une liste idiote pour me dire ce que je sais déjà.

Abby ouvre la bouche, mais aucun mot n'en sort. Elle ne sait pas quoi répondre.

— Et je ne regrette pas d'avoir rapporté sur toi, Abby. Je trouve ça dingue que tu considères cette liste comme ton seul atout. Sérieux, je ne comprends pas comment quelqu'un comme toi peut avoir aussi peu d'estime de soi.

Pour autant qu'Abby s'en souvienne, c'est la première fois que Fern lui fait une remarque sympa.

— Ben, toi, tu n'es pas moche, Fern.

Et elle le lui aurait dit bien avant, si elle avait su.

— Je le sais parfaitement, que je suis moche.

En entendant sa sœur si persuadée de ce qu'elle dit, Abby a envie de pleurer. Elle a honte de l'avoir pensé. D'ailleurs, elle ne le pensait pas, au fond. Pas vraiment.

— Ce n'est pas vrai.

— Et toi, tu n'es pas nulle.

Abby secoue la tête.

— Je sais de quoi je parle, Fern.

— Moi aussi, Abby.

Clairement, il n'y a rien à ajouter. Abby est consciente qu'elles sont l'une et l'autre fermement convaincues de leur tare. Mais, pour ce qui paraît être la toute première fois, elles peuvent se soutenir mutuellement, comme de vraies sœurs.

Fern se rassoit par terre.

— Bon, je vais rester à la maison pour t'aider à faire ce truc. Je n'ai pas besoin de retourner voir *Blix Effect*.

— Non, Fern, vas-y. Je vais faire ce que je peux toute seule et tu vérifieras quand tu rentreras. Tu veux que je te maquille ?

— Ça ira comme ça, dit Fern.

Et elles en restent là.

CHAPITRE 41

Lauren saute de la plate-forme surchargée du pick-up de sa copine. La plupart des filles râlent parce que l'équipe de Mount Washington a encore perdu. Lauren, elle, sourit jusqu'aux oreilles. Elle ne s'était jamais autant amusée. Elle a adoré crier jusqu'à en devenir aphone, sentir le vent lui mordre les joues et lui emmêler les cheveux.

— Tu nous retrouves chez Candace dans quelques heures ?

— Ouais, à toute !

— Tu as besoin qu'on vienne te chercher ? demande la conductrice.

— Non, c'est bon !

— Je n'ai même pas envie d'y aller, grogne une des filles.

— On n'a qu'à y aller le plus tard possible, propose une autre. Je ne vais pas y passer la nuit.

Lauren songe que c'est le moment idéal pour parler de Candace.

— Bah, dit-elle. C'est plutôt chouette de commencer la soirée par une fête.

Comme les filles n'ont pas l'air convaincues, elle ajoute :

— Elle a été très sympa avec moi hier soir, et ça n'est certainement pas parce qu'elle m'aime bien. C'est parce que vous lui manquez.

— Tu n'as pas à prendre sa défense, Lauren.

— Je ne prends pas sa défense, je dis juste qu'elle a peut-être changé.

— Elle se sert de toi pour se faire bien voir de nous.

Lauren a envie d'insister, parce qu'elle pense sincèrement que c'est faux. Mais elle se tait. Ça lui fait de la peine de ne pas avoir réussi à persuader les autres. Mais elle a essayé. Et Candace aura une nouvelle chance à sa fête.

Chez elle, elle trouve sa mère en train de lire des papiers dans un coin mal éclairé de la cuisine.

— On a perdu! lui lance-t-elle gaiement. Mais je ne me suis jamais autant amusée.

Elle va boire un verre d'eau à l'évier.

— Le match était super serré, maman. On a perdu au dernier moment, à cause d'un joueur qui a manqué une passe. Mais c'était génial, bien mieux qu'à la télé! Et le lycée a un super orchestre. Il a joué pendant tout le match, des chansons dont tout le monde connaissait les paroles. Et on était assises toutes ensemble sur les gradins avec des couvertures. C'était… le rêve.

Lauren s'affale sur une chaise à côté de sa mère et jette un coup d'œil sur les papiers qu'elle lit. Mrs Finn tient la liste à la main. L'exemplaire qu'elle a gardé toute la semaine dans son sac de cours.

— Il faut qu'on parle, déclare sa mère.

— Tu as fouillé dans mes affaires, dit Lauren en se relevant.

Elle recule lentement jusqu'à buter contre le plan de travail.

— Je n'y crois pas que tu aies fouillé dans mes affaires !

— Qu'est-ce que c'est que ces filles que tu t'es choisies comme amies, Lauren ? demande Mrs Finn en donnant une tape sur la feuille.

— Ce n'est pas elles qui ont fait ça.

— Alors qui ?

— Je n'en sais rien, moi !

— On ne peut pas dire que ce soit tendre avec Candace, en tout cas. D'ailleurs, ça ne fait que confirmer l'impression qu'elle m'a faite.

Lauren secoue la tête. Candace s'est montrée on ne peut plus gentille et respectueuse hier. On ne pouvait pas en dire autant de sa mère.

— Maman…

— Pourquoi est-ce que tu ne m'as pas montré ça tout de suite ?

— Parce que je ne voulais pas que tu t'inquiètes. J'ai fait connaissance avec plein de filles très sympas. J'ai des bonnes notes. Tout va bien. Tout est génial, même.

— Tu crois que ces filles s'intéressent à toi ? demande sa mère en passant ses mains tremblantes dans ses cheveux. Tu as changé, Lauren. Je n'aime pas les gens que tu as choisi de fréquenter. Quant à ça (elle froisse la liste), je n'aurais jamais imaginé que tu pourrais te laisser embarquer dans une chose pareille.

— Maman... je n'ai pas changé.

— Je démissionne.

— Quoi ?

— Ça ne marche pas, Lauren. Je te sors de Mount Washington le plus tôt possible. En vendant la maison, qui est trop grande pour nous, de toute façon, on devrait avoir assez d'argent pour tenir jusqu'à la fin de tes années de lycée.

Lauren a la sensation que les murs de la cuisine se resserrent autour d'elle.

— Je veux continuer à aller au lycée.

— J'ai toujours eu peur de la façon dont les gens allaient te traiter, mais jamais que tu deviennes une de ces filles horribles soi-disant populaires. Tu ne peux pas imaginer à quel point tu me déçois.

— Ce qui te gêne, c'est que tu ne peux plus contrôler ma vie. Que je n'aie pas peur du lycée ni des gens.

Lauren s'agrippe d'une main tremblante au dossier d'une chaise.

— Je dois aller me préparer.

— Tu n'iras pas à ce bal.

Lauren s'assoit, sous le choc, mais docile. Une seconde plus tard, elle se relève.

— Tu n'as pas le droit de faire ça ! Je n'ai rien fait de mal !

— C'est ma responsabilité de mère d'intervenir quand je vois ma fille prendre une mauvaise voie.

— Maman, je t'en prie. C'est le bal de la rentrée. Tout le monde y va.

— Lauren, je n'ai rien à ajouter.

Lauren file dans sa chambre, claque la porte et se laisse tomber sur son lit en pleurant. Ce n'est pas juste. Elle sait que la liste a fait du mal à des tas de filles, mais pour elle, c'est différent. La liste lui a donné de l'assurance. Elle a incité les autres à entrer en contact avec elle. Peut-être qu'autrement, tout le monde la verrait encore comme la fille qui prenait ses cours à domicile, mais maintenant, c'est différent. Elle est différente.

Plus tard dans la soirée, Mrs Finn lui apporte son dîner sur un plateau. Elles ne se parlent pas. Lauren mange un peu, pas beaucoup, et quand sa mère vient récupérer le plateau, ses rideaux sont fermés et sa lumière éteinte. Là encore, Lauren ne dit rien.

Mais dès que la porte est refermée, elle sort du lit dans la robe qu'elle portait pour l'enterrement de son grand-père. C'est une robe longue, noire, sûrement pas appropriée pour un bal. Elle glisse ses chaussures et son appareil photo dans son sac. Elle ouvre doucement sa fenêtre, saute dehors et traverse la pelouse pieds nus.

CHAPITRE 42

Il est temps de savoir si la robe lui va.

Bridget traverse lentement le couloir, emmitouflée dans son peignoir, un verre d'eau glacée à la main. Elle prend une gorgée, qu'elle a du mal à avaler. La peur lui serre la gorge, comme une grosse bouchée qui ne passerait pas. Un morceau de pain moisi, ou de viande avariée...

À chaque pas qui la rapproche de sa chambre, Bridget fait le compte de tout ce qu'elle a ingurgité cette semaine. Le petit pain, les bouteilles de détoxifiant, les brioches, une poignée de salade au centre commercial. Dans son cerveau déséquilibré, le total aboutit à une centaine de dîners de Noël.

Si la robe rouge ne lui va pas, si Bridget est encore trop grosse, que va-t-elle faire ? Elle n'a rien d'autre à mettre. Et de toute façon, son plaisir serait gâché par le fait d'avoir échoué. Tous ses sacrifices, ses crampes à l'estomac n'auront servi à rien.

En passant devant la salle de bains, elle entend à travers la porte Lisa qui chante à tue-tête avec la radio en se brossant les dents. Sa voix est déformée par la brosse et la mousse dans sa bouche. Le résultat a quelque chose de ridicule et d'adorable à la fois, qui allège un peu les sombres pensées de Bridget. Elle s'arrête, s'accordant un sursis avant le verdict imminent, et entrouvre la porte.

De la vapeur s'échappe de la salle de bains. Lisa est en short, débardeur et chaussons. L'eau dégouline de ses cheveux noirs luisants et mouille le bas de son débardeur, qui en devient transparent. Du dentifrice mousse aux coins de sa bouche et elle sautille d'un pied sur l'autre, en prenant sa brosse comme un micro et le tapis de bain pour une scène.

Bridget n'a pas beaucoup vu sa sœur aujourd'hui. Elle a préféré sécher le cortège des Braves et le match. Elle était fatiguée, et elle a décidé de garder le peu d'énergie qu'elle avait pour le bal. Et puis elle savait qu'elle aurait du mal à éviter de grignoter. Ses amies adorent dévaliser le buffet ; elles s'installent dans l'herbe, posent sur leurs genoux leurs boîtes en carton bourrées de nachos, de brioches, de hot-dogs et de pop-corn, et se partagent leur butin.

Dans l'après-midi, Lisa a déboulé dans sa chambre pour prendre quelque chose. Sans se soucier du fait que sa sœur était visiblement en train de dormir, elle a allumé la lumière et fait un raffut de tous les diables.

En remarquant le bol abandonné depuis la veille, dans lequel la glace s'était figée en une soupe recouverte d'une peau de lait caillé, elle a eu une moue de dégoût.

— C'est dégueulasse, Bridget, a-t-elle commenté.

Bridget a très bien compris pourquoi elle était aussi hargneuse. Elles ont crevé l'abcès, hier. Lisa s'inquiète pour elle. Et Bridget elle-même ne peut pas nier qu'elle a de bonnes raisons pour ça.

Alors, au lieu de se fâcher, Bridget s'est retournée vers elle et lui a proposé de prendre sa place dans la voiture de sa copine. De participer au cortège des Braves avec les filles de première. Bridget n'avait même pas besoin de leur demander. Ses amies adorent Lisa, elles la chouchoutent. Ça ne les dérangerait pas du tout de l'emmener avec elles.

Loin de lui être reconnaissante, Lisa a grogné « non merci » avant de sortir d'un pas lourd, et elle a demandé à ses parents de la déposer au terrain de football.

En rentrant quelques heures plus tard, Lisa a filé dans sa chambre.

Bridget ne connaît toujours pas le résultat du match.

Lisa se penche pour cracher dans le lavabo. En se redressant, elle découvre Bridget dans le miroir. Son expression passe aussitôt de joyeuse à renfrognée.

— C'est occupé, déclare-t-elle avant de repousser la porte du pied.

Bridget resserre la main autour de la poignée et repousse la porte dans l'autre sens.

— Tu veux que je t'aide à te coiffer ?
— Non, réplique Lisa, les yeux plissés.
— Tu vas les boucler ? Ou les remonter ?

— J'en sais rien, Bridge.

Elle repousse la porte, plus fort, cette fois.

Bridget la bloque avec son pied.

— Et pour le maquillage ? Tu veux reprendre mon rouge à lèvres de l'autre jour ? J'ai le crayon qui va avec. Tu as vraiment intérêt à en mettre si tu veux que le rouge tienne.

— C'est pas vrai, tu ne peux pas me foutre la paix ? braille Lisa en repoussant violemment la porte des deux mains.

Bridget enlève son pied et la porte se ferme en claquant.

Elle va crier qu'elle aurait pu lui faire mal, mais Lisa a déjà allumé le sèche-cheveux. Bridget se retourne et s'adosse à la porte. Les vibrations de l'appareil lui envoient des picotements dans tout le corps.

Elle te déteste.

Elle trouve que tu es une sœur horrible.

Bridget parcourt le reste du chemin jusqu'à sa chambre complètement abattue. Si Lisa s'inquiète tellement pour elle, quel besoin a-t-elle d'être aussi vache ? Pourquoi n'essaie-t-elle pas plutôt de l'aider à se sentir mieux ?

De toute façon, c'est fini. Pour le meilleur ou pour le pire, le jour du bal est arrivé. Elle va mettre cette robe, et advienne que pourra.

La robe rouge est suspendue dans l'armoire. Bridget ôte son peignoir et le pose sur son lit. Elle expulse tout l'air qu'elle a dans les poumons, comme si ça pouvait l'aider à diminuer de volume. Elle enfile la robe par le bas, la remonte sur sa poitrine, tire la fermeture éclair.

Nickel.

Victoire!

Ses lèvres tremblent. Des larmes lui échappent et elle se penche en avant pour ne pas tacher le tissu. Elle a réussi. Elle est même encore plus mince que l'été dernier. Plus mince que ce gigantesque bikini. Plus mince qu'elle ne l'a jamais été. Elle n'a plus besoin de maigrir.

C'est fini.

Bridget lève les bras dans un geste de triomphe, et la robe glisse vers le bas, au point que son soutien-gorge sans bretelles apparaît.

Encore mieux que ce qu'elle pensait. Elle va chercher une boîte d'épingles à nourrice dans la chambre de sa mère. Puis elle retire la robe, la pose à plat sur son lit et commence à la rétrécir tout le long du dos, comme sur le mannequin dans la boutique.

Bridget surprend son reflet dans le miroir, en sous-vêtements. Penchée ainsi sur le lit au-dessus de sa robe, elle paraît encore plus mince. On dirait l'un de ces insectes qu'ils étudient en biologie, à exosquelette, avec des côtes et des os saillants qui dessinent des pointes et des crêtes sous sa peau. Elle sourit.

Soudain, son estomac gargouille.

Tu es répugnante.

Tu ne peux même pas profiter de cet instant sans penser à la bouffe ?

Tu n'es même pas aussi mince que ça.

Les mains un peu tremblantes, elle achève de fixer les épingles à nourrice sur la robe et l'enfile de nouveau. Elle remonte ses cheveux, se met un peu de rouge à lèvres. Elle se prépare sans se regarder dans le miroir.

Elle n'a pas besoin de se voir. Elle sait déjà.

Elle ne sera jamais jolie.

CHAPITRE 43

Candace est assise sur le couvercle des toilettes de la salle de bains, les yeux fermés. Sa mère est en train de porter la dernière touche à son maquillage pour le bal. Elle entend les filles rire et parler dans sa chambre et se réjouit. Elles sont arrivées plus tard que prévu, et apparemment, aucune n'a touché aux amuse-gueule qu'elle a préparés avec sa mère ; mais son plan fonctionne.

Sa seule préoccupation dans l'immédiat est qu'elles ne boivent pas tout le rhum avant qu'elle ait pu se servir.

— Tu as fini ? demande-t-elle à sa mère. J'ai l'impression que ça dure depuis des heures.

— Ça y est presque. Tu es magnifique !

Candace sent un pinceau lui effleurer les lèvres.

— C'est bon, tu peux regarder !

Elle ouvre les yeux et fixe la fille dans le miroir.

Elle a du mal à se reconnaître.

Sa mère lui a dessiné un regard « smoky », avec des ombres sombres et un cerné à l'eye-liner qui font ressortir ses yeux et les rendent d'un bleu encore plus glacé. Elle a ajouté de la longueur et de l'épaisseur à ses cils en collant une rangée de faux cils sur ses paupières. Elle a poudré son visage un ton plus clair que son teint naturel, avant d'appliquer de l'autobronzant et du blush. Les lèvres de Candace, redessinées au crayon, sont rouge lie-de-vin. Et des paillettes scintillent sur son visage et son décolleté.

C'est un masque, en quelque sorte.

— N'oublie pas que le rendu sera différent dans le gymnase, où il fera plus sombre. J'en ai tenu compte.

Mrs Kincaid éteint l'éclairage de la salle des bains et ouvre la porte pour laisser entrer la lumière du couloir.

— Ça te plaît ?

Candace ne sait pas trop. Mais sa mère connaît son boulot. Elle est payée pour rendre les gens plus beaux. Pour cacher leurs défauts. Ce qui est exactement le but recherché ce soir.

Elle se rend dans sa chambre.

— Wouah, Candace ! J'ai bien failli ne pas te reconnaître !

— C'est un peu trop, non ? demande Candace sans hausser la voix.

— Non ! Pas du tout ! Tu es magnifique !

— On dirait un mannequin !

Elles la complimentent toutes. Sauf Lauren, qui reste assise sur le lit dans sa drôle de robe de sorcière, les jambes ballantes. Elle boit en renversant son gobelet presque à la verticale. Et elle lâche un grand « ahhh » après sa dernière gorgée, comme dans une pub pour sodas.

— Sérieux, Lauren, c'est la première fois que tu bois du rhum-Coca ?

— Oui ! s'écrie Lauren. J'adore !

Et elle tend son gobelet pour qu'on la resserve.

Candace s'avance pour intercepter la bouteille.

— Tu devrais peut-être ralentir.

— Allez, Candace, laisse-la en reprendre un peu, dit l'une des filles avec un sourire en coin.

— Elle en a besoin, intervient une autre. Elle a eu une sale journée.

— Regardez sa robe ! Elle est en deuil.

Des ricanements se font entendre.

— Parfaitement, dit Lauren en faisant la moue, tandis que quelqu'un lui remplit son verre. Ma mère me retire de Mount Washington.

Candace tressaille.

— Quoi ? Mais pourquoi ?

— Elle est tombée sur la liste. Du coup, elle m'a privée de bal. J'ai fait le mur.

Oh, non, c'est pas vrai. La mère de Lauren va flipper.

— Lauren...

Avec un grand sourire, celle-ci se penche sur le côté pour regarder les filles derrière Candace.

— Je suis super heureuse d'être ici avec vous, leur assure-t-elle d'une voix tremblante d'émotion.

Quelques-unes rient et les yeux de Lauren se remplissent de larmes.

— Non, je suis sérieuse. Je n'aurais jamais pu rêver mieux. Vraiment.

Les filles gloussent. En essayant de se lever, Lauren se prend les pieds dans l'ourlet de sa robe, tombe sur l'une d'elles et en profite pour la serrer contre elle.

— Hé, Lauren! proteste la fille en la repoussant. Doucement!

Lauren s'affale sur la moquette et se redresse aussitôt sur les genoux, comme si elle maîtrisait la situation. Elle embrasse une fille assise par terre à côté d'elle et celle-ci renverse son rhum-Coca sur sa robe.

— Mais enfin!

Lauren s'allonge sur le dos au milieu de la chambre, les bras et les jambes en étoile. Elle fixe le ventilateur au plafond d'un air béat. Les autres la dévisagent avec une moue de dégoût.

— Arrêtez de lui donner à boire, leur intime Candace en lui prenant son verre.

Le temps qu'on se refasse une beauté et qu'on prenne les photos, Lauren est complètement ivre. Les deux filles qui ont leur permis entassent un maximum de copines dans leurs voitures et prennent la route du lycée. On a décidé que Lauren irait à pied pour dessoûler un peu.

Celles qui n'ont pas eu de place en voiture marchent d'un pas vif. Candace finit par ralentir pour se mettre au rythme de Lauren et l'empêcher de zigzaguer vers le milieu de la chaussée.

— Ta mère est trop belle, Candace, bafouille Lauren.

— Merci.

Lauren s'immobilise.

— Ma mère, elle me déteste.

— Mais non, dit Candace en la prenant par la main pour la tirer doucement. Elle essaie juste de te protéger.

— Je ne retournerai pas au lycée.

— Essaie de discuter avec elle. Tu...

— Je sais qu'elle ne changera pas d'avis, l'interrompt Lauren en secouant la tête.

Malheureusement, c'est aussi l'impression de Candace.

— Je suis désolée.

En même temps, elle est consciente que l'annonce du départ de Lauren a déjà commencé à changer les choses. Ses amies reviennent vers elle. Une fois Lauren disparue, il y a toutes les chances pour qu'elles la laissent réintégrer leur groupe.

Elle s'aperçoit que Lauren s'est mise à pleurer.

— Je crois que les autres ne m'aiment plus. Je ne sais pas ce que j'ai fait de mal.

— Mais si, elles t'aiment toujours. Ne t'en fais pas.

Lauren pleure encore un peu, puis s'arrête de nouveau.

— Tu as envie de vomir ? lui demande Candace. Si oui, ne te retiens pas. Tu te sentiras mieux après.

Lauren la regarde à travers ses larmes, cligne deux ou trois fois des yeux et déclare :

— Je n'aime pas la tête que tu as avec tout ce maquillage. Ça ne te va pas. Tu es super jolie, Candace. Tu n'as pas besoin de tout ça.

— Si tu le dis, répond Candace en tâchant de garder un ton détaché.

Quand elles arrivent enfin au lycée, les autres les attendent avec impatience. Candace entend la musique à l'intérieur du gymnase.

— Candace, dépêche-toi ! On y va !

Elle regarde Lauren, en train de vomir dans le caniveau.

— Elle ne peut pas entrer, objecte une des filles. Elle est totalement beurrée.

— Alors, il faut la laisser dans ta voiture, dit Candace.

À deux, elles ouvrent la portière arrière et aident Lauren à monter à l'intérieur.

— Évite de vomir dans ma voiture, l'avertit la fille. Fais-le dehors, d'accord ?

— D'accord, murmure Lauren en s'allongeant.

Tandis que ses amies s'engouffrent dans le gymnase, Candace se retourne de nouveau vers Lauren. Elle est blême, visiblement sur le point de se remettre à vomir. Candace la tire hors de la voiture, l'amène au bord du trottoir et écarte ses cheveux blonds de son visage.

— On va attendre que ça aille mieux et je te ramènerai à pied chez toi, dit-elle à Lauren quand elle a fini de vomir.

— Non. Va danser, Candace. Va retrouver tes amies.

Mais Candace est déjà en train de chercher des mouchoirs près du siège avant. Elle en prend un pour que Lauren s'essuie la bouche et un autre pour enlever son maquillage.

CHAPITRE 44

Sarah se tient nue devant son miroir en pied. Le cadre est couvert de stickers et de photos de ses groupes préférés, mais elle a largement de quoi se voir en entier. Sa peau est terne et crayeuse, sillonnée de griffures qu'elle s'est faites en se grattant. On dirait qu'elle a été attaquée par une bande de chats sauvages. En soulevant son amas de colliers, elle découvre une ombre verte de métal oxydé sur sa poitrine. Ses cheveux en bataille lui tombent par paquets sur le visage. Elle fixe une mèche avec une pince pour dégager le mot écrit sur son front. Il est presque effacé. Elle pourrait le repasser au feutre, mais décide de le laisser tel quel.

Elle a glissé les deux tickets de bal dans l'un des coins supérieurs du miroir. Dix dollars de gaspillés pour celui de Milo. Cela dit, c'était son fric à lui.

Elle s'assoit sur son lit. Ses habits de la semaine, en passe de devenir sa tenue de bal, sont pliés sur le dossier de sa chaise.

Les festivités vont bientôt commencer. Elle est en retard.

Grouille ! Allez, grouille ! Qu'est-ce que t'attends pour t'habiller, Sarah ?

Même si elle a atteint la dernière ligne droite de son action de dissidence, elle n'a pas la moindre envie de remettre ces vêtements. Elle les a enlevés à la seconde où elle est rentrée du cortège des Braves.

Dans le cortège, elle s'était placée avec son vélo entre deux voitures décorées avec application. Celle de derrière arborait des banderoles qui flottaient au vent, et des mots tracés au savon sur ses vitres proclamaient allégeance à l'équipe de football et à une classe du lycée. Les filles du pick-up qui roulait devant elle étaient habillées en alpinistes. Elle les a regardées rire, danser et crier ensemble. Il y avait dans le groupe une des filles de la liste, Lauren, celle qui avait été scolarisée à domicile, et qui était devenue la chouchoute de sa classe de seconde. Elle ne faisait rien pour cacher son bonheur d'être là, sur la plateforme du pick-up. Elle dansait en fouettant l'air de ses longs cheveux blonds brillants au rythme de la musique. À la fin de chaque chanson, elle serrait les filles contre elle comme une gamine de douze ans. Les autres la regardaient d'un drôle d'air, légèrement embarrassées par ces débordements d'enthousiasme.

Les gens étaient sortis sur leurs pelouses avec leur tasse de café et agitaient la main. Personne n'a semblé s'étonner de la présence insolite de Sarah. Sans doute parce qu'ils ne sentaient pas son odeur. Elle ne faisait pas de grands signes, ne souriait pas. Elle a pédalé jusqu'au terrain de football, les yeux rivés sur les pare-chocs du pick-up. Et quand les voitures ont commencé à arriver pour se garer, elle a fait demi-tour pour rentrer chez elle.

Tous ces coups de klaxon, ces chants guerriers et ces acclamations lui avaient donné mal au crâne, et elle a passé le reste de l'après-midi dans son lit.

Elle songe au contraste qu'il y a entre ses préparatifs et ceux de toutes les autres filles de la ville. Elle les voit d'ici, crémées, parfumées, pomponnées. Elle met de la musique punk à fond pour se donner du courage. Elle pense à tous ceux qu'elle va dégoûter et se motive en imaginant leurs airs horrifiés.

Elle finit par s'habiller, et c'est atroce. Comme une peau étrangère. Comme un horrible manteau puant.

On frappe à la porte de sa chambre. En ouvrant, elle ne voit personne. Puis elle se penche dans le couloir et découvre Milo, quelques pas en retrait, en train de regarder une vieille photo d'elle. Une photo de cinquième. Horrible. Elle avait voulu gonfler sa frange comme les autres filles, ce qui, évidemment, lui avait donné l'air débile. Et ce chemisier atroce que sa mère lui avait acheté au centre commercial parce que les autres avaient toutes le leur.

— Salut, dit-il sans détacher les yeux de la photo.
— J'allais partir.

Elle passe devant lui en le bousculant et il la rattrape par le bras. Elle tente de se dégager, mais il ne la lâche pas avant de lui avoir glissé quelque chose autour du poignet.

Une guirlande de pâquerettes.

Aucun garçon ne lui avait jamais offert de fleurs.

— Je t'ai dit que je n'en voulais pas.

Elle l'arrache et le jette sur la poitrine de Milo. Quelques pétales tombent par terre. C'est pas vrai, il va réussir à la faire pleurer.

— Je ne sais pas ce qu'il faudrait que j'invente pour te prouver que je te trouve belle. Ça me rend malade de te voir te faire ça. J'ai parlé à Annie...

— Et merde, Milo !

Elle se précipite dans sa chambre en lui claquant la porte au nez. Elle veut qu'il s'en aille. Il faut qu'il s'en aille. Merde, elle ne peut pas gérer ça maintenant !

Mais il continue derrière la porte :

— Et elle dit que quoi que je fasse, ça ne changera rien. Que je ne peux pas te forcer à me croire. Que ça doit venir de toi.

— Ah ouais ? Parce qu'elle sait tout, pas vrai ? Elle devrait animer un talk-show à la télé !

Sarah s'allonge sur son lit et fixe le plafond. Ses yeux s'embuent. Elle a horriblement envie de se gratter.

Milo ouvre la porte et elle se cache le visage avec son drap.

— Allez, viens, dit-il en tendant une main vers la sienne.

— Où ça ?

— À la salle de bains.

— Non. J'ai un message à faire passer, Milo. Tu dois respecter ça.

— Je l'ai fait. Résultat, tu t'es évertuée à confirmer ce que la liste disait de toi. Maintenant, à toi de te respecter en te collant sous ta foutue douche. Tu te sentiras mieux, Sarah. S'il te plaît.

Il la pousse dans le couloir. Et après quelques protestations, elle se laisse faire comme une poupée de chiffon. Après avoir ouvert quelques portes, Milo finit par trouver celle du placard à linge. Il prend une serviette bleue moelleuse, la lui tend et l'enferme dans la salle de bains.

Sarah fixe la porte fermée. Il a raison. Ceux de Mount Washington ne la verront jamais autrement que comme ça les arrange. Moche. Quoi qu'elle fasse. Qu'elle oublie de se doucher pendant une semaine ou qu'elle aille au bal dans la robe la plus luxueuse de l'univers. Elle ne les fera jamais revenir sur leur opinion. Elle ne pourra jamais leur imposer une leçon qu'ils refusent d'apprendre.

Milo s'assoit par terre dans le couloir. Quand il entend l'eau couler, il entrouvre la porte pour lui parler, de tout et de rien. Ce n'est pas le contenu qui compte. Ça fait juste du bien à Sarah d'entendre sa voix sur fond de bruits d'eau. Et comme ça, il ne l'entend pas pleurer.

Elle doit se savonner et se rincer trois fois de suite pour éliminer la couche de crasse. Et même si elle a du mal à l'admettre, c'est trop bon de se sentir propre.

Elle sort de la salle de bains au milieu d'un nuage de vapeur, enveloppée dans la serviette.

— Et maintenant ? demande-t-elle.

Milo hausse les épaules.

— On va au bal.

— Je ne remettrai plus jamais ces fringues.

Milo shoote de la pointe du pied dans le tas de vêtements.

— Je suis d'accord. On devrait les brûler.

— T'as raison.

— Tu as une robe à te mettre ?

— Je ne mets pas de robe.

— OK, mets un truc dans lequel tu te sens belle.

Elle ne relève pas et se décide pour un tee-shirt, son sweat à capuche et un jean.

Et la guirlande de pâquerettes.

Quand ils arrivent au bal, Sarah s'arrête devant la porte. Elle entend la musique à l'intérieur.

— J'ai l'impression d'avoir échoué. Tout le monde s'attend à ce que je fasse un coup d'éclat.

— Qu'est-ce qu'on en a à foutre, de ce qu'ils attendent ?

— D'abord, je ne voulais pas venir. Je ne serais jamais venue si je n'avais pas été sur cette liste.

Elle s'éloigne et fait le tour du lycée jusqu'à leur banc. Milo s'assoit à côté d'elle. Elle ouvre un nouveau paquet de cigarettes et en allume une. La dernière remonte à près d'une semaine, et la fumée lui agresse les poumons. Elle tousse violemment et jette sa cigarette.

Une fois ses poumons vidés, elle demande :

— Je peux te dire un truc ?

Elle se mord la lèvre pour l'empêcher de trembler.

— Je ne sais pas si je me suis sentie belle une seule fois dans ma vie.

— Sarah…

— C'est vrai.

Il la prend dans ses bras et la serre fort contre lui. Et elle le laisse faire. Le temps de quelques secondes, elle lâche prise et se montre telle qu'elle est, la vraie Sarah, dans toute sa mocheté. C'est un moment précieux et elle accepte de le vivre, ce qui déjà est un pas dans la bonne direction.

CHAPITRE 45

Le gymnase est plongé dans la pénombre. Les seules taches claires sont les guirlandes de papier crépon suspendues entre les paniers de basket, les ballons de baudruche phosphorescents accrochés aux gradins, les boules disco fixées à la table du DJ et les rais de lumière qui filtrent de l'entrée. Ça sent la pizza, le punch aux fruits et les fleurs au poignet des filles qui dansent près de Jennifer.

Margo, Dana et Rachel portent toutes les trois le même bracelet, des boutons de roses rouges miniatures à peine ouverts alternant avec de la gypsophile et quelques feuilles de citronnier à l'ovale parfait, sur un tressage de tiges de saule.

Jennifer ne porte rien au poignet, qu'elle peut lever avec insouciance au rythme de la musique. Son autre main, celle qui tient sa pochette, pend lourdement le long de son corps.

Dedans, il y a la pince à gaufrer de Mount Washington. Elle prend tellement de place que Jennifer n'a pas pu emporter son peigne ni ses pansements pour les ampoules.

Jennifer a respecté sa part du marché.

Margo n'a même pas pris la peine de vérifier.

Jennifer passe en se trémoussant derrière Dana pour se placer en face de Margo. Elle veut attirer son attention, brandir sa pochette sous son nez et lui montrer que, oui, comme promis, elle a apporté la pince. Elle a déjà essayé plusieurs fois. Mais aussitôt, Margo fait un demi-tour sur elle-même. Il y a précisément vingt petits boutons verts dans le dos de sa robe. Jennifer a eu tout le temps de les compter.

Aussi énervante que soit l'attitude glaciale de Margo, ça n'est pas pire que le reste de la semaine. Alors Jennifer continue à danser joyeusement, parce que Margo a l'air d'avoir respecté sa part du marché, elle aussi.

Ni Dana ni Rachel n'ont changé de comportement envers elle. Margo n'a pas dû leur révéler ce qu'elle avait découvert. Elles se montrent toutes les deux polies et amicales. Elles lui ont fait de la place sur la piste, ont partagé un Coca avec elle pendant un slow et ont même posé avec elle pour une photo que Jennifer a prise en tendant le bras.

Il n'y a eu qu'un seul moment de malaise palpable, à l'arrivée des filles, environ une demi-heure après l'ouverture.

Jennifer, elle, était là avec une demi-heure d'avance. Les membres de l'association des élèves étaient en train d'accrocher les décorations. Elle a proposé de les aider en déchirant les tickets à l'entrée et en vérifiant que toutes les voix étaient comptabilisées.

On l'a informée que ce n'était pas nécessaire. Qu'il y avait déjà deux élèves de troisième pour s'en charger. On lui a dit d'aller s'amuser. D'en profiter.

Malgré tout, elle est restée près de l'entrée, où elle a entrepris de saluer tous ceux qui arrivaient.

— Votez Jennifer, répétait-elle en boucle en désignant le sticker collé sur sa robe.

Ce n'était pas celui que Dana et Rachel lui avaient donné. Il ne tenait plus. Elle s'en était fait un nouveau, plus gros.

Elle n'avait pas de mal à deviner qui avait voté pour elle. Ses partisans lui souhaitaient bonne chance en souriant au moment où ils glissaient leur ticket dans l'urne. Ceux qui ne disaient rien ou qui fuyaient son regard étaient ceux qui avaient voté pour Margo ou pour quelqu'un d'autre.

Quand Margo, Dana et Rachel se sont présentées, Jennifer était toujours là, prête à les accueillir comme elle recevait tout le monde : en faisant campagne.

Elles l'ont regardée d'un air super bizarre. Pour Margo, bon, ça pouvait se comprendre. Mais qu'y avait-il de surprenant à ce que Jennifer mette toutes les chances de son côté pour être élue ? Liste ou pas liste, elle avait autant le droit de gagner que Margo.

Et la logique aurait voulu que Dana et Rachel la soutiennent, comme elles l'avaient fait toute la semaine. Or elles ont eu l'air surprises de la voir s'investir aussi ouvertement. Ce que Jennifer a trouvé étrange. Elles avaient elles-mêmes lancé toute cette campagne. Si Margo ne leur avait pas parlé, qu'est-ce qui avait changé ?

La nouvelle chanson est plus rapide que la précédente. Jennifer accélère légèrement ses mouvements pour rester en rythme.

Et pendant toutes celles qui suivent, elle se déchaîne. Par peur, pour calmer ses nerfs, pour des tas de raisons. Il se passe tellement de choses, ce soir ! Et il lui semble que si elle s'arrête, elle ne pourra plus éviter de penser à la pince à gaufrer qui pèse dans sa pochette, et à tout ce que lui a dit Margo qui pèse sur son estomac.

Il faut qu'elle gagne, pour se prouver qu'elle est belle. Qu'elle a fait le bon choix.

Le DJ met un slow et elle respire.

— J'ai besoin de prendre l'air, annonce Rachel.

Dana et Margo la suivent.

Et Jennifer aussi, quelques pas en retrait.

Elle est la première à voir Matthew Goulding arriver par-derrière. Il la dépasse et glisse une main dans celle de Margo. Celle-ci se retourne vivement, croyant sans doute que c'est Jennifer, mais son expression se radoucit quand elle le voit.

— Tu veux danser ?

Oui, elle veut bien. Évidemment.

Jennifer ne s'attend pas à ce que Ted l'invite. Elle a essayé de capter son regard trois ou quatre fois, mais il fait tout pour ne pas le voir : il lui tourne le dos, il fixe ses pieds...

Rachel, Dana et Jennifer se retrouvent donc dans un coin, près d'une porte ouverte sur une portion du parking pour laisser entrer l'air frais. Elles observent Margo.

Jennifer voit le bonheur inonder son visage, la joie d'une soirée de rêve qui se réalise. Et cette joie est presque trop vive, trop crue dans cette pénombre.

Maintenant qu'elle ne bouge plus, Jennifer commence à avoir mal aux pieds dans ses chaussures rouges. Elle les enlève et se tient pieds nus derrière Dana et Rachel.

— Elle a toujours été amoureuse de Matthew, dit Rachel.

— C'est une bonne chose qu'il l'ait invitée. Ça lui fera un beau souvenir pour ce soir.

Au ton de Dana, Jennifer décrypte les sous-titres : elle veut dire que Margo ne sera pas reine, bien qu'elle le mérite.

Que cette couronne qu'elles lui ont pourtant souhaitée à elle, Jennifer, elle l'a volée à Margo.

— Vous êtes vraiment trop belles, toutes les deux, leur dit-elle.

Elle n'a pas arrêté de le répéter ; en mode automatique, pour masquer le malaise.

— Oui, toi aussi, répondent-elles d'une voix fatiguée.

Jennifer sourit en regardant ses pieds, les chaussures rouges que Dana lui a fait acheter. Quand elle relève les yeux, elles ont changé de sujet.

— Vous avez vu ? J'ai acheté des chaussures rouges, comme vous m'avez dit.

Cette fois, elles font semblant de ne pas l'entendre.

Jennifer se demande une fois de plus si Margo leur a parlé. Elle a promis de se taire, mais Jennifer pense qu'elle va vendre la mèche. Peut-être pas ce soir, mais plus tard. Quand elle aura récupéré la pince à gaufrer. Elle a le sentiment que ça finira par se savoir.

Après avoir prévenu les autres, Jennifer va s'asseoir seule sur les gradins. Le DJ passe un air de rock, mais elle n'a plus envie de danser.

Non loin d'elle, Danielle DeMarco est entourée d'un groupe impressionnant. L'un des garçons, grand et très mignon, fait une figure de hip-hop juste devant elle.

Ce n'est pas son petit ami.

Appuyé contre un mur avec un copain, Andrew observe Danielle du coin de l'œil.

Jennifer rejette ses cheveux en arrière. Un nouveau toutes les semaines. Comportement classique d'allumeuse. C'est une des raisons qui l'ont fait choisir Danielle. Le fait de la voir se frotter à Andrew tous les matins dans les couloirs, et de se prendre à chaque fois dans la figure qu'elle, elle n'a pas de petit ami.

Jennifer avait des petites raisons de ce genre pour chacune.

Elle a choisi Abby parce qu'elle avait entendu Fern se moquer de la bêtise de sa sœur devant ses amis. Et qu'elle avait bien compris qu'au fond, Fern se croyait au-dessus de tout le monde, même si elle avait figuré sur la liste l'année précédente.

Elle a choisi Candace parce qu'elle savait qu'une centaine de filles lui adresseraient un merci silencieux pour lui avoir balancé la triste vérité : que tous la traitaient de moche en secret depuis des années. Elle va peut-être changer, maintenant qu'elle le sait. Jennifer en doute. Mais la question n'est pas là. Elle ne l'a pas fait pour lui donner une leçon. Elle ne l'a pas fait au nom des autres. Elle l'a fait parce qu'elle en avait envie.

Elle a choisi Lauren parce qu'elle était différente de toutes les jolies filles qu'elle ait jamais connues. Elle, elle n'essayait pas de l'être. Et Jennifer savait que Candace en serait malade.

Elle a choisi Sarah pour la démasquer. Pour dénoncer son numéro de cirque. Sarah la dure à cuire, la rebelle... tout ça n'était qu'une façade. Et elle l'a prouvé en ne venant pas au bal ce soir, après tous ses discours et ses menaces de gâcher la soirée. Jennifer rit intérieurement en songeant qu'elle s'est laissé avoir par son bluff.

Elle a choisi Bridget parce que...

Bridget vient s'asseoir sur les gradins quelques rangées devant elle.

— Salut, Bridget ! lui lance Jennifer.

Bridget se retourne.

— Salut, Jennifer.

Jennifer s'approche pour lui dire :

— Au fait, félicitations pour la liste. Je suis super contente pour toi. Tu l'as mérité.

Bridget regarde une fille traverser la piste et Jennifer reconnaît sa sœur. Leurs regards se croisent, mais chacune détourne aussitôt les yeux.

— J'aurais préféré ne jamais y être, répond Bridget. Ça ne m'a attiré que des ennuis.

Jennifer plisse le front.

— Comment tu peux dire ça ?

Bridget tient un gobelet de soda à la main. Elle le porte à la bouche et prend une toute petite gorgée.

— Bah, ne fais pas attention.

Elle se tourne vers Jennifer et lui sourit sans conviction.

— Je ne vais pas gâcher ta grande soirée. Il paraît que tu as une chance d'être élue reine du bal. Félicitations.

— Merci, dit Jennifer en la regardant se lever et s'éloigner.

Margo ne pensera peut-être jamais de bien d'elle. Margo ne comprendra peut-être jamais pourquoi elle a agi ainsi, pourquoi elle a fait la liste et lu son journal. Ça n'a pas été un aveu facile, mais elle a choisi de dire la vérité. Alors que rien ne l'y obligeait. Et elle n'a jamais raconté à personne les secrets de Margo. Tout ce qu'elle a lu, Jennifer l'a gardé pour elle, comme le font les vrais amis.

Elle n'est pas quelqu'un de mauvais.

Sincèrement.

La proviseur vient s'asseoir à côté d'elle.

— Tu t'amuses bien, Jennifer ?

Jennifer ramasse sa pochette et la serre sur ses genoux.

— Oui.

— Tant mieux.

Mrs Colby regarde les danseurs sur la piste.

— Jennifer, je m'en veux terriblement de ne pas avoir réussi à découvrir l'auteur de la liste. Je tenais vraiment à faire ça pour vous. Je vais continuer à chercher, toute l'année s'il le faut, laisser traîner mes oreilles. Et si ça ne suffit pas, eh bien, je redoublerai d'efforts l'an prochain.

Super. Génial.

— Merci, dit Jennifer tout bas.

Le sourire de la proviseur s'efface.

— Cela dit, je suis venue te parler d'une autre chose très importante. Tu n'as pas été élue reine du bal.

Jennifer sent tout le sang refluer de son visage.

— Vous... Vous êtes sûre ?

— Je voulais que tu puisses te préparer. Je vais monter sur le podium et appeler un nom, et tout le monde dans ce gymnase va se tourner vers toi. Les gens vont vouloir observer ta réaction.

— Merci, marmonne Jennifer.

Ça y est, c'est la troisième qui recommence. Sauf que cette fois, elle sait ce qui l'attend. Cette fois, elle sait déjà qu'elle est la plus moche dans cette salle.

— Je sais que c'est une déception pour toi. Mais contrairement à ce qui s'est passé lundi et les trois années précédentes, tu as l'occasion de décider comment tu veux que les autres te voient.

Jennifer jette un coup d'œil sur la piste et repère Margo. Elle enlace Matthew Goulding, la tête sur son épaule, les yeux fermés.

— Tout ça n'a pas d'importance, Jennifer. Dans quelques années, tout le monde aura oublié ce bal, tout le monde aura oublié qui était la reine. Ce dont vous vous souviendrez, c'est de vos amis, des liens que vous aurez tissés. C'est à ces choses-là qu'il faut s'accrocher.

Jennifer a les yeux pleins de larmes. Sa vision se brouille.

— C'est Margo ? C'est elle qui a gagné ?

Au lieu de lui répondre, la proviseur lui promet :

— Ça va aller, Jennifer. Il faut juste que tu prennes quelques minutes pour te ressaisir.

Jennifer s'assoit sur ses mains.

Mrs Colby a peut-être raison, mais elle ne l'espère pas. Parce qu'elle n'a plus rien à quoi s'accrocher. Sauf peut-être un tout petit fragment de dignité.

Et elle n'est même pas sûre de le mériter.

CHAPITRE 46

Quand Margo entend la proviseur annoncer son nom au micro, plus un atome d'air ne circule dans le gymnase. Tous retiennent leur souffle.

Tous se tournent vers Jennifer.

Margo aussi. Ses yeux balayent les gradins, inspectent le buffet, fouillent la piste.

Jennifer n'est nulle part.

Alors la foule se retourne vers Margo. Il y a quelques applaudissements. Puis un peu plus. Et bientôt, la salle l'acclame. Dana et Rachel la soulèvent dans leurs bras. Même si elles ont fait campagne pour Jennifer, elles sont heureuses pour elle. C'est leur meilleure amie.

Les élèves s'écartent devant Margo pour qu'elle puisse se frayer un chemin jusqu'à la table du DJ. Matthew y est déjà, coiffé de sa couronne. Il lui tend la main en souriant.

Margo a les jambes qui tremblent ; mais à chaque pas, elles répondent mieux, se raffermissent. C'est son grand moment, celui dont elle a toujours rêvé.

Et il est en train de se réaliser.

Mrs Colby pose le micro et prend la tiare. Margo monte nerveusement les marches jusqu'à elle.

— Félicitations, Margo, dit la proviseur en lui tapotant le dos.

Margo se retourne pour scruter les visages dans la foule. Est-ce que Jennifer est là quelque part ? Est-ce qu'elle la regarde ?

— Jennifer est partie, lui murmure Mrs Colby.

C'est pile ce que Margo espérait.

Elle devrait se sentir soulagée, mais non. La pince à gaufrer. Jennifer l'a gardée, et maintenant qu'elle a perdu, Margo n'est plus sûre qu'elle tienne sa promesse.

Elle devrait rattraper Jennifer. Tout de suite.

Mais bon, elle pourra toujours récupérer la pince plus tard, après le bal. Quand les choses se seront tassées. Et c'en sera fini de la tradition une fois pour toutes.

Dans l'immédiat, Margo a retrouvé son souffle. Elle décide de savourer ce moment. Son moment.

La proviseur dépose la tiare sur sa tête.

Margo est surprise par sa légèreté.

Elle savait bien que les brillants n'étaient pas des diamants, mais elle a toujours imaginé que la tiare était en métal.

En fait, non.

C'est du plastique.

REMERCIEMENTS

Je tiens à remercier :

David Levithan, pour le nombre incalculable de fois où il a nourri, influencé, soutenu et défendu ce projet. Ce qui ne peut se résumer que par ce simple constat : ce livre n'existerait pas sans lui ;

Emily van Beck de Folio Literary. Mon infinie reconnaissance pour la sagesse de ses conseils, son soutien indéfectible et sa confiance sans faille en mes capacités ;

Tous les gens merveilleux de Scholastic qui ont travaillé dur pour moi. Merci en particulier à Erin Black, Sheila Marie Everett, Adrienne Vrettos, Elizabeth Parisi, Sue Flynn et Charlie Young.

Mon amitié à Nick et à toute la famille Caruso, à Barbara Vivian, Papa, Brian Carr, Jenny Han, Lisa Greenwald, Caroline Hickey, Lynn Weingarten, Emmy Widener, Tara Altebrando, Farrin Jacobs, Brenna Heaps, Morgan Matson, Rosemay Stimola et Tracy Runde.

Oh, et merci à toi aussi, Bren, d'être ce qu'il y a de plus beau dans ma vie.

Cet ouvrage a été composé par
Fr&co - 61290 Longny-les-Villages

Imprimé en Espagne par
Liberdúplex
S28428/06

L'éditeur de cet ouvrage s'engage dans une démarche
de certification FSC® qui contribue à la préservation
des forêts pour les générations futures.

Pour en savoir plus :
www.editis.com/engagement-rse/

92, avenue de France - 75013 PARIS